KB141956

서울, 해방공간의 풍물지

서울, 해방공간의 풍물지

2016년 4월 25일 초판 1쇄 발행

지은이 · 강인숙

펴낸이 · 김상현, 최세현
편집인 · 정해종

책임편집 · 이기웅, 이한아, 김새미나
마케팅 · 김명래, 권금숙, 양봉호, 최의범, 임인옥, 조히라
경영지원 · 김현우, 강신우

펴낸곳 · 박하/(주)쌤앤파커스
출판신고 · 2006년 9월 25일 제406-2012-000063호
주소 · 경기도 파주시 회동길 174 파주출판도시
전화 · 031-960-4800 | 팩스 · 031-960-4806 | 이메일 · info@smpk.kr

ISBN 978-89-6570-336-5 (03810)

• 이 책의 국립중앙도서관 출판시도서목록은 서지정보유통지원시스템 홈페이지(http://seoji.nl.go.kr)와
국가자료공동목록시스템(http://www.nl.go.kr/kolisnet)에서 이용하실 수 있습니다.
(CIP제어번호 : 2016009905)

서울, 해방공간의 풍물지

열세 살 소녀가 월남해서 처음 만난 서울사람, 서울문화 이야기

강인숙 지음

박하 BAKHA PUBLISHERS

머리말

비상시의 이력서

살다 보면 사람들이 정상적으로 사는 일이 불가능해지는 시기가 있다. 제시간에 밥상에 앉는 것, 여자가 치마를 입는 것, 학교에서 공부를 하는 것, 자기 이름을 가지는 것 같은, 당연한 일들이 하기 어려워지는 시기 말이다. 그런 시기를 우리는 비상시非常時라고 부른다. 우리의 10대는 비상시의 연속이었다. 초등학교 2학년 때에 제2차 세계대전이 일어났고, 6학년 때 그 전쟁이 끝나서 해방이 되었으며, 고2 때 6·25사변이 일어났다. 나치가 등장한 1933년에 태어났으니 나면서부터 비상시였다고 할 수도 있다.

일제 말기에는 학교에 근로동원을 하러 다닌 시기가 있었다. 장정들이 모두 군대에 잡혀가서, 퇴비 만들기, 모심기, 솔뿌리 캐기 등이 초등학생들의 학과가 되었다. '인고단련忍苦鍛鍊' 훈련도 가혹했다. 하루에 80리 걷기 같은 무리한 프로그램이 초등학교 체육 시간을 대신했다. 음악 시간에는 군가를 배웠다. 지금도 외우고 있을 정도로 몇 년 동안 되풀이해서 부른 일본 제국의 애조哀調어린 군가들. 부엌에서 쓰는 놋그릇을 총알로 만들게 내놓으라고 강요당했고, 실내화같이 생긴 싸구려 신발도 모자라서 제비를 뽑았다. 근로동원 때문에 방학까지 없어졌다. 우리의 초등학교 고학년 시절은 그런 비상시였다.

해방 후에는 고향까지 버려야 하는 극한상황이 왔다. 사회주의 정권이 들어서려 하자 자유를 원하는 사람들은, 손에 들 수 있는 것만 가지고 기차 꼭대기에 올라탄 것이다. 숟가락밖에 가진 것이 없던 피난민 생활이 겨우 자리를 잡으려 할 무렵에, 또 하나의 전쟁이 터졌다. 우리나라가 싸움터가 되는 동족끼리의 끔찍한 전쟁이었다. 중공군까지 쳐내려오자, 정부는 서울을 포기했다. 소한과 대한 사이의 혹한 속에서 노숙을 각오하는 피난행이 시작되었다. 1·4 후퇴다. 해방과 1·4 후퇴 사이에 우리의 중·고등학교 시절이 가로놓여 있었다.

비상시에는 보편적 삶의 테두리가 망가져서, 한 사람 한 사람의 인생이 드라마틱해진다. 너와 나의 체험이 달라지고, 극적인 상황이 양산量産되는 것이다. 그 난세에 낙타가죽 코트를 입고 겨울을 났다는 여자가 있는가 하면, 가족을 잃어, 석 달 동안 건빵공장 근처에서 벌레가 들어 있는 건빵을 주워 먹으며 연명했다는 소년도 있다. 평균치가 사라지고 없는 것이다.

그런 시기에 나는 피난민 아이의 신분으로 서울의 명문 중학교에 다니고 있었다. 내가 다닌 학교에는 한 학년 300명 중에 월남한 아이가 두세 명밖에 없었다. 그러니 피난민 아이와 서울 아이들 사이에는 체험의 공통분모가 적었다. 서울과 함경도는 너무 다른 곳이어서 문화적인 충격도 만만치 않았다. 이제 와서야 겨우 답이 보이는 문제들이 많이 있었다. 내가 서울을 이해하는데 걸린 세월이 70년이나 된다.

'서울과의 만남'에 대해 쓰고 싶다고 생각한 것은 그 때문이다. 2년 전에 출판한 "셋째 딸 이야기"는 제2차 세계대전이 끝나던 1945년 11월까지 우리 가족이 겪은 사건들을 쓴 것이다. 이번 책은 그 다음 기간이 대상이다. 피난 열차를 타던 1945년 11월부터 고등학교를 졸업하던 1952년 3월까지의 이야기이기 때문이다. 해방되고 석 달 만에 우리 가족은 남쪽으로 떠났다. 그리고 졸업식은 임시 수도 부산의 천막 교실에서 거행되었다.

밤중에 칸살이 넓은 한탄강 철교를 혼자 힘으로 건너야 했던 열세 살짜리 소녀의 이야기로 이 책은 시작된다. 그것은 보편성이 적은 이야기다. 시시각각으로 정세가 바뀌던 과도기여서, 해방 후 1년 동안에 38선을 넘는 방법만 해도 네 번이나 바뀌었기 때문이다. 1945년 9월에 아버지가 상경하셨을 때에는, 아무 제재도 받지 않고 철교를 걸어서 건너셨다. 그런데 두 달 후에 가족 전부가 내려올 때는, 양쪽에 초소가 만들어져 있었다. 공식적으로는 통행이 금지되어 있었던 것이다. 그래서 소련군에게 뇌물을 주고 밤에 몰래 철교를 건넜다. 따발총 소리가 뒤따라왔다. 다음 해 6월에 어머니가 다시 월북했을 때는, 철교가 완전히 봉쇄되어 강 상류까지 올라가 수심이 얕은 곳을 걸어서 건너셨다. 밤중에 안내인의 손을 잡고 허리까지 차오르는 물살을 헤치며 한탄강을 건넌 것이다. 다음 해에 온 오빠네는 밀선을 타고 남하했다. 1년 사이에 월남하는 방법이 이렇게 여러 번 바뀌었으니, 38선을 넘은 사람들의 체험도 각기 다를 수밖에 없었던 것이다.

2장에서는 서울과의 만남을 다루었다. 피난민들이 서울과 만나는 이야기다. 다행히도 서울에는 일본 사람이 두고 간 집들이 많았다. 소유권이 불안정하니까 그 집들은 형편없이 쌌다. 가난한 피난민들은 리스크를 안고 적산가옥을 살 수밖에 없었다. 그래서 피난민들은 주로 일본집에 살게 되었다.

일본식 주택가는 대체로 사대문 밖에 형성되어 있었다. 그래서 나처럼 도심지의 학교에 다니는 아이들은 교통지옥에 시달렸다. 설상가상으로 이북에서 수풍댐 전기를 끊어 버려서, 그때 남한에서는 전기 대란이 일어나고 있었다. 유일한 교통수단인 전차가 전기 부족으로 아무 데서나 서 버리는 것이다. 그러면 학생들은 거기서부터 걸어서 학교에 가야 했다. 다다미방에서 겨울을 나는 것도 보통 일이 아니었다. 바닥이 차서 그 겨울에 노약자들이 많이 축이 났다. 변두리 지역에서 도심지 학교에 다니는 어려움과 다다미방에서 겨울을 나는 일은, 해방 후에 월남한 피난민들만 겪은 특별한 재난이었다.

3장에서는 중·고등학교 시절이 그려진다. 기차 꼭대기에서 내린 지 반년 만에 중학교 시절이 시작되는 것이다. 그리고 그 학교를 졸업하던 1952년 3월에서 책이 끝난다. 그러니 내용의 태반이 중·고등학교 시절의 이야기가 될 수밖에 없다. 경기여고 이야기가 많이 나오는 이유가 거기에 있다.

내가 다닌 경기여고는 정동 1번지에 있었다. 서울의 도심 한복판이다. 지역적으로만 한복판인 것이 아니라 문화적으로도 그곳은 전통문화의 중심지였다. 나는 거기에서 본격적인 서울문화와 만났다. 서울에 와서 처음으로 한국의 전통문화와 생활문화의 아름다운 면들을 알게 된 것이다.

함경도는 전통사회와 너무나 떨어져 있는 소외 지역이어서 전통문화가 거의 남아 있지 않았다. 지역적으로 볼 때 함경도는 고구려 문화권이다. 서울과는 문화의 바탕 자체가 다르다. 거기에 이조시대의 소외 정책이 가산된다. 그 시절에 함경도는 전통문화에서 소외된 유배지였고, 강제 이주移住의 대상지였다. 그래서 유교문화의 자취도 많이 남아 있지 않다. 그 대신 거기에는 북방문화가 있었고, 진취적 기질이 있었다. 상문尙文주의보다는 상무尙武주의에 가까운 문화가 있었던 것이다. 그리고 개화가 앞서 있었다. 기독교와 교육의 영향이다.

서울문화와의 만남은 나를 오래 힘들게 하는 과제였다. 하지만 그건 새로운 세계를 만나는데서 오는 긍정적인 어려움이었다. 자기 나라의 문화적 정체성을 발견하는 새로운 자리이기도 했기 때문이다. 내가 본 서울문화에는 진이 엄마가 관 위에 덮으라고 꺾어다 준 개나리라든가, 어린 신부가 된 짝꿍의 신방에서 본 호박색 아름다운 장판 같은, 심미적인 생활문화가 있었고, 남에게 폐를 끼치지 않는 깔끔함, 분수에 맞게 사는 균형감각, 격식 차리기의 전통, 난세에 대응하는 현실적인 슬기 같은 생활철학도 들어 있었다. 도심지에 있는 경기여고는 서울 토박이들이 주로 다니는 학교였기 때문에, 경기스러움과 서울스러움이 오버랩 되고 있었다. 경기스러움이 곧 서울스러움이었던 것이다. 그래서 4장은 '서울 아이들'의 이야기가 되었다.

그런 개인사에 시국이 끼어든다. 국어도 국사도 못 배우고 해방이 되던 1940년대 전반前半의 사회상, 빈손으로 월남해서 최저 계급으로 전락해 가던 피난민들의 수난, 그들이 낯선 고장의 문화와 만나는데서 생기는 갈등, 인구가 몇 배로 늘어난 임시 수도 부산의 혼란상 같은 것들이 자꾸 고개를 내미는 것이다. 낯선 땅에 뿌리를 내리는 일의 어려움, 동생의 죽음과 교통사고 같은 사적인 일들이, 신탁통치나 테러와 유착되는 이유가 거기에 있다. 우리 친척 중에는 양정학교의 대표적 마라토너가 있었는데, 테러대가 휘두른 방망이에 다리를 맞고, 다시는 뛰지 못하는 것도 보았다.

하지만 그 시기에는 해방된 나라의 백성들만이 누리는 환희도 있었다. 처음으로 우리나라의 시가 실린 교과서를 받던 날의 감동을 나는 지금도 잊을 수 없다. '어둡고 괴로워라 밤이 길더니~' 같은 노래를 부르던 일들도 잊혀지지 않는다. 그 결핍의 시대에 일본 사람들이 두고 간 책으로나마 세계의 문학과 만나던 일도 가슴이 뿌듯해지는 기억 중의 하나다.

상상력이 부족하고 고지식한 나는, 예술가이기보다는 증인에 적합한 성격이어서, 직접 겪은 것 이외에는 쓸 수가 없다. 그래서 경기여고라는 특정 학교의 이야기가 좀 커졌다. 나는 사회학자도 아니고 역사학자도 아니니까, 내가 본 시각에 오류가 있을 수도 있을 것이다. 10대에 겪은 70년 전의 이야기를 기억에 의지해서 쓰는 것이니 자료에 미흡한 곳이 있을 수도 있다. 10대 아이의 눈으로 본 시국이니까. 객관성이 확보되기도 어려울 것이고, 안목이 넓지도 못할 것이다.

개인적인 이야기에 시대가 끼어드니 글로서도 일관성이 없고 산만하다. 하지만 개인은 불가피하게 시대와 유착되어 있으니, 그런 식으로 진행시키지 않을 수 없었다. 어차피 이 글은 논문도 아니고 소설도 아니다. 무엇을 넣어도 걸릴 조항이 없는, 근대가 낳은 가장 자유로운 장르인 에세이인 것이다. 그 장르의 포용력에 감사하는 마음이 든다.

그냥 옛날이야기를 듣듯이 심심풀이로 읽어 주십사고 부탁드리고 싶다. 그리고 그 속에서 서울에 남은 전통문화에 대한 관심이 싹텄으면 고맙겠다고 생각한다. 우리에게 나라가 없으면 어떤 일이 일어나는지 되새겨 보는 기회가 될 수 있으면 더욱 좋겠다. 우리는 한국에서 자동차를 생산하는 것이 너무너무 대견해서, 차마 외제차를 사지 못하는, 식민지 세대에 속한다. '나라' 라는 게 있으면 별것이 아닌 것 같은데, 없으면 그렇게 힘든 일들이 생겨난다는 것을 몸으로 익힌 세대인 것이다. 그건 고마운 체험이기도 하다. 나라가 있는 걸 감사할 줄 알게 되었기 때문이다.

끝으로 책을 내기 위해 수고해 주신 모든 분들께 감사를 드리고 싶다. 상업성도 신통치 않을 책을 내 주신 박하출판사 정해종 대표님과 편집부원들에게 깊은 감사를 드린다. 만삭의 몸으로 자료 정리를 도와준 이혜경 씨와 조혜원 씨, 박은자 씨, 그리고 바쁜 시간을 쪼개서 원고를 읽어 준 친구 오덕주에게도 고맙다는 말을 전하고 싶다.

2016년 4월

小汀 강인숙

차례

머리말 비상시의 이력서 005

1. 기차 지붕 여행

포도무늬 누비이불 017

밤에 한탄강 철교를 건너다 028

2015년, 다시 경원선을 타다 045

기록 말살형 054

비상시의 풍속도 059

2. 서울과의 만남

청엽정 3가 48번지 067

사메지마 부인과 그녀의 부엌 077

남의 물건들 084

무덤에 깔아 준 방석 089

헤픈 우정의 속내 093

재봉틀과 며루치 096

강내과와 가족복지 099

부숙이네 가게와 천 서방네 가게 106

진이 엄마 113

효창국민학교 122

3 멀고 먼 학교

전차 problem 137

다시 뿌리 내리기 152

정동 1번지 161

교훈과 교가의 수사학 174

중학교 교과서에서 배운 우리 문학 182

결핍의 시대의 책읽기 210

먼저 떠난 친구들 227

선생님, 우리 선생님! 247

4 서울 아이들

내 짝꿍의 신부놀이 273

경기스럽게 늙는다 283

1

기차 지붕 여행

포도무늬 누비이불

우리 어머니는 옷사치를 하는 타입이 아니다. 손이 큰 편이라 싼 옷은 입지 않았지만, 무늬 있는 부드러운 비단옷보다 양복지로 만든 옷을 선호하셨다. 아버지가 사다 주시는 뉴똥[1]이나 양단 같은 물색 고은 비단옷은 잔치 때나 입고, 평상시에는 세루[2]로 된 아래 위가 같은 양복지 옷을 입고 나들이를 하셨다. 겨울이면 거기에 짙은 회색 망토를 곁들이신다. 두루마기는 좋아하지 않으셨다. 활동적인 성격이라 가로거치는 것이 싫으셨던 모양이다. 얼굴이 지적인 편이라 그런 옷을 입고 다니면, 쪽을 찌고 긴 치마를 입고 있는데도 선생이나 전도부인처럼 보였다.

---

1) 빛깔이 곱고 부드러우며 잘 구겨지지 않는 명주실로 짠 옷감.
2) Serge, 누에고치를 의미하는 라틴어 Serica에서 유래. 원래는 견직물이었던 것 같으나 모직물이다. 우리나라에서도 6·25 직후에는 최고의 양복지로 간주되었으며, '세루' 혹은 '사지'라고 불렸다.

그렇게 질박한 취향을 가진 여인인데, 이상하게도 어머니에게는 이불 사치벽癖이 있었다. 아주 화려하고 비싼 이불을 좋아하셨던 것이다. 색상도 다양한 것을 선호했다. 우리 집 윗방에는 타원형 유리문이 있는 자개 이불장이 있었다. 장백현[3] 시절의 유물이다. 그 장에, 혼수 이불을 파는 집처럼 색색의 고운 이불들을 구색을 맞추어 정연하게 얹어 놓는 것을 어머니는 아주 좋아하셨다.

그건 밤마다 우리가 덮고 자는 일상적인 이불은 물론 아니다. 1년에 한 번쯤 아버지가 오시는 날이든가, 오빠나 귀한 손님이 오실 때에만 이불장은 문을 연다. 나머지 기간에 그 화려한 이불에는 어머니가 동경사로 짠 커다란 레이스 보가 덮인다. 그걸 하얀 그림이 있는 유리가 다시 가리고 있으니까 이불 색깔들은 얼비쳐서 파스텔 톤으로 보인다. 아름답다.

이불장이 있는 방은, 노존[4]이 바닥에 깔려 있는 어머니의 질박한 집에서 가장 문화적이고 아름다운 공간이다, 바닥에는 돗자리가 깔렸고, 축음기와 기타 같은 것들이 놓여 있다. 그리고 책과 앉는 책상이 있다. 하지만 그 방의 하이라이트는 역시 이불장이다. 어머니의 이불들은 색상도 다양했지만 천도 다양했고, 무늬도 화려했다. 겨울용은 모본단으로 된 두꺼운 이불인데, 빨간 깃에 녹색을 곁들인 원색이다. 위로 갈수록 두께가 점점 얇아지면서 색깔도 파스텔 톤으로 바뀌고, 천도 명주나 실크 같은 부드러운 것이 된다.

이불장의 맨 위에는 누비이불들이 있다. 어머니의 누비이불 중에서 내가 제일 좋아한 것은 포도무늬 이불이다. 좀 칸살이 넓게 누빈 그 이불은 보통 누비보다 약간 두꺼워서 포근하면서도 부드러웠다. 바탕은 크림빛이지만 문양

---

3) 만주 땅으로, 고향으로 돌아오기 이전에 살던 곳이다.

4) 포르투갈어이며, 일어에서는 '안페라'라고 발음한다. 식물의 껍질로 짠 엉성한 돗자리다.

의 톤은 보라색인데, 그려진 포도송이들이 하나 건너씩 색상이 달라서 풍성하고 다채로웠다. 그 이불을 덮고 있으면 잠이 잘 올 것 같은 느낌이 들었다. 실크는 아니었던 것 같다. 물빨래를 해야 하는 여름 이불이니까 물 실크 같은 것이었을 텐데, 왜 사텐[5)]처럼 촉감이 그렇게 부드러웠을까?

해방이 되고 우리는 석 달 만에 서울로 피난을 왔다. 11월이었으니까 밤에는 추운데, 남의 눈을 피하기 위해 깜깜한 밤에 기차를 탔다. 기차를 탄 것이 아니다. 기차 꼭대기에 기어오른 것이다. 그 무렵에 북에서는 화물차밖에 다니지 않았기 때문에, 기차 지붕에 올라가야 여행을 할 수 있었다. 이북 피난민들은 모두 기차 꼭대기에 앉아 남쪽으로 내려온 사람들이다.

아주 약간 둥그스름한 기차 지붕에는 폭이 30센티미터 정도 되는 평평한 판자가 두 줄로 나란히 붙여져 있어 앉을 자리가 있다. 피난민들은 거기에 등을 맞대고 두 줄로 앉는다. 자리가 모자라니까 바짝바짝 붙어 앉아야 한다. 인도의 기차처럼 지붕에 다닥다닥 사람이 달려 있으니까 멀리에서 보면 기차 지붕에 거대한 포도송이를 잔뜩 실은 것 같다.

집이 정거장 앞에 있어서 우리는 석 달 동안 만주에서 오는 피난민들이 지붕에 다닥다닥 열려 있는 기차를 보면서 살았다. 피난민들은 매연에 그을린 데다가 세수를 못해서 눈썹도 콧구멍도 새까맸다. 검은 원숭이와 비슷했다. 그런데 우리도 그 무리에 끼이게 된 것이다.

달리는 기차 지붕 위는 밤에는 추웠지만, 낮에는 전망이 좋아서 견딜 만했다. 처음 하루 동안 나는 그 높은 곳이 너무나 마음에 들었다. 오픈카 같았기

---

5) 매끈하고 광택이 나는 무지의 원단. 표면에는 광택이 없다.

때문이다. 게다가 높아서 먼 곳까지 잘 보였다. 산악지대라 경치가 아주 좋았다. 그건 내가 본 일이 없는 넓고 새로운 세계였다. 왼쪽으로는 동해 바다가 이어지고 오른쪽은 저만치에 하늘에 닿을 듯이 높은 산맥이 있는데, 들판에서는 콩서리를 하는 가느다란 연기가 여기저기에서 피어오르고 있었다. 아름답고…… 평화로운 풍경이었다.

옆에 바짝 붙어 있는 것이 언니나 동생의 몸이니까, 자리가 좁은 것도 별로 문제가 되지 않았다. 역마살이 있는 나는 한없이 시계視界가 넓은 높은 깔판에 앉아 빨리 달리고 있는 것을, 마치 특혜라도 받은 것처럼 송구스러워하며 즐겼다. 동해안은 평야가 없어서 땅은 척박하지만, 산들이 수려해서 경치가 아주 좋다. 밤에는 가 본 일이 있지만 낮에 이 코스를 기차로 달려 보는 것은 처음이어서, 나는 신이 나서 동생들과 '기차' 노래를 불렀다.

이미와 야마나카 이마와 하마, 이마와 뎃교 와다루조토 오모우 마모나쿠 돈네루노 야미오 도옷테 히로 노하라(……)

('지금은 산 속, 지금은 해변, 지금은 철교를 건너네'라고 생각할 틈도 없이 터널의 어둠을 지나면 드넓은 들판)

마와리 도오로노 에노요오니 가와루 게시키노 오모시로사, 미도레데 소레도 시라누마니 하야쿠모 스기데 이쿠 쥬우리

(만화경 속의 그림들처럼 바뀌는 경치의 신기함이여, 홀려서 정신을 잃는 사이에 어느새 지났구나. 몇십 리의 길)

순간마다 바뀌는 풍경은, 노랫말 그대로 경이롭고도 신기했으며, 속도감

도 짜릿했다. 나는 기차와 속도와 높이에 홀려 한동안 행복했다. 아버지와 처음 하는 여행이라는 것도 나를 흥분시킨 요인 중의 하나였을 것이다.

대학에 들어가니 '음운론音韻論' 시간에, 한 문장의 모음이 모두 'ㅏ'로 되어 있는 예문으로 이 노래가 나왔다. 영어로 써 놓으면 'Imawayamanaka Imawahama'가 된다. 정말로 한 문장에 열 개의 'ㅏ' 음이 들어 있다. 피난 올 때의 우리는 너무 어려서 모음 자음의 연결관계 같은 것에는 관심이 없었지만, 한 문장에 'ㅏ' 소리가 열 개나 들어 있는 노래는 부르고 있으면 신이 나게 되어 있다. 'ㅏ'는 양모음이다. 아름다운 음euphony인 것이다.

첫날은 남의 눈을 피하기 위해 밤중에 기차를 탔지만, 두 정거장만 가서 오빠집에서 잤기 때문에, 마치 오빠네 집으로 놀러간 것 같아 즐거운 기분이었다. 오빠네 집에는 내가 세상에서 만난 제일 이쁜 아가였던 첫 조카가 있었다. 다음 날도 견딜 만했다. 신선들이 떼 지어 하강할 것 같은,[6] 아름다운 동해안의 바다와 드높은 산들을, 전망대 같은 높은 곳에서 즐길 수 있었기 때문이다. 하지만 시간이 지남에 따라 더 이상 노래가 나올 수 없는 상태가 되었다.

연기 때문이다. 석탄 차의 풍성한 검은 연기가 바람을 따라 뒤쪽으로 길게 나부끼면서 기차 위의 사람들에게 매연을 뿌려댔다. 굴속으로 들어가는 기분도 만만치 않았다. 굴이 다가오면 매번 키 큰 아버지의 몸이 콘크리트 터널의 아치에 걸릴 것 같아 조바심이 났다. 멀리에서 보면 굴 입구가 아주 작게 보이기 때문이다. 굴속에서는 좁은 공간에서 매연을 몽땅 뒤집어 써야 하니 그것도 힘들었다. 우리는 모두 숨이 차고 기침이 났다. 그런데 산악지대라서 굴이 너무 많았다.

6) 오빠가 살던 곳은 지명이 '군선群仙'이다. 신선들이 떼 지어 내려와서 노는 곳이라는 뜻이다.

오후가 되니 동생의 속눈썹과 코끝이 검어지기 시작했다. 사람들은 모두 옷과 얼굴에 그을음이 앉아 피난민스러워져 갔다. 매연에 배여 있는 석탄 냄새도 역겨웠다. 기차 꼭대기는 돈을 안 내고 타는 무료지역이어서 자유롭다. 그 자유는 비싼 대가를 요구했다. 그 망망한 자유의 폭만큼 많은 불편이 따랐던 것이다. 그곳에는 먹을거리도 없고, 화장실도 없고, 세수할 물도 없다. 마실 물이 없는데 세수를 한다는 것은 꿈도 꾸지 못할 사치다.

그런데다가 말로는 형용할 수 없을 만큼 위험하다. 밤에 졸기라도 하면 곧장 아래로 곤두박질치게 된다. 그러면 끝이다. 한 치 앞이 저승이다. 어머니는 짐 속에서 무명 치마를 꺼내 찢어서 길고 긴 끈을 만들었다. 죽어도 같이 죽으려고 식구들을 둘러가며 묶기 위해서다. 그리고 또 하나의 끈으로는 우리 집단과 바닥의 나무를 묶었다. 졸아도 굴러 떨어지지 못하게 하려는 것이다.

그런다고 해결될 문제가 아니다. 잘못하면 몽땅 한 덩어리로 굴러 떨어질 수도 있기 때문이다. 여섯 사람이 붙어 버려서 몸도 자유롭게 움직일 수가 없게 된 우리는 숨이 막힐 것 같아 칭얼대기 시작했다. 떨어지면 죽으니까 어른들은 밤새 교대로 아이들을 지켜야 한다. 배설도 영양공급도 불가능한 그 극한의 지대에서, 피난민들은 매연에 뒤덮여 숨이 막히고, 추락의 두려움에 몸이 굳어 갔다. 허기져 비틀대는 피난민들을 밤이면 추위까지 괴롭힌다.

북쪽의 11월은 이미 겨울이다. 어린애들은 기온이 떨어지는 밤에 감기에 걸릴 가능성이 많다. 그래서 어머니는 피난을 떠나기 위해 몇 달 동안 필사적으로 뜨개질을 하셨다. 집에 있는 제일 굵은 털실로 아이들의 옷을 짜고, 자투리 실을 모아 알록달록한 속옷도 짰다. 떠날 때 어머니는 우리에게 그 털옷들을 겹겹이 껴입혔다. 그리고 솜을 두어 만든 검은 무명 모자를 씌웠다. 승무를 하는 여승의 고깔 같은 형상에 너비 30센티미터 정도의 어깨 덮개를 단 아주 미운 전시형 모자다. 그래도 추위를 막기에는 역부족이다. 그래서 몸으로 서로를 녹이게 했다. 아버지는 아홉 살짜리를, 어머니는 열한 살짜리를 껴안고 계셨다. 그러면서 열세 살 된 나더러는 두 살 위의 작은언니를 껴안으라고 성화를 하신다.

그 한 무더기의 가족들 전부를 덮기 위해, 그때 어머니가 가지고 온 유일한 덮개가, 애지중지하시던 포도무늬 누비이불이었다. 부드러운 모직 담요 같은 것이 없는 상황에서 가볍고, 그러면서 부드러운 이불이 그것밖에 없었던 것이다. 2인용인 그 이불은 제법 커서 우리 식구 모두를 대충 가려 주었다. 이불 속에 몸을 감추고, 우리 식구는 거대한 만두처럼 하나가 되어, 서로의 체온과 여름 이불의 빈약한 온기로 가까스로 초겨울 밤의 추위를 견뎠다.

부모님이 밤을 새우며 아이들을 지키지만, 혹시 잠깐이라도 졸면 온 식구가 떨어져 죽을 판이다. 그래서 사흘째부터는 밤에는 기차에서 내렸다. 아무 집에서나 얻어 자고 낮에만 기차를 탄 것이다. 그 이불은 기차에서 내렸을 때에도 유용했다. 남의 집 헛간 같은 데서 흥부네 식구들처럼 온 식구가 얇은 누비이불 하나를 덮고 밤을 보내야 했기 때문이다.

서울이 가까워 올수록 피난민의 수가 늘어나서 한번 내리면 여섯 식구가 다시 기차 꼭대기에 비집고 들어가는 일이 어려워졌다. 땅 위에서 누워 잔 값을 톡톡히 치러야 하는 것이다. 그래서 서울까지 오는데 열흘쯤 걸렸던 것 같다. 그동안 여러 번 기차를 타고 내리고 했지만, 객차에 타 본 일은 없었던 것 같다. 기차 꼭대기에만 앉아서 오니 며칠이 지나자 얼굴이 매연에 그을려서 누군지 알아보기도 어려운 지경이 되었다. 아이들의 뺨이 추위 때문에 터지기 시작했다. 어머니의 예쁜 이불도 아이들과 비슷해졌다. 사람과 이불이 모두 매연에 절었다.

엎친 데 덮치는 격으로 군선역에서 아버지가 트렁크를 날치기 당하셨다.

역장실 옆에 놓고 오빠네 집에 전화를 거는 사이에, 민첩한 로스케[7] 하나가 뒤에서 다가와서 삽시간에 트렁크를 낚아챘다. 그는 트렁크를 핸드카에 싣고 반대 방향으로 가 버렸다. 하소연할 곳을 찾을 수도 없었다. 우리 식구는 삽시간에 귀중품을 다 날렸다. 아이들이 어리니까 중요한 것은 모두 아버지의 트렁크에 넣었던 것이다. 부모님의 전대에 넣고 남은 돈과 금붙이와 보험증서 같은 것들이 거기 들어 있었다. 성적표와 상장, 사진 같은 것들도 모두 거기 있었다. 식구들의 나들이옷도 마찬가지다.

기차 꼭대기에 올라가려면 직선 사다리를 타야 하니까, 아이들은 짐을 많이 가지고 갈 수가 없다. 어머니가 만든 백팩만 한 배낭에, 자신의 옷가지와 교과서와 북어포와 미숫가루 같은 약간의 비상식량을 넣을 수 있을 뿐이다. 그때 우리는, 중2인데도 초등학생처럼 몸이 작은 둘째언니를 선두로, 두 살 터울의 딸이 셋이고, 남자애는 초등학교 2학년짜리 하나였다. 그러니 아버지는 유일한 어른 남자여서 중요한 짐을 모두 맡으신 것이다. 아버지만이 당신이 가지고 다니던 잠금 장치가 달린 큰 트렁크를 가지고 계셔서 귀중품은 모두 거기에 넣었고, 어머니는 비상식품과 생활필수품을 담당하고 있었다. 그러니 아버지의 짐을 빼앗긴 것은 치명적인 타격이었다. 벼락을 맞은 것과 흡사한 재난이었던 것이다.

부모님이 40평생을 근검저축하여 모아 놓은 재산을 모두 버리고, 들고 갈 수 있는 것만 가지고 떠난 피난민 가족은, 뿌리를 몽땅 뽑힌 나무와 같은데, 설상가상으로 들고 온 짐마저 도적맞은 것이다. 우리는 낯선 고장에서 다시 출발하려던 가냘픈 희망마저 상실해서, 아이 어른이 모두 풀이 죽어 있었

7) Rusky, 러시아 사람을 낮잡아 이르는 말.

—

2015년의 한탄강 철교, 당시에는 난간이 없었다.

다, 졸지에 거지처럼 되어 버려서, 서울에 왔을 때 학교에 입고 갈 옷조차 없었다. 우리 아버지는 이상하게도 그런 드라마틱한 재난을 자주 당한다. 6·25 때도 몇 년이 걸려서 겨우 성사시킨 수출용 고령토를 막 실으려고 용산역에 쌓아 놓았는데, 전쟁이 터진 것이다.

서울에 오니 일본 사람들이 두고 간 이불이 있었다. 그들도 가벼운 것은 들고 가서 두꺼운 이불만 있었다. 그래서 포도무늬 누비이불은 서울에서도 유용한 덮개가 되었다. 5년 후에 또 전쟁이 터져 다시 기차 꼭대기에 올라가야 할 형편이 되었을 때도, 들고 갈 수 있는 이불은 그 이불밖에 없었다. 남동생을 잃었고, 피난처를 마련하려고 선발대로 가신 아버지는 제2방위선에 갇혀서 죽산에서 나오지 못하셨다. 남은 것은 딸 셋과 어머니뿐이어서 전보다 이불이 좀 여유가 있었을 뿐이다. 우리는 그 이불을 북에서 피난 올 때처럼 기차 꼭대기에서도 남의 집 헛간에서도 잠을 잘 때마다 애용했다.

오빠가 있는 군산까지 20여 일이 걸려서 내려간 1·4 후퇴 때는 소한과 대한 사이여서 추위가 절정에 달해 있었다. 그 해에는 12월에 한강이 얼어서, 그 많은 피난민들이 짐을 실은 달구지를 밀며 걸어서 강을 건널 정도로 유난히 추위가 심했다. 그 추위에서 우리를 보호해 주던 누비이불에는 이미 왕년의 품격은 모두 사라지고 없었다. 피난살이 5년 동안에 이불은 낡고 삭아서 누빈 실이 거의 뜯어져 나가고 솜도 더러 뭉쳐 있었다. 문양도 마찬가지였다. 어떤 데는 닳아서 희끗희끗해지고 어떤 데는 뜯어지니 이불은 실성한 여자 같은 몰골이 되었다.

그런 이불의 모양새는 그대로 우리 가족의 모습이었다. 뿌리가 뽑혀서 겨우 새 땅에 뿌리를 내리려 버둥대는데 다시 새 전쟁이 터져서, 5년 만에 또 기차 꼭대기 신세가 된 피난민 가족. 목숨이 붙어 있는 게 신기할 정도로 우리는 전쟁을 겪고 또 겪으면서, 실밥이 뜯어지고 무늬도 빛이 바랜 포도무늬 누비 이불을 닮아 갔다. 그건 우리 어머니의 꿈의 잔해殘骸이기도 했다. 이불들은 어머니의 유일한 사치였고 꿈이었기 때문이다.

검댕이로 매닥질을 한 따라지의 모습…… 그건 모든 나라의 피난민의 모습이다. 신문에서 바다를 향해 모래에 코를 박고 죽어 있는 세 살짜리 아일란의 사진을 보았다.[8] 빨간 티셔츠를 입은 꼬마의 시체를 보니, 죽은 동생 생각이 났다. 시리아에서 터키까지 그 먼 길을 피난 온 난민 아기 아일란 쿠르디. 보드룸 해변에 차가운 시체로 누워 있는 아일란의 모습은 다다미 위에 시체로 누워 있던 내 동생의 모습이었다.

'따라지'…… 그때 사람들은, 그렇게 힘들게 자유를 찾아 내려온 피난민들을 '38따라지'라고 불렀다. 서울 아이들이 텃세를 하면서, 오자마자 우등을 한 영특한 남동생을 '개뼉다귀'라고 부르며 놀려댔다. 너무 말랐다는 뜻이다. 아이들이 '개뼉다귀'처럼 말라 가다가, 남의 나라 바닷가에 코를 박고 죽는 세월은 이제 그만 왔으면 좋겠다. 전쟁은 어떤 명분으로도 합리화시킬 수 없는 가장 악독한 죄악이다.

한자의 '무武'는 방패를 정지시킨다는 뜻이라 한다. 무력이 있어야 침략을 받지 않는다는 뜻이다. 그 말을 새겨들어야 한다. 로마처럼 도저히 쳐부술 수 없는 막강한 군대를 가지고 있으면 평화가 유지될 수 있다. 일본이 무장을 해도 겁을 내지 않으려면, 북한이 핵무기를 발사해도 걱정하지 않으려면, 우리가 그들을 능가할 무력을 가지는 수밖에 없다.

---

8) 아이는 시리아 내전을 피하기 위해 유럽으로 탈출하려다 터키 해변에서 숨진 채 발견되었다. 2015년 11월에 일어난 일이다.

밤에 한탄강 철교를 건너다

"목단강[1] 패요! 목단강 패 나오시오!"

저녁을 먹고 식곤증이 나서 어머니 옆에 모여 졸고 있는데, 어둠 속에서 아버지 음성이 들려왔다.

한탄강 철교를 사이에 두고 동쪽 끝에는 소련군이, 서쪽 끝에는 미군이 총을 들고 서서 피난민들을 막고 있다고 한다. 북쪽에서는 연천이 종점이다. 피난민 떼가 넓게 퍼져서 근처의 들과 마을을 덮고 있다. 메카로 모여드는 순례자의 무리들 같다. 순례자들이 목적지가 하나인 것처럼 피난민들도 목적지

1) 송화강의 지류에 있는 강과 도시 이름. 흑룡강성黑龍江省 남동부에 있다. 하얼빈 근처다.

가 하나다. 한탄강을 건너는 것이다. 강을 건너 남쪽으로 가려면 길은 철길밖에 없다. 그 철길에 강이 가로놓여 있다. 한탄강이다. 자유를 얻으려면 한탄강에 걸려 있는 철교를 건너는 수밖에 없다. 그런데 그 유일한 통로를 소련군이 따발총을 들고 막고 있다는 것이다.

하지만 아직 38선이 완전히 봉쇄되기 전이어서 그런지 무언가 융통성이 있어 보였다. 근처에 있던 피난민의 얼굴이 바뀌고 있기 때문이다. 한밤을 자고 나면 옆에 있던 사람들이 사라진다. 통행이 금지되어 낮에는 철길이 하얗게 비어 있는데, 자고 나면 피난민들은 신진대사를 하고 있다. 만주에서 오는 피난민이 넘쳐나서 몇 정거장 앞에서부터 사람들이 밀리고 있다. 강에서 가장 가까운 마을에 다다르는데도 시간이 많이 걸린다. 그러나 고여 있는 것은 아니다. 느리기는 하지만 무언가 움직이고 있는 느낌이 있다. 밤이면 사람들이 계속 남쪽으로 흘러가고 있는 것 같은 느낌 말이다.

드디어 의문이 풀리는 때가 왔다. 소련군에게 뇌물을 주고, 그들이 저녁밥을 먹으려고 자리를 비우는 시간을 이용해서 철교를 건너는 방법이 있다는 것이다. 소련군들은 어두워진 후에 자기들과 내통한 사람들만 몰래 내보내는 편법을 쓴다고 한다. 수비대의 군인들은 들켜도 문책을 당하지 않기 위해 만주에서 오는 피난민만 강을 건너게 한단다. 자기들이 저녁 식사를 하러 간 사이를 이용해서 강을 건너게 시간을 알려 주기도 하고, 그들이 사정거리를 벗어날 만큼 멀리 가면, 뒤에서 따발총을 쏘면서 추격하는 시늉을 할 것도 미리 알려 준다고 한다. 들키면 상관에게 둘러댈 구실이 필요하기 때문일 것이다.

감을 잡은 피난민들은 다급하게 같이 온 주변 사람들과 그룹을 만들어 소련군에 접근할 방법을 모색했다. 우리 아버지도 만주 피난민들과 손을 잡고 그룹을 만들었다. 십여 명의 대표를 가진 큰 집단이었다. 대표단은 아버지를 빼면 모두 만주 피난민이다. 그들은 한국 사정을 잘 모르니까, 서울에서 오래 살았고, 해방 후에 서울에 다녀온 경험도 있는 우리 아버지를 앞장 세우기로 결정을 내렸다.

뇌물을 줄래도 방법을 알아야 하니까, 우선 소련군과 아주 잘 통하는 유능한 통역을 찾아야 한다. 그들에게 줄 돈의 알맞은 액수도 알아야 한다. 돈을 모아서 소련군에게 바치면서 강을 건널 날짜를 배정받아야 한다. 그리고는 차례가 올 때까지 기다려야 한다. 대기하는 팀이 많기 때문이다.

피난민이 건너가는 시간에는 북한 사람들이 주로 초소를 지키니까, 북한 주민이라는 것이 들키면 큰일이 난다. 북한 주민이 월남하는 것은 당국이 용납하지 않기 때문이다. 해방되고 석 달밖에 안 된 시점이어서 북한 체제가 아직 자리를 잡기 전이었으니까, 피난민들은 대부분이 만주에서 오는 사람들이기도 했다. 만주 피난민들은 해방 직후부터 계속 남하했는데도, 인해전술을 쓰는 중공군처럼 끝도 없이, 끝도 없이, 밀려오고 있었다.

처음에는 통제하지 않았지만, 그 무렵에는 38선에 초소가 생기고, 단속이 엄해져서 낮에는 꼼짝을 할 수 없었다. 하지만 소련군들도 만주에 살던 남한 사람들이 고향으로 가는 것은 대충 눈 감아 주기로 묵인하는 것 같았다. 수가 너무 많아서 감당할 수 없으니까, 밤이면 경계를 허술하게 해서 사람들이 강을 건너게 해 주는 모양이다. 건너다 잡히거나 죽는 사람은 별로 없는 것 같다고 했다.

아버지는 만주 피난민으로 위장하려고 그들과 손을 잡았다. 들키지 않으려고 북한 주민들은 만주에서 오는 사람들 틈에 조금씩만 끼어서 나가곤 했다. 우리도 그렇게 했다. 그때 우리가 같이 가기로 한 팀은 '목단강'에서 오는 피난민이었다. 그래서 우리도 '목단강 패'가 된 것이다. 아버지들은 러시아말을 잘하는 통역을 찾아냈고, 돈을 추렴해서 수비대를 매수하는 일까지 해냈다. 날짜도 배정받았다.

우리가 떠나기로 약속된 날 밤, 어둠 속에 숨어서 대기하던 수백 명의 '목단강 패'는 만반의 준비를 하고 기다리고 있었다. 아버지가 부르면 최대한 빨리 소련군 초소 쪽을 향해 전진하라는 지시를 사전에 받았기 때문이다. 초소를 지나서도 십 리를 더 가야 한탄강 철교가 나타난다고 했다. 아버지는 우리 팀을 모아 놓고 전날 밤에 미리 주의 사항을 알려 주셨다.

- 비공식적으로 보내 주는 거니까 소리를 내면 안 된다.
- 빨리 움직이지 않으면 소련군이 돌아와서 붙잡아 간다.
- 총은 죽이려고 쏘는 것이 아니니까 겁을 먹지 않아도 된다. 하지만 실탄을 쏘는 거니까 속도가 너무 늦으면 총에 맞을 수도 있다.
- 높은 철교니까 발밑을 조심하지 않으면 떨어져 죽는다. 그러니 앞사람과 거리를 두고 질서 있게 움직여야 한다.
- 만약 가족을 놓치면, 곧장 앞으로 가서 미군 초소 앞에서 기다린다.
- 어디서 오느냐고 물으면 반드시 '목단강에서 온다'고 해야 한다.

아버지가 손을 흔들며 '목단강 패'를 부르자 사방에서 사람들이 몰려나와 비어 있던 철길을 메웠다. 나중에는 다른 곳에서 오는 사람들도 막 끼어들어서, 그날 강을 건너는 피난민은 무시무시하게 불어났다. 빽빽하게 철길을 메운 행렬이 끝없이, 끝없이 이어졌다. 하지만 돈을 낸 팀에는 우선권이 있다. 안전도가 높은 앞쪽을 차지할 권리다. 약속한 시간이 지나면 북쪽 군인들이 꼬리를 잘라 버리는 수도 있다고 했고, 뒤에 처지면 소련군의 총에 맞을 수도 있다니까 앞쪽이 아무래도 유리했다. 철교 근처에는 길섶이 없어서인지 새치기 같은 것을 하는 사람은 거의 없었다. 질서가 무너지면 나 같은 꼬마는 쥐도 새도 모르게 압사될 판인데, 밀치거나 재촉을 하는 사람도 별로 없었다. 가족 단위의 팀이 많으니까 어른들이 남의 아이들까지 봐주었던 모양이다.

현기증이 나는데도 애써 눈을 부릅뜨며, 정신없이, 정신없이 걸었다. 드디어 초소가 나타났다. 횃불을 받쳐 든 소련군 옆에서 북한 군인들이 사람들에게 '어디서 오느냐' 고 묻고 있었다. 아버지는 우리를 미리 그들과는 가장 거리가 먼 왼쪽에 자리 잡아 주었다. 낮이면 더러워진 정도에 따라 만주 피난민과 북한 주민을 구별할 수 있을지 모르지만, 어두워서 구별이 잘 되지 않았고, 같은 함경도 사투리를 쓰고 있는 사람이 많으니, 사실상 적발해 내는 일은 어려워 보였다. 그런데도 피난민들은 잔뜩 주눅이 들어서, 서정주의 시에 나오는 구절처럼 '들키면 큰일 나는'[2] 숨들을 몰아쉬고 있었다. 침묵하는 집단이 불도 없는 어둠 속을 질서정연하게 전진만하고 있으니, 야습을 하러 안개처럼 적진에 스며드는 특공대들 같았다.

다리가 아팠지만 그런 걸 내색할 계제가 아니었다. 철교에 대한 공포 때문이다. 철교야 우리 동네에도 있다. 하지만 동대천에 걸려 있는 철교는 3~4미터 높이에 길이가 짧다. 수심이 얕고 모래펄이어서 떨어져도 죽을 염려가 없다. 그래서 아이들은 아무렇지도 않게 철교 위를 넘나들었다. 하지만 나는 한 번도 그걸 해 본 일이 없다. 빈혈인 데다가 꼬마여서 낮에도 감히 철교에 올라갈 엄두를 내지 못했다. 침목 사이가 너무 넓었기 때문이다.

그런데 지금은 밤이다. 한탄강 철교는 높고, 엄청나게 길다는 말을 들었

2) 서정주의 시 '민들레꽃'의 일절. '사람들은 모두 다 남사당패같이/허리띠에 피가 묻은 고의 안에서 들키면 큰일 나는 숨들을 쉬고……'

다. 부모님은 한손에 동생들 손을 잡고 다른 손에 무거운 짐을 들었으니, 내게는 의지할 어른이 없다. 언니가 있지만 나보다 별로 클 것도 없는 꼬마여서 도움이 될 것 같지 않았다. 나는 앞이 캄캄했다. 초겨울이었지만 강바람이 휘몰아치며 뺨을 할퀴고 있었다. 하지만 추위 같은 건 문제도 아니었다. 철교만이, 긴 다리를 가진 괴물 같은 철교만이 문제였다. 등짐까지 지고, 밤에, 언제 끝날지 모르는 철교를, 열세 살짜리 아이가 혼자 힘으로 건너야 하는 것이다. 죽고 싶은 심정이었다.

드디어 철교 앞에 섰다. 저승처럼 아득히 멀게 느껴지는 발밑의 어둠 속에서, 여울물이 으르렁거리고 있었다. 침목의 간격은 예상했던 대로 너무 넓었다. 다리를 한껏 벌려야 다음 침목이 겨우 발끝에 닿을 것 같은데, 그런 자세로 어떻게 몸 전부를 앞으로 끌어갈 수 있다는 말인가? 부모님은 어디 계신지 보이지도 않고, 우리를 부르는 소리만 저만치에서 들려온다. 고립무원이다. 뒤에서 사람들이 밀려오니 주춤거릴 시간도 없다.

다급해지니까 언니가 자기를 따라 하라면서 철로의 레일 위에 납작 엎드렸다. 개구리처럼 레일에 배를 붙이고 한 칸 한 칸 기어가기 시작하는 것이다. 얼결에 나도 따라 했다. 몸을 싣기에는 레일이 너무 좁았지만, 겨우겨우 균형을 잡으며, 필사적으로 손을 뻗어 앞의 침목을 잡는다. 그리고는 다리를 오므려서 뒤의 침목을 밀어내며 자벌레처럼 조금씩 전진한다. 손을 내밀어 다시 다음 침목을 잡고……. 그런 식으로 벌벌 떨면서 한 칸 한 칸 건너고 있었다. 어둠 속에서 강물이 요란을 떨었다. 왈랑거리면서 흘러가는 물소리가 머릿속에서 왕! 왕! 울렸다. 죽음의 신이 차가운 손으로 금세 덜미를 낚아챌 것 같았다.

설상가상으로 뒤에서 따발총 소리까지 들려오기 시작한다. 시늉만 하는 거라는 말을 듣기는 했지만, 따! 따! 따! 따! 신경질적으로 이어지는 총소리가 계속 따라오니, 넋이 빠져 버릴 것 같다. 사람들은 소리 하나 내지 않고 필사적으로 철교를 건너고 있다. 잔뜩 긴장한 수백 명의 사람들의 침묵이 만들어 내는 귀기어린 분위기가 목을 조인다. 어둠 속에서 철교를 건너는 건 내겐 지옥행이었다. 그 무서운 길을 혼자 가야 한다는 사실이, 정말로 의지할 사람이 하나도 없다는 사실이 확인될 때마다, 나는 물벼락을 맞은 강아지처럼 부르르 몸을 떨었다.

이스라엘 사람들이, 언약도 받지 못한 요단강을 건널 때, 한 발 한 발 내딛는 것이 목숨을 건 모험이었다는 말을 딸에게서 들은 일이 있다. 나의 한탄강 철교 건너기가 꼭 그와 같았다. 등에는 짐까지 붙어 있는데 발아래는 나락이었던 것이다. 철교는 끝이 없는 것처럼 아득하게 느껴졌다.

"미안하오. 아이들이 뒤에 있소, 도와주시오". 아버지의 절박한 목소리가 어둠을 가르며 들려왔다. 스크럼을 짜듯 빽빽하게 뭉쳐서 전진만 하는 무리를 거슬러 오는 사람이 있으니, 사방에서 욕이 쏟아져 나왔다. 아버지가 구박을 받으면서, 레일 바깥의 위험한 좁은 공간에서 곡예를 하듯이 발을 더듬어 디디며 다가오는 형상이 어둠 속에 부각되었다. 동생을 먼저 건너 놓고 우리를 데리러 오신 것이다. 늘 이방인처럼 낯이 설었던 그 6척의 사나이가 그때는 정말로 구세주 같았다.

죽음이 그렇게까지 무섭던 철교 위의 시간은 지금도 이따금 악몽으로 나타난다. 하지만 여든이 지나 죽음을 끼고 사는 자리에서 보니, 경기를 일으킬 것 같던 열세 살 아이의 죽음에 대한 공포가 남의 일처럼 사랑스럽다. 얼마나, 얼마나 살고 싶었으면, 그렇게까지 그렇게까지 죽음이 무서웠을까?

—

열세 살의 아이에게는 철교가 끝이 없는 것처럼 아득하게 느껴졌다.

DDT와 미군병사

다리를 넘고서도 동두천까지 수십 리 길을 다시 걸어야 한다. 한참 걷고 있는데, 누군가가 병든 아버지를 위해 마을까지 가서 달구지를 구해 왔다. 어머니는 사정사정해서 우리도 거기에 태웠다. 달구지에서 내리고서도 아주 많이 걸어서 다다른 동두천의 미군 초소에는 불이 휘황하게 켜져 있었다. 북쪽보다 군인의 수도 많았다.

우리가 엊그제까지 학교에서 배운 미국의 군인은, '귀축과鬼畜科'에 속하는 괴물이었다. 사방에 붙어 있는 '미영귀축米英鬼畜'의 포스터 때문이다. 거기에는 역삼각형으로 머리통은 크고 아래로 갈수록 몸이 가늘어지는 루즈벨트 대통령과, 못생긴 불독 같은 처칠 수상이 그려져 있었고, 그들을 쳐부숴야 한다는 '미영격멸米英擊滅'의 구호가 크게 쓰여 있었다.

그런데 여기 나타난 미군들은 뜻밖에도 하얗고 끌밋했다, 얼굴색이 소련군보다 덜 붉고, 더 날씬할 뿐, 눈은 똑같이 파랬다. 운동선수처럼 기운이 넘쳐흐르는, 부자 나라의 키 큰 군인들은, 피난민들을 막을 의사가 없어 보였다.

그런데 모두 손에 이상한 물건들을 들고 있었다. 원통형의 메탈로 된 기구였다. 직경이 10센티미터 정도이고 길이가 60센티미터쯤 되는, 호스가 달린 백팩 같은 통인데, 호스는 등에 메고 있는 큰 통에 연결되어 있었다. 요즘 시골에서 농약을 치는 사람과 흡사한 형상인데, 생전 처음 보니 괴기하게 느껴졌던 것이다. 그런 차림으로 한 줄로 늘어서서 미국의 군인들이 피난민을 향해 다가오고 있었다.

총은 아닌데 저건 대체 무슨 무기일까? 피난민들은 모두 겁에 질렸다. 미군들은 앞에 오더니 피난민들을 팔과 다리를 벌리고 한 줄로 늘어서게 했다.

그리고는 일제히 목덜미에 손을 댔다. 나는 그들이 피난민들을 목을 따서 죽이는 줄 알았다. 이렇게 죽을 거면 차라리 철교를 건너기 전에 죽는 게 나았을 것 같다는 생각이 스쳐갔다.

앞쪽에 섰던 나는 미군 하나가 다가와 목의 뒤쪽 옷깃을 넓게 젖히는 것을 느꼈다. 얼음같이 차가운 호스의 한쪽 끝이 옷 속에 닿았다. 그러더니 펌프질이 시작됐다. 무슨 가루 같은 것이 등허리의 맨살 위로 흘러 내려가고 있었다. 매캐한 약 냄새가 났다. 생전 처음 맡아 보는 냄새였다. 일제시대에 회충을 죽인다고 학교에서 멀렁멍렁한 해초 수프를 억지로 먹이던 생각이 났다. 냄새가 고약했다. 하지만 이 냄새는 그것보다 건조하고 독했다.

미군은 가슴과 허리에도 같은 일을 되풀이했고, 소매와 바지 속, 신발 속에도 흰 가루를 퍼부었다. 마지막에는 머리를 숙이게 하고 머리에까지 부어댔다. 가루가 얼굴에도 묻었다. 어쨌든 죽이는 것은 아닌 모양이니 마음은 좀 가라앉았지만, 나는 그들의 하는 짓을 도무지 이해할 수 없었다. 웃으면서 그 짓을 하니까 꼭 장난치는 것처럼 보여서 무언가 모욕을 받은 기분이 되었다.

소리 하나 내지 않고 철교를 건너던 사람들이 막 아우성을 치기 시작했다. 이해할 수 없는 일을 당했기 때문이다. 미군들은 웃으면서 물총 장난을 하는 아이들처럼 같은 일을 계속했다. 그들은 줄창 무어라고 설명하면서 손짓 발짓을 해댔지만, 피난민들은 알아듣지 못해서 모두 패닉 상태가 되었다. 여자들의 바지 속에까지 가루를 뿌려 넣으려고 실랑이를 하니 수라장이 되지 않을 수 없었다. 졸지에 당하는 일이라 아이 어른이 모두 겁을 먹고 있는데, 아버지가 정보를 얻어 가지고 오셨다.

"전염병 생길까 봐 DDT라는 소독약 뿌리는 거란다. 걱정하지 말아."

그렇다면 기분은 나쁘지만 불평할 이유는 없다. 한 달 가까이 노숙한 만주 피난민들은 사실 너무 더러웠고, 이가 득실거렸으니 전염병이 생길 위험은 충분히 있었다. 피부가 여린 동생과 나는 소독약 때문에 피부에 염증이 생겨서 오래 고생했지만, DDT 덕분에 그 해에 그렇게 많은 피난민들이 몰려왔는데도 전염병이 생기지 않았는지도 모른다. 뿐 아니다. 우리는 이를 머리에 인 채 서울로 입성하지 않아도 되었다.

하지만 '무슨 호의를 저렇게 무례하게 베푸나?' 하는 불만은 여전히 남았다. 약을 뿌리는 통이 너무 커서 위협적이었고, 몸을 돌려 가면서 약 뿌리는 시간이 너무 짧았기 때문에 뺑뺑이를 돌린 기분이었다. 피난민이 워낙 많으니 곰살맞게 굴 틈이 없기도 할 거라는 생각은 나중에야 들었다. 하기야 다리를 건넌 값을 내라고 하지 않는 것만 해도 어딘가? 게다가, 그들은 피난민에게 더운 음식을 먹여 주었고, 기차도 태워 주었던 것 같다. 지붕 위가 아니라 객차였다. 그런데도 무언가 모욕을 당한 것 같은 느낌은 그냥 남았다. 자신의 의사와 관계없이 영문도 모르는 채 살충제로 범벅이 되는 것은 즐거운 일일 수 없는 데다가, 너무 창졸간에 당해서 얼결에 뺨이라도 맞은 것 같은 기분이었기 때문이다.

약의 양이 너무 많은 것도 이해가 되지 않는 부분이었다. 왜 저다지도 많은 양을 퍼붓는 것일까? 그들은 정말로 하얀 약 가루를 우리에게 쏟아붓다시피 했다. 아마 적정량의 몇 배는 되는 것 같았다. 그때의 의문은 그 후에도 미국을 볼 때마다 되풀이되었다. 오랜 후에 나는 그 소독 장면에 미국의 한 단면이 들어 있다는 생각을 했다. 물자를 아끼기보다는 시간을 아끼려는, 부자 나라의 소비 패턴이 거기 있었던 것이다.

미국 사람들의 레이션 박스에는 혼자서는 다 먹을 수 없는 많은 음식이

들어 있다. 미국 사람들은 수영이나 샤워를 하면서, 너무 큰 타월을 쓰기 때문에 세탁물이 우리보다 몇 배나 많다. 개인 집에도 코인라운드리처럼 큰 세탁기들을 놓아야 하는 이유가 거기에 있다. 많이 담아내 놓아서 먹다가 남은 음식은 접시째 쓰레기통으로 들어가고, 커피는 머그잔으로 마시고……. 전쟁을 하면 포탄은 또 얼마나 푸짐하게 쏟아붓는가? 6·25 때 하늘을 덮었던 까만 폭탄들을 날마다 올려다보던 생각이 난다.

검은 원숭이처럼 매연으로 시커메진 피난민들은 흰 소독약에까지 범벅이 되니 꼭 유령 같은 게 우습고 괴이했다. 나는 지금도 그런 흉악한 몰골로 서울에 입성한 것을 생각하면 너무너무 화가 난다. 나와 서울의 첫 만남인데……. 그런 꼴을 하고 와서는 안 되었다는 생각이 들기 때문이다.

우리 집에서는 아이들을 중학교부터 서울에서 교육을 시켰다. 나는 그때 6학년이었으니까 어차피 넉 달 안에는 서울에 올 예정이었다. 그 여름에 나는 서울에 갈 날을 얼마나 손꼽아 기다렸던가? 그건 언니들의 세계에 동참하는 놀라운 승격昇格의 기회였다. 초등학생에서 중학생으로 발돋움하는 것은 또 얼마나 경이로운 발전인가?

언니들이 처음 서울에 갈 때, 어머니는 고운 옷을 많이 만들어서 고리짝에 넣어 주셨다. 떠나는 날은 카오花王 비누를 수건에 듬뿍 묻혀 몸을 정갈하게 씻겨 주었고, 이발관에 가서 머리를 다듬게 했으며, 우테나 크림도 발라 주셨다. 처음으로 구두를 신고, 가족의 환송과 환영을 받으면서 언니들은 서울에 화려하게 입성했다. 그건 다른 세계로의 도약이며, 축복받은 새 출발이었다.

그런데 나는 검은 원숭이가 밀가루 밭에서 뒹군 것 같은 몰골을 하고 서울에 입성한 것이다. 그림이 너무 좋지 않았다. 그렇게 들어와서는 안 되는 것이었다는 생각이 오랫동안 나를 우울하게 만들었다. 정말로 그런 몰골로 서울에 오고 싶지는 않았던 것이다. 피난으로 인해 모든 것이 엉망진창이 되어 버렸다. 서울에서의 삶은 그 이전의 삶보다 어수선하고 궁핍하고 불행했다. 그 모든 재앙의 원인이 마치 그런 매무새에 있었던 것처럼 나는 그 모습을 생각하면 분노가 치밀곤 했다.

서울에 와서 반년 만에 나는 경기여고에 합격했다. 시골에 있을 때 내가 경기여고에 가겠다고 했더니, 옆 반 선생이 나를 보고 '경기여고가 북청[3]에 있는 줄 아는 모양'이라고 놀리던 생각이 났다. 시골에서 보면 그렇게 하늘의 별 따기인 경기여고에 38따라지인 아이가 단번에 합격했으니, 나의 입시의 꿈은 성취된 셈이다. 친척인 강형룡 박사님은 지금도 내가 그렇게 열악한 조건에서, 오자마자 경기여고에 합격한 것을 대견해 하신다.

하지만 그건 축하할 일이 아니었다. 내게는 그런 좋은 학교에 다닐 여건이 전혀 구비되지 않았다. 어떤 학교에도 다닐 여건이 되어 있지 않았다고 하는 편이 옳을 것 같다. 가뜩이나 약골인데, 피난 와서 안정을 잃어, 체력이 형편없이 허술해졌다. 전차를 타면 멀미를 해서 종일 정신이 하나도 없었다. 그러니 걸어서 학교에 가는 건 더 말할 필요가 없다. 학교가 멀면 절대로 안 되는 건강상태였던 것이다. 그런데 학교가 너무 멀었다. 학교에 닿으면 이미 탈진이 되어 공부할 기운이 없었다.

교통편도 문제였다. 피난 온 사람들은 집값이 비싸서 사대문 안에 들어가지 못한다. 변두리의 적산가옥에서 살거나 해방촌의 하꼬방에서 사는 것이다. 우리도 내내 용산구 안의 적산가옥을 맴돌았다. 원효로 2가나 삼각지에

3) 北靑, 우리 고향인 함경남도 이원군의 이웃 고을이다. 북청 사람들은 물장사를 하면서도 자식을 공부시키는 것으로 유명하다.

있던 우리 집은 걸어서 정동에 가기에는 너무 멀었다. 남대문까지 가는 전차가 있었다. 전차는 너무 만원이어서 중간 역에는 잘 서지도 않았다. 설상가상으로 북한에서 전기를 끊어서 전차가 아무 데서나 서기 시작했다. 어디에 설지 예측할 수 없으니 몇 시에 집을 나와야 할지 가늠할 수 없다. 전차가 서면 지나가는 트럭을 얻어 타거나 걸어서 학교까지 가야 한다.

몸이 약한 나는 트럭에 올라탈 능력이 없으니까 걸어서 학교에 가야 한다. 전차가 일찍 서 버리는 날은 지각을 했다고 벌을 선다. 나는 너무 지쳐서 벌을 서다가 까무러치기도 했다. 그러면 위생실에 실려 간다. 학교에 다닌 것이 아니라 위생실에 다닌 셈이 될 정도로 나는 자주 위생실에 들락거렸다.

그러다가 교통사고가 나서 한 달을 쉬었다. 학교에 가 보니 대수代數와 기하幾何가 따라가기에는 너무 많이 진도가 나가 있었다. 그 김에 수학 공부를 영원히 포기해 버렸다. 이상하게도 내 짝꿍들은 언제나 수학의 천재들이었는데, 나는 커닝을 할 의욕도 없어서 수학 점수는 늘 바닥을 기었다. 수학뿐 아니라 과학에도 흥미를 잃었다. 재봉 시간은 더했다. 학교에서 요구하는 준비물이 우리 집에는 하나도 없었던 것이다. 나는 바느질을 잘하는 아이였지만 그때부터 재봉 시간도 포기해서 재봉 점수도 하위권에 들어갔다.

동생의 죽음은 영혼도 망가뜨려 놓았다. 내성적이어서 환경이 변하는 것에 쉽게 적응하지 못하는 나는, 그러지 않아도 낯선 환경에서 고전하고 있었는데, 갑자기 동생을 잃은 것이다. 나보다 어린 나이에도 사람이 죽을 수 있다는 사실이 나를 뿌리부터 흔들어 놓았다. 그렇다면 나도 아무 때나 죽을 수 있다는 이야기도 되기 때문이다. 열네 살에 나는 이미 허무주의자가 되어 윤심덕의 '죽음의 찬미' 같은 노래만 부르며 살았다. 의욕을 상실해서 공부를 잘해야 한다는 생각 자체가 없어진 것이다.

그러지 않아도 나는 전인교육과는 적성이 맞지 않는 학생이다. 고향에서도 서예書方, 미술圖畵, 체조 같은 과목의 점수가 낮아서 한 번도 일등을 한 일이 없다. 그래서 나는 대학을 아주 좋아한다. 하고 싶은 공부만 해도 되기 때문이다. 동생의 죽음은 나를 성적 경쟁에서 해방시키는데 기여했다. 좋아하는 국어, 영어, 역사 같은 과목만 공부하면서 나는 나머지 시간을 소설 읽는데 쓰기 시작했다. 성적이 곤두박질치는 참담한 일이 생겨났다. 나의 중·고등학교 시절은 실의와 절망과 열등감으로 범벅이 되어 버렸다.

그런 여건에서, 나는 전쟁의 피해를 입지 않은 서울 아이들과 경쟁을 해야 했다. 애초부터 초·중·고를 모두 걸어갈 수 있는 거리에 자리 잡은 사대문 안의, 안정된 가정의 수재들과 경쟁을 해야 한 것이다. 좋은 학교에서는 잠시라도 한눈을 팔면 등수가 곤두박질을 친다. 잘하는 학생들이 너무 많기 때문이다. 내 성적이 곤두박질치고 있는데, 우리 어머니는 울고만 계셨다. 늘 자신에 차 있던 어머니도 나처럼 혼란과 소외 속에서 절망하고 있었던 것이다.

오랜 동안 나는 그 모든 잘못을, 소련군들이 보내 놓고 뒤에서 쏜 살기 어린 총소리와, 한탄강을 모양 사납게 기어서 건넌 것, 미군들이 DDT를 너무 많이 퍼부은 것 때문인 것처럼 생각하며 살았다. 거지 같은 몰골로 서울에 들어온 것은 너무나 굴욕적인 일이었기 때문이다.

중3쯤 되니 글이 쓰고 싶어졌다. 마침 개교기념일에 전시할 글을 모집하려고 작문을 시키는데, 선생님은 자기가 아는 글 잘 쓰는 아이들에게만 전시용 특제 원고지를 나누어 주셨다. 내게도 원고지를 달라고 요구했다. 그리고 '38선을 넘은 값'이라는 글을 써서 뽑혔다. 한탄강을 기어 넘어와 동생을 잃은 이야기를 쓴 것이다.

사람은 많으나 소리 없이 걷는 길
십 리만 더 가면 38선이라고……

라는 구절이 있었던 생각이 난다.

자유를 찾아, 그렇게 목숨을 걸고 38선을 넘은 값은, 반년도 못 되어 숨을 거둔 남동생의 죽음으로 정산된 것이 아니었다. 그 주검을 보고 너무 울다가 여동생이 녹내장에 걸렸다. 그래서 "모구리의 모험"을 읽은 것이 그 애의 마지막 독서가 되었다. '모구리'를 읽는 나이에 녹내장 환자가 된 것이다. 소개령 때문에 하던 사업을 접고 낙향한 아버지는 잘나가는 사업가였는데, 자본이 모자라서 하는 일마다 죽을 쑤셨다. 농경민의 딸인 어머니는 토지를 모두 두고 오더니, 일제시대에도 대가족을 부양하던 그 유능함을 상실하고, 머리를 잘린 삼손처럼 되어 버렸고…… 갯벌 같은 어둠이 집안에 가득 차 있는 세월이 계속되었다.

군사정권 밑에서 아이들을 낳아 기르며 살던 무렵에, 나는 이따금 경이에 찬 눈으로 어머니와 아버지를 쳐다볼 때가 있었다. 그 모든 고난을 예상했으면서…… 가진 것을 다 내려놓고…… 정말로 두 손으로 들 수 있는 것 외에는 모두 내려놓고…… 젊지도 않은 나이에 남쪽으로 올 결심을 한 것이 너무나 놀라웠기 때문이다.

추운 계절이었는데……
아이들이 모두 어렸는데……

기차 꼭대기는 너무나 위험한 곳이었는데……

어디에서 그런 엄청난 결단을 내릴 용기가 나오신 것일까? 롯의 아내는 두고 온 것들을 못 잊어 뒤돌아보다가 돌이 되었다는데…… 돌도 되지 않고, 돌도 되지 않고…….

2015년, 다시 경원선을 타다

1945년 겨울, 나는 북에서 경원선 열차를 타고 연천까지 왔다. 그때는 연천 동두천 사이가 북한과 남한의 경계선이었다. 기차가 못 다니는 구간이었던 것이다. 그래서 우리는 걸어서 38선을 넘었다. 그때도 지금처럼 철로는 단건單線 궤도였던 것 같다. 그 좁은 공간에 사람들이 두부모처럼 모서리까지 반듯하게 꽉 차서, 남으로, 남으로 이동하고 있었다. 철교를 건너기 위해서다. 한탄강 철교는 남으로 가는 유일한 통로였다. 철교 위는 더 좁았다. 갓길이 없기 때문이다. 침목 밖은 허공이다. 난간조차 없으니까 한 치 밖이 저승이다. 소련군이 밤에만 몰래 보내 주니까 피난민들은 누구나 허공에 걸린 것 같은 철도의 침목 위에서 밤에 남사당패처럼 목숨을 건 곡예를 해야 한다.

그때는 동두천이 남쪽의 터미널이었는데, 지금은 연천의 신탄리新炭里가 종점이었다. 휴전선 덕에 경계선이 원래 것보다 다섯 정거장이나 북으로 올라간 것이다. 경원선 열차는 동두천·소요산·초성리·한탄강역~전곡·연천·신망리·대광리·신탄리 구간을 한 시간 동안 북을 향해 달린다고 한다. 신탄리에 가면 백마고지가 보이고, '철마는 달리고 싶다'고 쓰인 현판이 서 있다 한다. 북한으로 보내는 편지를 넣는 커다란 우체통도 있다고 한다.

경원선은 오빠와 언니들이 방학마다 집으로 가던 귀향 철도였다. 나도 그들처럼 귀향하고 싶다. 16킬로미터의 철도 차단 구간을, 차바퀴로 맨땅을 긁으면서라도 내쳐 달려만 가면, 거기 저승에 간 가족들이 모여서 기다리고 있을 것만 같다. 할머니, 어머니, 아버지, 종이 오빠, 건이…… 고향이 저승처럼 느껴진다. 그래서 나는 지금 저승으로 여행을 떠나는 에네이드[1]처럼 마음이 착잡하다.

가을답게 하늘에는 구름 한 점 없다. 단풍이 들기 시작한다. 산들은 ㅅ 자 형상으로 제가끔 높이 솟아 있다. 뒤에서는 서로 손을 맞잡아 산맥을 이루지만, 앞모습은 깔끔하게 혼자다. 가을걷이를 한 들판이 신산하다. 밭이 많은 지역이어서 더 어수선해 보이는 것 같다. 이따금 보이는 물이 오른 배추들만 독야청청獨也青青이다. 김장철이 멀지 않은 것이다.

하도 오래돼서 언제 서울에 도착했는지 정확한 날짜가 생각나지 않는다. 그런데 그 해에 우리가 김장을 하지 못했던 것만은 생생하게 기억된다. 언니와 둘이 익선동 건하 아저씨[2] 댁에 가서 양은 바케쓰에 김치를 잔뜩 얻어 왔다. 오래간만에 김치를 본 남동생이 환장하고 덤볐다. 손으로 김치를 찢어 먹는 아이에게 누나들이 잔소리를 한다.

---

1) 저승 여행을 한 로마 건국의 아버지. 트로이의 장군 출신이다.
2) 강건하姜乾夏, 익선동에 있던 '강내과' 원장. 최남선의 사위. 한민당 발기위원이어서 6·25 때 납북되었다. 우리 집안의 종손이다.

어머니는 꾸지람에도 남녀 차별을 두었으니까, 누나들은 남동생의 잘못을 봐주고 싶지 않아 필요 이상으로 날을 세운다. 그게 그 애의 마지막 겨울인 것을 몰랐던 것이다. 어머니가 김치를 수습해 놓고 나서 우리가 실컷 먹을 만큼 풍성하게 김치를 내주셨다. 일본 사람들이 버리고 간 부엌에서 피난민들이 벌이는 김치 잔치였다.

빈 밭에 하우스용 하얀 비닐 뭉치들이 여기저기 널려 있다. 기계로 만 저런 형상의 덩어리들을 전에도 본 적이 있다. 로마 근교에서였다. 기계로 롤케이크처럼 깔끔하게 만 밀집 뭉치들을 설치미술처럼 여기저기 놓아둔 풍경이 신기했다. 1996년의 일이다. 철원 평야 여기저기에 놓여 있는 깨끗한 비닐 뭉치들이 단속적斷續的으로 이어지면서 신탄리가 나타났다. 하얀 비닐 덩어리들이 스산한 들판에 점묘화를 그린다.

내가 탄 2015년의 경원선에는 터널이 하나밖에 없었던 것 같다. 그러니 주변은 계속해서 들판이다. 용암지대여서 곡식이 자라지 않는 척박한 평야였다더니, 배수관을 묻었는지 황무지는 거의 없었다. 평지인데도 철길은 좀 높았다. 좌우에 배수용 도랑이 만들어져 있어서, 철로는 넓은 갓길을 끼고 엄격하게 밭들과 구분되어 있었다. 피난 올 때는 도랑 너머까지 사람으로 가득 찼었다. 길보다 높다고 해 봐야 1미터 정도의 높이인데, 피난 올 때는 철길이 엄청나게 높다는 생각을 했다. 어두워서 주변이 보이지 않았기 때문이었을 것이다.

70년 전에 나는 이 코스를 거꾸로 걸어 내려오는 여행을 했다. 연천에서 시작해서 동두천까지 일곱 정거장을 걸어서 내려온 것이다. 그건 여행이 아니라 피난행이었다. 피난민답게 우리는 연천까지 기차 꼭대기에 앉아서 왔다. 피난민답게 누구나 한결같이 구지레한 몰골을 하고 있었다. 피난민답게 모두들 지쳐 있었다. 피난민답게 모두 배가 고팠다. 해방 되던 해의 입동 무렵의 일이다. 그때 열세 살이었던 나는 국민학교 6학년생. 키 1미터 30센티. 파리한 약골의 꼬마 아가씨.

제일 먼저 연천에서 전곡까지 걸었다. 캄캄한 밤이었다. 거기서 소련군 초소를 지났다. 그리고 또 많이많이 걸어서 경계선인 한탄강 철교 앞에 섰다. 철교는 먼 하늘에 걸린 은하수처럼 높게 느껴졌다. 침목 사이가 38선만큼이나 넓게 여겨졌다. 아래쪽 아득한 곳, 지옥 같은 그 어둠 속에서 물이 왈랑거리며 요란을 떨고 있었다. 뒤에서 사람들이 밀려왔다. 멈추는 것은 불가능했다. 떨어져 죽지 않으려면 전진해야 한다. 부모님은 동생 둘을 간수하느라고 정신이 없다. 아이들이 겁을 먹고 울먹였기 때문이다. 소리를 내면 소련군에게 잡힌다. 손으로 입을 틀어막는다. 따발총 소리가 쫓아온다.

절대절명絶對絶命, 고립무원孤立無援. 나는 천상 혼자 힘으로 다리 건너기를 해내야 할 처지였다. 까무러칠 것 같았다. 수가 없으니 언니를 본떠 엎드려서 긴다. 배를 레일에 붙이고 자벌레처럼 배밀이를 하는 것이다. 자벌레처럼 굼뜨게, 굼뜨게 전진한다. 철교는 끝이 없는 것 같아 보인다. 등에 진 짐이 균형을 어지럽힌다.

그건 정말 악몽이었다. 70년의 세월로도 지워지지 않는…… 한탄강 건너기는 영원한 악몽이다. 다리를 건너도 희망은 없다. 사지에는 이미 감각이 없어졌는데, 동두천까지 또 세 정거장을 더 걸어야 한다. 모두 합해야 40리가 아니면 50리쯤 되는 거리였을 것이다. 그런데 열세 살의 내게는 땅끝처럼 멀게 느껴졌다. 어둠 속을 밤새도록 걸었던 것 같은 기억이 머리에서 굳어 버린 것이다.

그때 이야기를 글로 쓰다가, 문득 경원선을 탈 수 있겠다는 생각이 영감

—

경원선 열차는 이제 한 시간 동안 북을 향해 달린다.

처럼 떠올랐다. 동쪽은 휴전선이 38선보다 북으로 올라갔기 때문에 철원까지 남한 땅이 된 것이다. 그 부분을 경원선이 북을 향해 달린다.

70년의 세월이 기억의 테두리를 부수어서, 나는 그 무렵의 일들을 기억하는 것이 너무 적다. 그때 나는 어떤 색 옷을 입고 있었을까? 무엇을 먹었을까? 며칠이 걸려 서울에 왔을까? 한탄강은 정말 나락처럼 깊었을까? 침목 사이는 정말 그렇게 벌어져 있었을까?

가 보면 혹시 무언가 생각나는 게 있지 않을까 싶어 길을 떠난 것이다. 종점인 신탄리 역사 2층에서 메밀부침과 묵을 먹었다. 역 근처에 커다란 축사가 보였다. 벽돌공장, 축사, 비닐하우스 같은 것들이 여기저기 있었다. 개발 초기라서 이 지역에는 오만 가지 양식의 조잡한 2층집들이 띄엄띄엄 있었다. 어수선하고 삭막했다.

38선이 휴전선 이남이 되기 위해서, 내가 기차를 타고 온 이 구간은 산과 들이 모두 피로 물들었던 비극의 고장이다. 능선 하나 넘을 때마다 여러 나라에서 온 생나무 같은 젊은이들의 팔이 잘렸다. 다리가 날아갔다. 목숨이 사라졌다. 강물이 피로 물들었던 백마고지와 다른 능선들.

기차는 다섯 칸짜리였다. 증기기관차를 흉내 내느라고 이따금 기적이 울렸다. 어둠 속에서 빨건 입김을 내뿜으며 시커먼 증기기관차에서 기적이 울리면, 검은 짐승이 하늘을 향해 포효하는 것처럼 절박한 느낌이 들던 어린 시절이 생각난다. 하지만 이 매끈한 기차에는 지붕에 올라가 탈 자리가 없어 보인다. 차체가 너무 하얗다. 좌석에는 깨끗한 붉은 시트가 깔려 있다. 기차는 KTX와 같은 머리를 양쪽에 달고 있어 분위기도, 외양도, 내가 타고 온 검은 짐차와는 너무 다르다.

나도 기차처럼 너무 다르게 변했다. 상고머리를 하고 호기심에 눈이 빛나

—

70년의 세월이 흘러 다시 선 한탄강역.

던 소녀는 이제는 아무 데도 없다. 베이지색 옷, 색깔이 든 노안경, 하얀 모자 …… 이 다리를 기어서 건너던 소녀와 만나면 못 알아볼, 퇴임교수의 낡은 모습이다. 이제 나는 여든세 살. 정확하게 70년이 지나갔다. 70년의 세월이 그 두 얼굴 사이에 끼어 있다. 뿌리 뽑힌 나무들의 오랜 수난의 역사가 구비구비 새겨진 얼굴이다. 70년이나 지났으니 강산은 또 얼마나 많이 변했겠는가?

수요일인데 등산객이 많았다. 거의 다 노인들이다. 경로 할인이 있으니 적은 돈으로 하루를 즐길 수 있다며 그분들은 좋아한다. 체크 잠바를 입은 여인이 퍼질고 앉아 수다를 떤다. 붉은 잠바의 점잖은 어르신이 아무에게나 말을 건다. 감색 잠바의 남자가 자기 짐을 건드렸다고 눈을 부라린다. 나는 얼굴에 '말을 걸지 마세요'라고 써 붙인다. 체크 잠바도 붉은 잠바도 감색 잠바도 모두 밀어내기 위해서다. 혼자이고 싶었다. 경원선을 타고 있는 그 시간이 너무 소중해서 누구의 방해도 받고 싶지 않았다.

구식으로 카메라를 들고 한탄강역 플랫폼에 내려서 사진을 찍는다. 세 개로 불어난 철교 사진을 찍는다. 기어서 철교를 건너던 여자애도 찍는다. 다리가 아파서 걸으면서 우는 남자애도 찍는다. 레일에 녹이 슬어 벌건데 철교는 교각이 여남은 개나 되는 아주 긴 다리다. 그건 맞았다. 그런데 공중에 솟아 있다고 생각했던 철교는 땅에 내려앉아 있다. 왈랑거리던 여울도 소리를 내지 않는다. 가물어서 그런단다. 박완서 선생처럼 혼자 중얼거린다. '그 산이 정말 거기 있기는 했을까?'[3)]

여울이 커서 한탄강[4)]이라 했다는데, 큰 여울이 정말 여기 있기나 했는지

---

3) 박완서의 자전적 소설의 제목. "그 산이 거기에 있었을까?"

4) 큰 여울이라서 한탄강이라는 이름이 붙었다 한다.

자신이 없어진다. 터널이 없는 들판을 기차가 달리고 있다. 온 몸이 감관感官이 된 것처럼 전신으로 단풍도 느끼고, 물소리도 느끼고, 혼자 경원선을 타고 있는 나의 고독도 느낀다. 퇴근하는 사람들처럼 총총히 내게서 떠나가 버린 그리운 가족들, 그리고 미국에 살고 있는 형제들 생각을 한다. 미국은 또 다른 의미에서 내게는 저승이다. 모두 늙어서 몇 해가 지나도 서로를 볼 수 없기 때문이다. 아주 먼 곳, 아주 아득한 곳…… 대체 거기에 그들은 살아 있기나 한 것일까?

피난 와서 종이호랑이가 되어 버렸던 어머니, 하는 일마다 실패하던 아버지, 울며 넘던 다리 너머에서 숨을 거두어 아직도 열 살인 남동생, 녹내장으로 이제는 앞 못 보는 노인이 된 여동생…… 그들을 다 불러 모아 한탄강 철교 위에 다시 서 본다. 시들어 가는 나무들에서 송진 냄새가 풍겨 온다. 고향의 냄새다. 철로가 잘려진 경원선 밑에 아직도 한탄강이 있기는 하다. 물소리가 잦아든 잠잠한 강이다.

기록 말살형

우리 집에는 1950년 이전에 찍은 사진이 하나도 없다. 오빠가 사진 찍기를 너무 좋아해서 집에 암실까지 만들어 놓고 열심히 가족들 사진을 찍어댔는데, 사진이 한 장도 남아 있지 않는 것이다. 우리 집에는 할머니, 할아버지 사진이 한 장도 없다. 유년기와 소년기의 우리 형제들의 사진도 없다. 오빠가 미친 것처럼, 정말 미친 것처럼 찍어대던 자기 첫 아들의 사진조차 남은 것이 없을 정도다. 소련군이 날치기해 간 아버지의 트렁크 속에, 추려서 넣은 중요한 사진들이 몽땅 들어 있었던 것이다. 피난 온 후 6·25가 날 때까지는 아들을 잃은 어머니의 상심이 너무 커서, 가족사진을 찍을 경황이 없었다. 동생이 죽은 후 우리는 모든 기쁨에서 차단되어 암울한 세월을 보내다가, 또 하나의 재앙인 6·25를 만났다.

사진뿐 아니다. 우리 집에는 족보도 없고, 일기장도 없고, 아이들의 배냇

저고리 같은 것도 없다. 조상이 쓰던 물건은 더 말할 필요가 없다. 쓰시던 지필묵 하나 남아 있지 않다. 손에 들 수 있는 것만 가지고 떠나는 피난을 5년 동안에 두 차례나 했기 때문이다. 두 개의 전쟁이 한 집안의 역사를 자취도 없게 만들어 버렸다. 이집트의 핫셉수트 여왕은 의붓아들에게서 '기록 말살형'을 당했는데, 시대가 우리에게 그와 비슷한 짓을 한 것이다.

하지만 그것을 민족적 수난이라고 일률적으로 말할 수는 없을 것 같다. 우리처럼 큰 피해를 입지 않은 사람들도 많이 있다는 것을 알게 되었기 때문이다. 경운박물관에서 '근대 직물織物 300년전'을 하고 있는데, 가서 보니, 졸업생들이 가져왔다는 자료들이 풍성했다. 직물이 아니라 옷이었다. 자기의 옷이 아니라 조상이 입던 옷들이다. 엄마가 시집 올 때 입었던 스란치마와 회장저고리, 할머니가 회갑 때 썼다는 조바위, 노할머니의 덧저고리 같은 것들이 얼마나 많이 모였는지, 두께가 3센티미터나 되는 대형 도록이 만들어져 있었다. 나는 너무 놀라서 입을 다물 수 없었다. 저들도 우리처럼 한 세기 동안에 전쟁을 네 번이나 겪었을 텐데, 어떻게 저런 걸 간직할 수 있었을까?

그건 사실 서울에 온 초기부터 나를 괴롭히던 화두였다. 서울에는 생전 난리를 겪어 본 일이 없는 것같이 보이는 사람들이 꽤 많이 있었다. 식민지 백성이었던 시절이 있는 것 같지도 않게 전통과 규범을 살리며 안정된 삶을 사는 사람들 말이다. 그렇다고 친일파였던 것도 아니다. 서울사람들은 재난을 피하는 태생적인 노하우를 가지고 있는 것 같다. 문인 중에도 서울 출신에는 친일행각을 하지 않으면서도 그 시기를 잘 넘긴 분들이 꽤 있다.

세상에는 전쟁이 비켜 가는 고장도 더러 있다. 서울 사대문 안이 그런 곳이다. 20세기에 한국은 전쟁을 네 번이나 겪었는데, 서울 사대문 안은 전쟁터가 된 일이 거의 없었다. 일로전쟁 때도 제2차 세계대전 때도 서울은 전쟁터가 아니었다. 6·25 때도 비슷했다. 서울의 사대문 안은 전쟁의 피해를 아주 적게 겪은 지역이었던 것이다.

지방에도 그런 곳이 더러 있다. 경기도에 교하라는 곳이 있다는데, 6·25 때 아는 사람이 거기에 피난을 갔더니 전쟁이 비켜 가더란다. 박완서 선생 소설에는 그 난리 통에 목련이 흐드러지게 핀 고장이 나온다. '미쳤어!'라고 주인공이 비명을 지를 정도로 평화로운 고장이다. 거기가 교하다.

전주도 그와 비슷했던 것 같다. 내가 대학생이던 1950년대까지 전주시는 예전 모습을 그대로 간직하고 있었다. 조선 기와로 덮여진 한옥들이 즐비해서, 산에서 시내를 내려다보면 장관이었다. 지금도 전주에는 한옥 마을과 한벽루 같은 옛 건물들이 남아 있다. "정감록"에 나오는 천혜의 피난지라는 곳이 정말 있기는 있는 모양이다. 그런 곳에 우리의 문화유산들이 더러 남아 있었다. 그래서 우리는 옛날 자료들을 다시 볼 수 있게 된 것이다.

남한에서 대대로 살아온 사람들은, 1·4 후퇴 때처럼 전쟁이 나서 서울을 비워도 찾아갈 시골집이 있기 마련이다. 자기 집이 아니라도 외가나 친척 중 누군가는 시골에 살 가능성이 많다. 그러니 미리 자료들을 옮겨 놓을 수도 있었을 것이다. 연고자도 친척도 없는 월남한 사람들의 피난과는 피해의 농도가 다를 수밖에 없다. 지방에 따라 수난의 정도에도 격차가 생기는 것은 그 때문이다.

그 전시회를 보면서, 나는 우리 집안이 최근 200년 동안에 겪은 엄청난 재난들이 이해되지 않아서 오랜 동안 힘들었다. 남들은 조상의 유물까지 간수하면서 살고 있는 세월을, 왜 우리는 그렇게 힘들게 살아왔을까? 두 차례의 귀양과, 두 차례의 기차 꼭대기와…… 무언가 잘못한 것이 아니었을까? 곰곰이 앉아 조상의 행적을 더듬어 보았다. 찾아보니 사화士禍에 연루된 조상이 있었다. 함경도는 그 어른이 태어난 곳이 아니다. 그분의 유적지流謫地였던 것이다. 함경도에만 살지 않았어도 우리가 해방 후에 기차 꼭대기에 탈 필요는 없었을 것이다.

그 다음에는 독립운동을 한 아버지가 계셨다. 아버지가 만세운동에 가담하지 않았다면, 우리는 25년 동안 아버지가 없는 생활을 하지 않아도 되었을 것이다. 1944년에야 소개령 때문에 겨우 귀가하는 것이 허락되었는데, 해방과 함께 공산 치하가 되었다. 민족주의자인 아버지는 빈손으로 38선을 넘지 않을 수 없었던 것이다.

용산에 자리를 잡은 것도 잘못이다. 피난민이어서 싼 집을 찾아 군사시설이 있는 지역에 자리를 잡았기 때문에 폭격을 맞은 것이다. 마지막 재산이었던 집까지 다 타서 없어진 건 용산에 산 데 원인이 있다. 6·25 때도 사대문 안은 폭격을 덜 당했다. 군사시설이 없기 때문이다. 서울역에서 남대문까지가 몽땅 폐허가 되던 9·28 수복 때에도, 시가전은 벌어지지 않아서 사대문 안은 무사했다.

하지만 중공군이 쳐내려오자 임진왜란 때처럼 서울을 포기하게 되었다. 서울사람들도 우리처럼 빈손으로 피난길에 나서게 된 것이다. 그건 그들도 우리처럼 '기록 말살형'을 선고받았다는 것을 의미한다. 많은 서울 시민들이 6·25로 인해 신상 기록들을 상실했다. 문학관을 만들려고 1920년대 작가들의 자료를 찾아보니, 남은 자료가 없는 문인이 태반이었다. 신문 스크랩 하나 남은 것이 없는 문인도 수두룩했다. 전란이 그들을 집어삼키고 '기록 말살형'을 선고해 버린 것이다. '기록 말살형' 같은 것은 약과에 불과하다고 말하고 싶은 사람도 많을 것이다. 전쟁으로 인해 사람을 잃은 이들이다. 그 모든 사람들이 죄 없이 당한 재난을, 무고無辜한 자들의 수난을, 신이여 굽어살피소서!

그 전시회에 남아 있던 선조들의 유물은, 그냥 남아 있는 것이 아니다. 누군가가 그런 재난 속에서 몇백 년 동안 지켜 온 것이다. 그것이 얼마나 소중한 자료인가를 아는 분들이 자식을 숨기듯이 그 자료들을 숨기고 지킨 정성을 헤아리고 있는데, 문득 최정희 선생님이 생각났다. 여자 셋만 있는 집인데 피난을 떠나면서 선생님은 보따리 속에 쌀이나 옷을 넣는 대신에 문인들의 원고와 편지와 사진들을 넣으셨다. 효석박물관에도 없는 이효석의 편지와 누구도 가지고 있지 않는 이용악의 편지 같은 것들이, 한 여인의 손으로 지켜져서 앞으로 세워질 종로문학관으로 들어왔다. 그렇게 남은 자료들은 너무나 소중하다.

비상시의 풍속도

비상시가 되면 제일 먼저 없어지는 것이 사유재산에 대한 개념인 것 같다. 적어도 내가 본 현실은 그랬다. 일제시대에는 일반 사람들이 부엌에서 쓰고 있던 놋그릇까지 정부에서 공출해 갔다. 안방에 있던 청동화로들도 무사하지 못했다. 사람까지 공출해 간 것이 위안부이고 징용이다. 사람의 생명까지 자기 것이 아닌 시기였던 것이다. 남의 것과 내 것의 구분이 사라지는 것이 난시의 표징인 모양이다.

해방이 되어 공산화가 되니 사유재산 침범의 스케일이 더 커졌다. 소련군이 오자마자 역장의 관사를 내놓으라고 명령하는 것을 본 것이 시작이다. 한 시간 안에 비우라는 명령이었다. 그러면 정말로 한 시간 안에 집주인은 살던 집을 떠나야 한다. 곧 토지개혁이 온다는 말이 떠돌았다. 부르주아의 토지를 빼앗아 프롤레타리아에게 무상으로 나누어 준다는 것이 근사한 명분이었다.

이웃 마을에서 자수성가한 농민이, 그 말을 듣자 자기가 제일 처음 산 밭에 있는 나무에 목매서 자살했다.

나도 엄마의 밭들을 생각해 보았다. 우리 고장에는 논이 적다. 평야가 없으니 농장도 없고, 지주다운 지주도 있을 수 없다. 옆으로 앉은 토끼 같은 모양의 국토의 등줄기 부분에 위치해 있어서 바위산이 바다와 붙어 있는 경우가 많다. 그래서 경치가 좋다. 하지만 농토는 척박하다. 날씨까지 추워서 우리 고장에는 보릿고개조차 없다. 이모작二毛作이 불가능하기 때문이다. 그래서 거기에서는 거의 모든 사람들이 가난했다. 좀 더 부지런한 사람은 좀 더 많은 밭을 가질 수 있었을 뿐이어서, 부르주아라고 부를 수 있는 사람은 고리대금 같은 것을 하는 두세 명밖에 없었다.

어머니는 그런 고장에서 버덕[1]에 밭을 일구고, 거름을 많이 줘서 옥토를 만들었고, 돈을 빌려서 철도 연변의 땅을 경매로 사기도 했다. 검소하게 살면서 저축을 해서 또 조그만 땅을 사고, 또 조그만 땅을 사고…… 그렇게 해서 가족을 부양했다. 장백현에서 아버지가 다시 예비검거에 걸리자, 어머니는 고향으로 돌아와서 농사를 지어 식구들을 먹여 살린 것이다.

함경도는 유배지인 데다가 이조 500년 동안 과거를 금지한 지역이어서, 권문세가가 있을 수 없다. 그러니 몸종 같은 것은 없다. 우리 고장의 농경문화는 농군[2]을 품삯을 주고 쓰면서 주인이 직접 농사를 짓는 자작농 형식이다. 어머니도 그렇게 농사를 지으셨다. 먹어야 일한다면서 농군을 꼭 더운밥으로 대접하는, 착한 자작농이었던 것이다. 어머니는 비가 오면 직접 나가서 밤새

1) '비탈'의 함경도 사투리.
2) 農軍, 품삯을 받고 하루씩 일해 주는 일꾼들을 우리 고장에서는 '농군'이라 불렀다. 전쟁이 나면 군인이 되는 예비역으로 본 것이다. 그래서 함부로 대접하지 않았다.

도록 논의 물꼬를 지키면서, 그 각박한 시기에 혼자 힘으로 대가족을 부양했다. 손톱에서 피가 나도록 노력해서 겨우 얻은 땅들이다. 자신은 2인분의 노동을 하면서 가꾸어 온 농토인 것이다.

어머니의 농토는 단순한 땅이 아니다. 한 여자의 피와 땀의 결정체다. 그건 누구도 건드려서는 안 된다고 생각했다. 그 땅들은 아버지도 건드릴 권리가 없는, 어머니의 거룩한 사유재산이기 때문이다. 거기에는 소작인도 없었고, 착취는 더욱 없었다. 일손이 부족한 시기라 어머니는 언제나 남보다 많은 품삯을 주셨다. 왜 무엇 때문에 그 땅이 무상분배의 대상이 되어야 하는가? 다행히도 우리는 그 땅에 누가 손을 대기 전에 스스로 그것들을 포기하고 남한으로 내려왔다. 거기 있어 그 땅을 강제로 빼앗겼다면, 나는 그들을 절대로 용서하지 못했을 것이다.

하지만 남쪽에 와서 6·25를 또 겪었다. 석 달 동안 공산 치하에서 산 것이다. 그들의 세상이 되자 반동으로 몰린 사람의 집은 인민군이 징발하는 일이 다반사로 일어났다. 자다가 일어난 상태라도 그냥 집을 내주고 떠나야 할 정도로 그들의 횡포는 심했다. 재판도 없고, 판결문도 없는 사유재산의 침해였다. 세간을 건드리지 말라고 그들이 명하면, 주인은 쪽박 하나도 들고 나올 수 없을 정도였다.

친구의 형부가 감옥에서 나와 완장을 차는 사람이 되었는데, 이사했다고 오라고 초대했다. 가회동 꼭대기의 너무나 격이 높은 한옥이었다. 잘 지어진 솟을대문 집안에 들어가 본 건 그때가 처음이다. 사랑채 마당에 왕모래가 정결했고, 파초 한 그루가 심어져 있었다. 아름다웠다. 반동분자에게서 빼앗은 집이라고 했다. 반동이라는 이름이 붙으면, 내 것을 내 것이라고 주장할 수 없는 것이 그 시기의 법도였다. 일기장 같은 가장 사적인 것도 내 것이 될 수 없는 게 비상시의 율법인 것 같다.

그런 사고의 변화는 일반 시민에게도 전염되었다. 자기 집을 두고 피난을 가는 사람들은, 한강을 건너자마자 약속이나 한 듯이 모두 사유재산 개념을 버렸다. 가다가 밤이 되면 아무 집이나 비어 있기만 하면 들어간다. 그 집 장작으로 불을 때서 밥을 하고, 그 집 간장으로 멸치를 볶는다. 그리고 그 집 이불을 덮고 자는 일까지 아무렇지도 않게 한다.

너더리[3] 근처에서 처음으로 아버지가 남의 밭 수박을 따 가지고 와서 먹으라고 했을 때 나는 놀라서 까무러칠 뻔했다. 어렸을 때 언니가 친구 집 연필을 하나 잘못 가져온 일이 있는데, 어머니는 언니를 심하게 벌을 줬다. 아이가 많으니까 '남의 물건을 잘못 건드리면 이렇게 혼난다'는 것을 일벌백계一罰百戒의 수법으로 알게 한, 좀 유난스런 교육법이었다. 그렇게 사유재산의 존엄성을 가르치던 결벽스런 어머니도, 나중에는 남의 간장을 아무렇지도 않게 퍼내는 것을 보게 되었다. 목숨이 경각에 달리는 위기가 오면, 도덕이나 율법 같은 것은 의미를 상실하는 모양이다.

그러고 보니 오랜 동안 내내 어깨를 짓누르던 내 속의 찜찜함의 정체를 알 수 있을 것 같았다. 일본 사람들이 두고 간 물건을 쓴 데서 온 찜찜함이다. 사르트르의 "자유에의 길"에는 아이를 낳는 게 싫어서 낙태 비용을 훔치다 들키는 인텔리 남자가 나온다. 친구에게 들키자 그는 웃으면서 "나는 사유재산 같은 건 인정하지 않는 사람인데, 네 돈을 훔치니 찜찜하더라. 나도 별 수 없는 부르주아인가 봐"라고 했던 것 같다. 그렇다면 나의 찜찜함도 남의 사유재산을 사용한 데 대한 부르주아적인 가책이었을까?

---

3) 판교板橋의 옛 이름. 아버지가 '널다리'에서 온 것 같다고 하셨다.

아무 밭에서나 무를 뽑아 먹고, 아무 밭에서나 수박을 따 먹는 일이 보편화되자, 드디어 나는 그것이 비상시에 나타나는 인간성 상실의 징후인 것을 알게 되었다. 어느 나라 사람이나 지고 가던 양식이 떨어지는 극한상황에 처하면, 남의 밭에 들어가는 수밖에 없다는 것을 그렇게 터득한 셈이다.

분명한 남의 것을 내 것처럼 쓸 권리는, 분명한 내 것을 남에게 남기고 온 자들이 누리는 당연한 권리인지도 모른다. 하지만 그렇다고 마음까지 편할 수는 없을 것이다. 나면서부터 배운 사유재산의 존엄성은, 인간의 개별성을 존중하는 것과 같은 소중한 규범이다. 나는 부르주아를 좋아하지 않지만, 사유재산은 존중한다. 그것이 무너지면 우리의 세계가 무너지기 때문이다. 우리는 사회주의자들처럼 사유재산 침범에 대해 대범할 수 없다. 다행스러운 일이다.

극한상황에서 저지른 그런 일들도, 결국은 내가 저지른 일이고, 그건 해서는 안 될 일들이다. 그래서 비상시의 기억에는 늘 죄의식의 무거운 추가 달린다. 금년에 노벨상을 탄 스베틀라나 알렉시예비치의 책을 보면 전시에 기관총 사수였던 어떤 군인이 자기가 저지른 살인의 기억 때문에 7년간 아기를 가질 엄두를 못내는 이야기가 나온다.[4] 더 예민한 사람들은 평생 아기를 가지지 못할지도 모른다. 상관의 명령 때문에 저지른 일이라 해도, 내 손으로 했으면 나도 책임을 모면하기 어렵다. 그래서 전쟁은 많은 지성인들을 미치게 만든다. 내 목숨을 지키기 위해 저지른 짐승스러운 행위들 때문이다.

4) "전쟁은 여자의 얼굴을 하지 않았다" 스베틀라나 알렉시예비치, 박은정 옮김, 문학동네, 2015년, 55쪽 참조.

2

서울과의 만남

청엽정 3가 48번지

일본집

한탄강을 넘은 다음 날 동두천에서 기차를 타고 용산역에 내렸다. 역 건물이 생각보다 허술하고 작아서 실망했다. 창고같이 장식이 없고, 몰취미하다는 점에서 그것은 우리 동네 정거장의 연장선장에 놓여 있었다. 들끓는 피난민들, 지저분한 구멍가게, 허둥대는 지게부대, 그리고 거지들……. 주변도 정신없이 어수선했다. 전차를 타고 남영동까지 갔다. 지금 것과 거의 비슷한 남영동 굴다리를 지나 우회전해서 청엽정[1] 3가 48번지에 도착했다. 깔끔하고 교양이 있어 보이는 50대의 일본인 부부가 우리를 맞이했다. 사메지마鮫島 씨라 했다.

1) 靑葉町, 지금의 청파동의 일제시대의 이름이다.

두 달 전에 아버지는 서울에 혼자 오셨다. 나라 형편도 살필 겸 월남해서 살 집을 마련하기 위해서였다. 죽첨정竹添町에 있던 집은, 아버지가 어머니집에 가서 주저앉으시니까, 작은댁이 홧김에 팔아 버려서, 오래 살던 서울에 집이 없었다. 떠난 지 1년도 되지 않았는데, 피난민들이 몰려오니까 사대문 안에 있는 집들은 엄두가 안 나게 값이 비싸졌다. 그 대신 일본 사람들이 살던 적산가옥은 아주 싸다고 했다.

적산가옥에 대한 정보를 얻으려고 아버지는 친분이 있는 사메지마라는 일본 사람을 찾아갔다. 그는 아버지에게 자기 집을 사 달라고 부탁했다. 비싸긴 하지만 조선인 소유니까 안전하다는 것이다. 그건 아버지도 원하던 조건이다. 아버지는 변두리에라도 한국인 소유의 집을 사고 싶으셨다. 전에도 와 본 일이 있는 그 집을 아버지는 좋아하고 있었기 때문에 거래가 쉽게 이루어졌다. 전세금을 받지 못해 못 떠나던 사메지마 씨는 아버지 덕에 귀국할 수 있게 됐다. 그는 가재도구를 모두 무상으로 주는 것으로 그 고마움에 보답했다. 거기에는 고급 책장과 전열기구 같은 것도 포함되어 있었다. 자질구레한 살림살이야 어차피 두고 가야 하는 거지만, 좋은 가구와 라디오, 전열기 같은 것들은 헐값으로라도 거래가 되고 있었는데, 그냥 무상으로 주겠다는 뜻이다. 같이 월남하기로 한 고향의 친지가 아버지에게 자기 집도 사 달라고 부탁을 했다. 사메지마 씨가 친구 집을 소개해서 두 집 문제가 간단히 해결되었다.

사메지마네 집은 조선인 소유여서 값이 비쌌다. 청엽정 1가에 있는 친지의 집은 2층인데, 일본인 소유여서 3000원밖에 하지 않는데, 우리 집은 단층이고 방이 세 개밖에 없는데도 15,000원을 주었다고 하셨다. 다섯 배나 비싼 것이다. 적산가옥은 소유권이 앞으로 어떻게 처리될지 예측할 수 없으니까, 일본 사람들은 푼돈이라도 받고 팔려고 상성을 했고, 한국 사람들은 리스크

폭이 크니까 선뜻 손을 내밀지 않아서, 아주 적은 액수로 거래가 되었다. 피난민들은 돈이 모자라니까 울며 겨자 먹기로 적산가옥을 샀다. 동네 친지분도 돈이 적어서 싼 집을 사 달라고 했기 때문에 적산가옥으로 한 것이다. 그래서 적산가옥은 거의 다 피난민들 차지가 되어 갔다.

우리가 산 집은 큰길에서 가깝고 평지인 데다가 남향이었다. 손질이 잘 되어 속속들이 깨끗했다. 길에서 2미터쯤 대지를 높여 놓아서 전망도 좋고, 아늑했다. 몸이 약한 나는 변화를 싫어해서 새 환경에 잘 적응하지 못했다. 그래서 낯선 집에 살 것이 걱정이 되었다. 그 집은 내가 처음 살아야 하는 일본식 건물이다. 낯이 선 주거 형식이었다. 그런데 집이 마음에 들어서 한시름 놓았다.

하지만 그 집에서, 당분간 남의 나라 사람들과 같이 살아야 하는 일이 또 걱정이었다. 사람에 대한 낯가림은 집에 대한 것보다 더 심했기 때문이다. 낯가림이 심해서 내게는 낯선 사람을 기피하는 경향이 있었다. 더구나 상대방은 일본 사람이다. 말하자면 우리의 적인 것이다. 그들과 교섭을 가지는 일은 나를 많이 불안하게 만들었다.

반면에 나는 새로운 사물들에 대한 호기심이 왕성했다. 새로운 인종에 대한 궁금증도 많은 편이다. 사귀기는 싫어해도 관찰하기는 좋아했기 때문에 그 면에서는 그들과의 동거가 신이 나는 일이기도 했다. 고향에서 역장 관사에 이사 온 러시아 가족을 처음 보았을 때처럼, 그건 새로운 인종과의 만남을 의미하기도 했다. 일본인들은 적일 뿐 아니라 이방인이기도 하기 때문이다. 그러니 그건 새로운 문명과의 만남이기도 했다. 알아야 하고 배워야 할 것이 겁나게 많을 것 같아 가슴이 부풀었다. 학기 초에 새 교과서를 잔뜩 안고 돌아온 날처럼 그 일들은 내 지적 호기심을 자극했다. 나는 눈을 똑바로 뜨고 낯선 사람들과, 그들의 생활양식을 관찰하기 시작했다. 그 일이 너무 바빠서 고향에 두고 온 집을 생각할 겨를이 없을 정도였다.

그 집은 우리가 처음으로 살아 보는 '아버지의 집'이기도 해서 가족사적으로도 의미가 컸다. 아버지는 그 해에 처음으로 반년 이상 집에 와 계셨지만, 우리에게는 그저 어머니의 집에 온 손님 같은 존재였다. 하지만 이 집에서는 아버지가 주인이다. 우리는 아버지와 같이 살아 본 기간이 아주 짧다. 그래서 아버지는 아직도 낯이 설다. 그 낯선 남자와 한방에서 생활하는 것 역시 버거운 일이다. 하지만 아버지의 세련된 세계에 대한 기대도 있었다. 도시인으로 사는 일 말이다. 어쩌면 이전보다 나은 삶이 가능할 것 같은 느낌도 있어 마음이 복잡했다. 서울은 내게 여러 가지 문제들로 가득 찬 새 문제집 같았다.

같이 살 아이들이 낯이 선 것은 아버지도 마찬가지였을 것이다. 1년에 한두 번 밤중에 몰래 잠입해서, 우리의 자는 얼굴이나 보고 되짚어 떠나야 했던 아버지에게도, 우리는 손님 같은 존재였을 것이다. 해주댁과 둘이만 방을 쓰던 아버지에게는 갑자기 여러 아이들과 함께 생활하는 것은 적응할 시간을 필요로 하는 어려운 문제였을지도 모른다. 아버지는 그때까지 우리의 나이도 제대로 외우고 계시지 않았다. 피차에 시간이 필요한 사이라 할 수 있었다.

아버지의 새 집은 고향에 두고 온 어머니의 집보다 방도 적고 마당도 좁았다. 하지만 아버지처럼 신식이었고, 문화적이었다. 나는 그 후에 산 어느 집보다도 그 집을 좋아했다. 한 가족이 저마다의 섹션에서 자기 일을 즐길 수 있는 구조도 좋았지만, 크지 않아서 더 좋았다. 아늑해서 적응하기가 훨씬 쉬웠던 것이다. 그 집에 산 첫 달은 내게는 아버지의 주가가 가장 높았던 기간이었다.

소유주는 한국인인데 건축 양식은 일본식이었다. ㄴ 자 형인데 북쪽에는 부엌과 욕실이 있었다. 욕실에는 물이 네댓 통쯤 들어갈 커다란 쇠가마가 구석에 배치되어 있었다. 욕실 바닥에는 틈이 벌어진 욕실용 나무판이 깔려 있었다. 밖에서 불을 때서 물을 덥히는데, 물이 더우면 솥 아랫부분에 둥근 나무판을 깔고 들어가게 되는 구조였다. 그건 처음 본 신식 욕실이어서 나는 호기심으로 눈을 반짝였다. 벽은 시멘트였지만 이쁜 그릇에 담긴 비누, 때를 씻는 헤치마 수세미[2], 깨끗한 타월 등이 모두 신기했다. 여러 사람이 같이 목욕을 해야 하니, 욕조에 들어가서 몸을 불린 후 나와서 물을 퍼서 몸을 씻으라고 일본 부인이 가르쳐 주었다.

사람마다 새로 물을 데워 쓸 수는 없으니까, 이런 목욕탕은 쓸수록 물이 더러워져서 나중에 하는 사람은 찝찝하다. 그래서 집집마다 순서가 문제가 된다. 일본의 소설가 나츠메 소세키[3]는 고작 사방이 1미터 정도의 네모난 나무 욕조를 만들어 놓고, 늘 자기가 제일 먼저 목욕을 한다고 우겨서 속상했다고 딸이 어디엔가 쓴 것을 읽은 일이 있다. 이웃에 살던 이 여사네도 목욕 순서 때문에 노상 아버지와 딸이 다투었다 한다. 성질이 고약한 딸에게 첫째 자리를 빼앗기면, 아버지는 저녁에 술을 마시고 와서 주정을 하신단다.

"이연(년)아! 너를 땅에 묻고 무덤에서 우는 것보다는 그래도 낫겠지 싶어 내가 참는다."

그때 딸은 폐를 앓고 있었던 것이다. 신식이라야 고작 이 정도의 수준이어서 요즘 아이들의 안목으로 보면 웃기는 것이지만, 부엌에서 함지에 앉아 목욕을 하던 시골 아이의 눈에는 그 욕실이 그렇게 신기했다.

---

2) '헤치마'는 수세미의 일본말이다. 수세미의 열매를 껍질을 벗기고 말려서 스펀지처럼 쓰기도 한다.

3) 夏目漱石(1867~1916), 일본 근대문학을 대표하는 작가이며 영국 유학을 한 영문학자. "나는 고양이로소이다", "도련님" 등이 대표적인 작품이다.

검은 원숭이처럼 매연 투성이가 된 우리 식구들이 피난 다니던 때를 씻은 것도 그곳이었다. 미국 군인이 뿌린 DDT 덕에 죽어 버린 이의 시체도 우리는 거기에 수장水葬했다. 나는 그 집에 이를 가지고 들어오지 않을 수 있었던 것을 미군에게 감사했다. 깔끔한 일본 사람들에게 절대로 보이고 싶지 않은 부분이었기 때문이다. 거기에서 피난민의 때를 씻고 우리는 깨끗한 서울 아이로 다시 태어난 셈이다.

정말로 다행스럽게도, 사메지마 부인은 인품이 좋았다. 그녀는 친절하고 너그러워서 나의 낯가림을 많이 완화시켜 주었다. 아이 넷이 목욕탕에서 떠들면서 부산을 떨어도 그녀는 짜증을 내지 않았다. 우리에게 비누와 타월을 주고, 단팥죽까지 만들어 주는 손이 따뜻했다. 사람을 편안하게 만드는 타입이었던 것 같다.

그 품위 있고 친절한 여인은 우리가 가지고 있던 일본인에 대한 편견을 바꾸는데 도움을 주었다. 나중에 보니 크리스천이었다. 메타피지컬 힐링Metaphysical Healing에 관한 책이 서재에 잔뜩 꽂혀 있었다. '어느 나라에나 착한 사람은 있기 마련이구나' 하면서 우리는 그 부인을 따르기 시작했다. 오빠를 징용에 끌고 가고, 조회 시간에 궁성요배[4]까지 시키던 일본 정부나, 칼을 차고 드나들면서 아버지와 오빠를 감시하던 주재소의 이시다石田 소장 같은 사람과, 사메지마 부인 같은 일반인은 동일시해서는 안 되겠다는 생각이 그때 처음으로

4) 宮城遙拜, 일본에 있는 궁정을 향해 멀리 한국에서 허리를 90도로 굽히며 절을 하게 한 것을 궁성요배宮城遙拜라고 했다. 일제시대에 한국 학생들에게 조회 때마다 시키던 의식儀式이다. 절을 한 다음에는 '황국신민皇國臣民의 서사誓詞'를 외우게 한다(아동용임).

- 우리들은 황국신민皇國臣民입니다.
- 우리들은 마음을 모두어 천황폐하天皇陛下께 충성을 다하겠습니다.
- 우리들은 인고단련忍苦鍛鍊하여 훌륭하고 강한 국민이 되겠습니다.

들었다. 해방 후 마을의 자치단장이던 아버지가, 길에서 진통을 하는 일본 산모를 교회 부인회가 돕게 한 이유를 이해할 것 같았다.

증조부가 요절하셔서 가난한 집안이었지만, 장손이고 외아들이어서, 식구들에게 하나님처럼 공경을 받고 자란 우리 아버지는, 머리가 좋으시고 6척 장신의 미남이기도 해서, 열등감이 거의 없었다. 아버지는 누구와 만나도 주눅이 들지 않는 분이었고, 누구도 함부로 굴 수 없게 만드는 카리스마를 가진 분이었다. 그러면서 그지없이 너그럽고 따뜻한 분이기도 했다.

일본 사람들 앞에서도 마찬가지였다. 아버지는 독립운동을 해서 줄창 순경이 따라다닌 처지지만, 일본의 민간인들에게는 편견이 없었다. 비굴해질 만큼 일본인들을 높이 평가하지도 않았지만, 개인에게 원한을 가질 만큼 옹졸하지도 않으셔서, 사메지마 부부에게 아주 자연스럽게 대했다. 아버지에게는 곤경을 이용해 그들에게서 이익을 챙길 생각이 없었고, 그쪽에서도 꼼수를 부려 우리를 악용하거나 무시할 생각이 없어 보여서, 두 분은 좋은 친구 같았다. 나는 아버지의 그 당당함과 따뜻함을 좋아했다. 덕택에 우리도 적이고 이방인인 그들 앞에서 주눅이 들거나 앙심을 품지 않고 자유롭게 행동할 수 있었다.

목욕탕 동쪽에 있는 부엌은 세 평쯤 되는데, 입식이었다. 시멘트벽이지만, 벽에는 식기장이 죽 둘러져 있었다. 찬장 안에는 알루미늄과 세도모노[5]로 된 조리기구들과 사기그릇들이 칸칸이 분류되어 들어 있었다. 길에 면한 서쪽 한복판에 현관이 있고, 그 북쪽에 화장실이 있었으며, 부엌에 붙은 4조 반짜리 안방은 온돌이었다. 그 방과 이어져서 남쪽에 6조짜리 다다미로 된 서재가 있었다. 격이 높은 문방구들과, 책이 가득 찬 마호가니 책장이 있고, 앉는 책상도 있었다.

5) 瀨戶物, 철제 그릇에 법랑琺瑯을 입힌 것을 일본에서는 세도모노라고 부른다. 생산지 이름과 관련이 있을 것이다.

독서 중독증이 있는 나는 그들이 떠나자마자 책장에서 책을 꺼내 읽기 시작했다. 처음 읽은 것이 오자키 고요[6]의 "곤지키야샤金色夜叉"였다. '이수일과 심순애'의 노래로 이미 알고 있는 내용이어서 그럭저럭 이해할 수 있었지만, 제목의 의미는 알 수 없었다. '야차夜叉'라는 말의 뜻을 모르고 있었기 때문이다. 뜻뿐 아니다. 음도 몰랐다. 세상에 사전 같은 게 있다는 것을 알지도 못하던 초등학생 때여서, 나는 그것을 '깅이로요마다金色夜叉'라고 읽었다. 차叉를 우又로 읽었으니 뜻이 통할 리가 없다. 그건 내가 읽은 최초의 어른용 소설이었다.

그 다음에 읽은 것이 구라타 하쿠조[7]의 "출가出家와 그 제자", 톨스토이의 "인생독본" 같은 것이었다. 아이가 없는 데다가, 문학 애호가도 아니어서, 그 집 서재에는 문학책이나 동화책은 많지 않았다. 가가와 도요히코[8] 등이 쓴 기독교 계통의 책이 있었다. 나머지 책들은 사업관계의 것이어서, 나중에는 읽을거리가 없으니까 '메타피지컬 힐링'이라는 잡지까지 마구 읽었다. 정신력으로 병을 고치는 방법에 대한 전문 잡지였다. 그 책을 읽은 것은 반세기가 지난 후, 목사가 된 딸을 이해하는데 도움이 되었다. 그 애는 신앙의 치유능력을 믿고 있었기 때문이다.

이빨이 부실한 노인들이 제대로 씹지 않고 삼켜도 대충 소화가 되는 것처럼 그 무렵의 일본책들은 모르는 단어를 건너뛰며 읽어도 제법 많은 것을 알게 해 주었다. 독서를 하면서 문맥의미를 통하여 단어의 의미를 익혀서, 나는 자유롭게 일본책을 읽을 실력을 혼자 쌓아 갔다. 일본 소설에는 루비 가나[9]

6) 尾崎紅葉(1868~1903), '이수일과 심순애'의 원작인 "금색야차"의 작자. 이 소설은 명치시대를 대표하는 베스트셀러였던 대중소설이다.

7) 倉田百三(1891~1943), 일본의 소설가. 그의 작품 "출가와 그 제자"는 명치시대 이후 최대의 종교문학이라고 평가되고 있다.

8) 賀川豊彦(1888~1960), 일본 초창기 기독교계를 주도하던 기독교 사회주의자이며 목사다.

가 붙어 있어 한자를 몰라도 읽을 수 있는 이점이 있었다.

우리 세대는 그렇게 혼자 익힌 일본어 실력으로 세계문학전집을 읽으며 자랐다. 1960년대까지 우리나라에는 한국어로 된 세계문학전집이 나오지 않았기 때문에, 50년대 초에 대학에 다닌 우리는 거의 대부분의 독서를 일본어로 해야 했고, 그래서 일본어 실력이 단단해졌다. 그건 나중에 내가 일본문학을 연구하는데 도움이 되었다.

그 집 서재에는 라디오도 있었다. 그건 고향집에는 없던 품목이어서 신기했다. 우리 형제는 저녁 다섯시가 되면 모여 앉아 '똘똘이의 모험' 같은 어린이 프로를 들으면서 제가끔 상상력의 세계를 넓혀 갔다. 새로운 세계에 접한 것이다.

서재 동쪽에는 다른 방들과 사이가 완전히 막혀서 딴 채 같은 8조짜리 자시키[10]가 있었다. 도코노마[11]가 있고, 삥 둘러 있는 장지문을 열면, 마당이 보이는 운치 있는 방이었다. 겨울이어서 정원에는 야트막한 상록수밖에 보이지 않았지만, 일본식으로 꾸며져 있어, 작은데도 아기자기했다. 그 방은 이 집에서 제일 크고 좋은 방이어서, 손님이 올 때 응접실로 쓰였고, 밤에는 처제 내외의 침실이었다 한다.

그들은 출국 허가를 기다리고 있는 중이어서 당분간 우리와 같이 살 수밖

---

9) Ruby character, 5.5포인트의 작은 활자. 일본 소설은 지금도 국한문 혼용체를 쓰는데 그 대신 한자어에는 가나로 토를 달아 읽기 쉽게 했다. 일본에서는 한자의 음과 훈을 혼용하는데, 한자어에 훈으로 토를 달면 일상어가 되어 언문일치가 된다. 한자의 위(가로쓰기)나 오른쪽(세로쓰기)에 토를 다는데, 이인직도 소설 속의 한자에 루비체로 일본처럼 토를 달았다.

10) 座敷, 일본집의 객실. 무로마치 말기에 완성된 양식으로, 독립된 접객공간接客空間이다. 마루 대신 다다미가 깔려 있고, 인테리어도 생활공간보다 품위 있게 치장했다.

11) 床の間, 자시키 상좌에 족자 같은 것을 걸어 놓는 장식적 공간. 바닥이 방바닥보다 약간 높으며, 주인의 취향을 가늠할 수 있는 예술품들이 걸려 있다. 대체로 다다미 한 장 정도의 면적이다.

에 없는 형편이었다. 그래서 사메지마 씨는 처제 부부에게 서재를 주고, 자시키를 우리를 위해 비워 놓았다. 우리가 살던 집과는 구조나 인테리어가 다른, 너무나 낯선 공간이었지만, 오래 기차 꼭대기에서 지낸 후여서 우리는 바닥에 등을 대고 잘 수 있는 것 자체가 황감했다. 딴 채 같아서 떠들어도 안쪽에 들리지 않아 프라이버시가 확보되어 있는 것도 좋았다. 동남쪽으로 1미터쯤 되는 너비의 복도가 쭉 둘러쳐져 있었다. 유리문으로 막아진 복도였다. 뒷마당에도 수도가 있어서 우리는 그 복도에서 일본인들이 빌려준 풍로와 전기곤로로 음식을 해 먹었다. 사메지마 부부는 아이를 못 낳아서 처제를 입양했다는 것도 알게 되었다.

사메지마 부인과 그녀의 부엌

사메지마 부인은 아이를 낳지 못했다 하니, 그녀에게 우리는 여러모로 낯선 존재였을 것이다. 그녀는 틈이 나면, 잠시도 쉬지 않고 바스락거리는 우리 형제를 신기한 새 인종을 보듯이 오래오래 지켜보았다. 그러면서 경이감과 황홀감이 차츰 그 눈에 어리어 갔다. '세상에 어쩌면 이렇게 사랑스런 피조물들이 있나!' 하는 것 같은 따뜻한 표정이 되었던 것이다. 동생도 아이가 없어서 그녀는 아이들과 처음으로 한 집에서 살아 보는 것 같았고, 그 일을 아주 좋아하는 것처럼 보였다. 말이 통하지 않아도 사랑은 전달되는 법이다. 그 부드러운 표정이 우리를 무장해제시켰다.

우리에게도 그녀는 신기하기 그지없는 존재였다. 그녀는 우리가 그때까지 보아 온 어느 여인과도 닮은 데가 없었다. 머리 스타일과 옷이 너무나 이질적이었고, 행동거지도 낯설었다. 그녀는 올백을 해서 뒤로 넘긴 머리를 얌전하게 끝에서 맞물려서 좀 느슨하게 까미[1]를 하고 있었다. 패전국의 국민이 되어서인지 늘 검정 계열의 기모노를 입고 있었지만, 언제나 미소를 띠고 있었다. 기모노 안에 받쳐 입은 하얀 옷이 깔끔해서 보기 좋았다.

그녀는 아주 조신하게 행동했다. 크게 움직이면 벼락이라도 떨어지는 줄 아는 것처럼 다다미에서 미끄러지듯이 움직였다. 말도 조용조용하게 했다. 하지만 교토 같은 데서 만나는 일본 여인들처럼, 지나치게 의식화儀式化된 부자연스러운 행동은 하지 않았다. 그만큼 진솔하였다는 뜻도 된다. 시골 출신이어서 그런 것 같았다. 시코쿠四國 근처에서 왔을 거라고 아버지가 그러셨다.

그녀는 내가 가까이에서 본 최초의 일본인이었다. 말을 걸어 본 최초의 일본인이기도 하다. 학교에서는 강제로 일본말을 쓰게 했지만, 일본 사람에게 일본말로 말을 한 건 그녀가 처음이었다. 우리 동네에는 순사 말고는 일본인이 없었다. 처음 본 일본 여자가 우리에게 호의를 보이는 따뜻한 인물인 것이 아주 다행스럽게 느껴졌다. 그녀의 너그러움은 우리 형제들을 자유롭게 해 주었다.

어머니는 질색을 하셨지만, 나는 궁금한 것이 너무 많아서 틈만 나면 부엌에 가서 그 여인이 식사 준비를 하는 것을 견학했다. 부엌에는 안에 붉은 옻칠을 한 나무 그릇이 많았다. 젓가락도 놋이나 은이 아니라 옻칠한 나무였다. 나는 옻칠한 울긋불긋한 그릇들은 좋아하지 않았다. 하지만 아기자기한 사기그릇과 얌전한 쟁반 같은 것들이 좋아서, 그녀가 상을 차리는 걸 보는 것을 즐겼다.

국을 끓일 때 그녀는 생선을 말려서 만든 딱딱한 두부 같은 덩어리를 내놓는다. 대패같이 생긴 작은 연장으로 그 표면을 얇게 갉아내서 종이처럼 얇

---

1) 까미 머리는 일본식 헤어스타일이다. 우리가 쪽을 찌는 자리에, 둥글게 말아서 머리를 마무리하는 헤어스타일이다.

은 생선포를 만들어 국물에 흘려 넣었다. 그러면 그것들은 형체가 없어지면서 우동이나 오뎅 국물같이 들큰하면서도 부드러운 국물이 되었다. 그 딱딱한 덩어리가 무어냐고 물었더니 '가츠오부시'[2]라고 하던 생각이 난다. 그녀는 내 호기심을 귀엽게 보아서, 물으면 언제나 자세히 설명해 주었다. 그녀가 나를 좋아하고 있는 것이 느껴졌다.

지금 생각해 보니 사메지마 부인은 패전국민이 되어 언제 귀국할지도 모르는 막막한 상황에서, 두고 가는 재물에 대한 미련과, 예측할 수 없는 미래에 대한 불안 같은 것들을, 열세 살짜리 여자애와 노는 것으로 해소하고 있었던 것 같기도 하다. 낮에 그녀와 대화를 나누는 사람은 나밖에 없었기 때문이다.

그녀의 남편은 부드럽지 않았다. 언제나 입을 꾹 다물고 암담한 표정을 하고 있었다. 말을 하고 싶어 하지 않는 것 같았다. 자기 가족과도 마찬가지였다. 죽은 사람처럼 온돌방에 칩거하여 바깥출입을 잘 하지 않았으며, 아버지와 이야기 할 때에도 암울한 표정을 감추지 않았다. 패전한 조국에 돌아갈 일이 그를 절망시키고 있는 것 같았다.

그녀의 부엌에서 나는 우리 것과 다른 많은 식재료를 발견했다. 오뎅 자료인 다양한 모양의 어묵들, 생산을 말려서 굳힌 다시 감, 물에 담그면 확 퍼지는 간텡寒天, 고보, 나라즈케, 락교, 우메보시 같은 것들이다. 그녀는 정성을 들여서 음식을 만들었지만, 막상 상에 올리는 음식은 가짓수도 적고 양도 적었다. 적은 양의 음식을 알맞은 작은 그릇에 과자처럼 담아 놓으니 식탁이 예뻤다.

어머니의 부엌에는 그런 작고 아기자기한 그릇들이 없어서 나는 그것들이 신기했다. 우리 어머니는 스케일이 큰 분이라 큰 그릇을 선호했다. 우리 집

---

2) 가다랑어를 찌고 말린 후 훈제하는 세 과정을 거쳐서 만든다. 나무토막처럼 생긴 것을 대패 같은 연장으로 포를 만들어 국물에 넣어서 먹는다. 일본에서는 기본이 되는 식재료다.

에는 2미터짜리 함지도 있었다. 동네에 잔치가 있을 때면 빌려 주는 엄청나게 큰 함지다. 아이 서너 명은 들어앉을 크기였다. 나무가 많은 장백현에서 살다 와서 그 밖에도 큰 목기들이 많았다. 됨질을 곱게 해서 자줏빛이 도는 함지와 모랭기[3]들은 아름다웠다. 나는 나무 냄새가 나는 목기들을 좋아했다.

하지만 우리 집 그릇들은 작고 아기자기한 것을 좋아하는 내게는 너무 커 보였다. 큰 솥이 네 개나 걸려 있는 부뚜막 옆에 있는 조왕에는, 커다란 모란이 그려진 청화 단지들이 위쪽 선반에 죽 늘어서 있었다. 씨앗과 나락들을 넣어 두는 그릇이다. 손닿는 곳에 있는 일상용 식기는 대체로 흰색이었고, 청화로 목숨 수壽 자나 복 복福 자 같은 것이 새겨져 있었다. 하지만 사발과 대접들도 일본 그릇보다는 아주 컸다. 가족 수가 이 집의 세 배여서 그런지 우리 집 그릇들은 대체로 컸고 좀 조잡했다.

어머니의 부엌과 비기면 그녀의 부엌은 소꿉놀이를 하는 장소 같았다. 어머니보다 스케일이 작은 나는, 집도 그릇도 큰 것을 좋아하지 않는다. 대가족도 마찬가지다. 사메지마네처럼 단출한 가족이 아담한 집에 사는 것이 내 취향에 맞는다. 내가 사메지마 부인을 좋아한 것은 어쩌면 취향이 같아서였는지도 모른다. 꽉 짜인 질서 속에서 조용히 흘러가는 그녀의 일상은, 겉으로 보기에는 평온해 보였다. 그녀는 같은 시간에 상을 차렸고, 같은 시간에 목욕을 했다. 아무 일도 없는 때처럼 말이다.

하지만 내가 기겁을 할 일이 일어났다. 어느 날 밤에 사메지마 씨 친구들이 놀러 온 것이다. 그녀는 술과 안주를 준비하고 목욕물을 데웠다. 그리고는 손님들에게 유카다[4]를 빌려주더니 물이 덥자 한 사람씩 목욕을 하게 했다. 그

3) 큰 양푼이나 다라이같이 생긴 나무로 만든 큰 그릇을 함지라 하고, 그보다 작고 옴폭하고 앙증맞은 목기는 '모랭기'라 한다. 함경도 사투리다.

런데 그녀는 남자가 벗고 들어간 목욕탕에 대고 매번 남편에게 하던 것처럼 "등 밀어 드릴까요?" 하고 묻는 것이다. '밥 한 공기 더 드릴까요?' 같은 말을 하는 것과 비슷한, 심상한 톤이다. 그날 밤 그녀는 찾아온 남자 다섯 명의 등을 다 밀어 주어 나를 기함하게 만들었다. 다비(양말)만 벗은 단정한 유카다 차림으로, 벌거벗고 돌아앉은 남의 남자의 등을 밀어 주고 있는 그녀는, 당연한 일을 하는 듯이 무심한 표정을 하고 있었다. 나는 눈을 의심했다. 하는 짓도 놀라웠지만 그녀의 무심한 태도도 이해할 수 없었다. 어떻게 저럴 수 있을까? 손님을 목욕까지 시키는 것도 이해할 수 없는 처사였다. 아마 일본에는 그런 희한한 풍속이 있는 모양이다.

남녀는 일곱 살만 되면 한 자리에 같이 있어서도 안 된다는 엄격한 내외법, 빨래도 남의 남자 여자의 것은 겹쳐 널지 못하게 하는 우리나라의 유별난 성적 결벽증은, 그들에게는 없는 것 같았다. 유카다 밑에 훈도시[5]만 차고 거리를 활보한다고 할아버지가 일본인들을 상종도 못할 상놈들이라고 하던 말씀이 생각났다.

그날 느낀 놀라움은 그 후에도 계속 부피가 늘어 갔다. 그들은 성에 대한 태도가 우리나라와는 비교도 안 되게 유연하다. 가와바타 야스나리의 "센바츠루"[6]에는 모녀가 어떤 부자父子 모두와 성관계를 맺는 이야기가 나온다.

문제는 그런 것들이 조금도 음습한 느낌이 들지 않게 그려져 있다는 점이다. 남의 남자의 등을 밀던 사메지마 부인처럼 무심한 표정을 하면서, 가와바

4) 일본 사람들이 목욕 후에 입는 욕의浴衣. 면으로 만든 내리다지 홑겹 가운인데, 여름에는 거리에 입고 다니기도 한다.

5) 남자의 국부만 가리는 헝겊 옷. 스모 선수들이 입는 것과 비슷한 속옷이다.

6) 千羽鶴, 川端康成(1899~1972)의 소설. 다도茶道를 배경으로 하여, 어떤 모녀와 부자의 착종錯綜되는 성애의 세계가 뒤얽히고 있는데도 아름답게 느껴지는 작품이다.

타 야스나리는 그 이야기를 예술화하여 독자에게 들려준 것 같다. 다니자키 준이치로는 가와바타처럼 묘사가 드라이하지도 않다. "치인癡人의 사랑"[7)]을 중학교 때 읽고 놀랐던 기억이 새롭다. 성애性愛의 세계가 하나의 미학으로 승화되어 있는 것이 일본문학의 특징 중의 하나이다.

최근에 박범신의 "은교"가 화제를 불러일으키는 것을 보면서, 나는 그보다 몇십 년 전에 나온 다니자키의 "미친 노인의 일기"[8)]를 생각했다. 며느리에게 성적으로 미쳐 있는 노인이, 죽은 후에도 그녀의 발바닥이 자기 무덤을 밟고 있게 하려고, 그런 무덤 장식을 미리 만들어 놓는 과정이 그려져 있는 소설이다. 그 방면에서는 다행스럽게도 우리가 한참 뒤지고 있다는 느낌이 든다. 유교의 메타피직스metaphysics 지향성은 한국에 와서 본령을 찾은 셈이다.

열흘쯤 지나니 그들이 떠나는 날이 왔다. 그들도 우리처럼 대부분의 소유물을 그냥 두고 떠났다. 노숙용 투박한 솜옷으로 갈아입고, 많은 것을 두고 떠나는 그들을 보니 마음이 안 좋았다. 손때 묻은 친숙한 물건들을 다 두고 떠날 때의 상실감의 크기를 알고 있었기 때문이다. 하지만 그들은 돈이 많으니까 우리보다 좋은 옷을 입고 있었고, 고리짝들과 멋있는 트렁크를 리어카에 싣고 있었다. 남한에서는 기차가 제대로 운행되고 있었으니까 저들은 아마 우리처럼 기차 꼭대기에 타지는 않아도 될 것이다. 하지만 나는 안다. 머지않아 그 중에서 남을 것은 얼마 되지 않으리라는 것을.

그들은 인천까지 가서 다시 바다를 건너야 한다. 일본에 가서도 시코쿠까지

7) 谷崎潤一郎(1886~1965)가 1924년에 발표한 소설이다. 불가항력적으로 성의 노예가 되는 남자의 사랑 이야기를 다루고 있다.

8) "瘋癲老人日記", 다니자키 준이치로가 만년에 쓴 소설이다(1963).

가려면 기차를 여러 번 갈아타야 할 것이다. 우리보다 더 길고 힘든 여정旅程이다. 더구나 그들은 폐허가 된 고향으로 돌아가고 있는 것이다. 그들이 가는 길도 짐을 실을 리어카 같은 것이 용납될 자리가 없는 각박한 행로일 것이다. 애초부터 기차 꼭대기에 타야 해서 아예 빈손으로 떠난 우리 쪽이 어쩌면 나았는지도 모른다.

한국에 와서 식민지 백성들을 착취하여 호의호식하는 동안에, 그들의 시간도 어김없이 흘러갔을 것이다. 그 기간에 축적한 재물들은 이제 버릴 수밖에 없는 짐이 되었는데, 고향과의 거리는 한국에서 보낸 시간의 길이만큼 멀어졌을 것이 아닐까? 그렇다면 저들도 우리처럼 서먹서먹한 낯선 세계로 가고 있는 셈이다. 우리처럼 앞날이 불안할 것이다. 만주에서 오던 일본 여자가 머리에 짐을 이고 등에 아이를 업어서, 걸으면서 설사를 하는 것을 보았다. 그녀는 설사똥을 줄줄이 길에 흘리면서 수치심 때문에 울고 있었다. 한국인들은 점잖으니까 그들에게 돌을 던지지는 않았지만, 저들의 앞날이 평탄하리라는 보장은 없다.

호전적인 지도자를 만난 일본 남자들은, 만주와 남양군도의 풀숲에서 구더기에게 뜯기는 신세가 되고, 여자들은 걸으면서 설사를 하는 참상이 벌어졌다. 전쟁은 합리화할 수 없는 악이다. 그런 전쟁을 그들이 시작했기 때문에, 우리까지 휘말려서 젊은이들은 학병, 징용, 정신대 등에 끌려갔고, 나라는 두 동강이 나 버린 것이다. 벌은 그들이 받아야 하는데 우리까지 환난 속에 던져졌으니 누구에게 책임을 물어야 할까?

남의 물건들

사메지마 부인이 떠날 때 많이 섭섭했다. 하지만 그녀는 이미 대충 읽은 교과서 같아서 지적 호기심은 남아 있지 않았다. 그들을 보내고 나서 청소를 하고 세 방을 다 차지하니, 집안에 우리만 있다는 사실이 너무나 큰 축복으로 다가왔다. 혹시나 그들에게 흉잡힐 짓을 할까 봐 아이 어른이 모두 나름대로 긴장하고 있었던 모양이다. 그 중에서도 가장 신경을 많이 쓴 것은 어머니였다.

자존심이 강한 우리 어머니는, 동네에 잔치가 있으면 그 전날에 떡을 해서 아이들에게 실컷 먹이는 습관이 있다. 아이들이 남의 집에 가서 군침을 흘리고 서 있을까 봐 예방주사를 놓는 것이다. 그런데 그때 어머니에게는 떡을 해 먹일 넉넉한 쌀이 없었다. 그런데도 어머니는 아이들을 포식시키는 것을 잊지 않으셨다. 하지만 간식이 문제였다. 아이들이 환장할 생과자나 단팥죽 같은 것을 어디서 파는지, 시골에서 막 올라온 어머니는 알 수가 없었다. 그래서 그들 근처에는 얼씬거리지도 말라고 아이들에게 엄포를 놓는데, 내가 궁금증이 많아서 그 집 부엌을 보는 일을 즐겼기 때문에 어머니가 힘들어 하셨다.

나는 그 집의 익조틱exotic한 물건들이나, 낯선 음식을 만드는 과정 같은 것이 신기해서 보고 싶어 한 것뿐이고, 오자마자 학교에 들어가서 집에 있는 시간이 얼마 되지도 않았다. 그런데도 어머니는 내게서 눈을 떼지 않으려고 애를 쓰셨다. 하지만 동생이 둘이나 있으니 어머니가 나만 지키고 있는 것은 불가능했다. 사실 나는 위가 나빠서 그때나 지금이나 식탐이 없는 편인 데다가 일본 음식을 별로 좋아하지 않았다. 생선회, 우메보시, 락교, 낫토, 가마보코, 나라즈케 같은 것은 지금도 입에 대지 않는다. 그래서 군침을 삼킨 기억은 별로 없다.

내가 좋아한 건 그 집 부인만이었으니까, 그녀가 다른 식구들과 같이 있는 시간에는 그 집에 가지 않았다. 그래서 식사하는 광경 같은 것은 본 일이 거의 없다. 나는 열세 살이나 되었고, 자존심이 강해서 일본인에게 책잡힐 짓은 하지 않는 편인데도 어머니의 염려는 계속되었다. 그들에게 흉잡힐 짓을 하는 걸 너무 싫어했기 때문이다. 어머니는 자존심이 지나치게 강하셔서, 부산에 피난을 갔을 때도, 남의 집에 세 드는 것보다는 하꼬방을 지어서 따로 사는 쪽을 택했다. 불편하지만 하꼬방은 어쨌든 독립되어 있으니까 남의 간섭을 받지 않기 때문이다.

말이 통하지 않는 것이 어머니와 안방 여인을 가까워지지 못하게 한 요인이기도 했다. 야학에서 일본어를 배운 일이 있기는 하지만, 어머니의 일어 실력은 초등학교 1학년 정도여서, 그때 어머니는 어쩌면 절벽 앞에 서 있는 것 같은 기분이었는지도 모른다. 그러니까 사메지마네가 떠난 것을 제일 좋아한 것은 어머니일 수밖에 없었다. 그들이 떠난 밤, 우리는 각자의 방에서 두 다리를 쭉 뻗고 편히 잠들었다. 그런 편안한 잠을 잘 수 있게 된 것은 우리가 집을 떠난 지 거의 한 달 가까이 된 후였던 것 같다.

일본 사람들은 살림살이를 거의 다 두고 떠났다. 그릇, 타월, 방석, 이불……. 그들이 두고 간 품목은 우리가 북에 두고 온 것들과 비슷했다. 우리가 편지나 사진, 땅문서 같은 것을 다 태우고 떠났듯이 그들도 사적인 자료는 모두 태우고 떠났고, 우리가 장롱을, 축음기를, 재봉틀을 두고 왔듯이 그들도 가구와 라디오와 전기기구를 두고 갔다. 살림을 하다가 떠난 자리여서 당장 살아가는 데는 불편이 없었다. 그 점에서 우리는 다른 피난민들보다는 운이 좋았다. 낯선 도시에 적응하는 것이 그들보다는 좀 쉬웠을 것이다. 쓰레받기, 걸레 같은 것까지 다 사야 하는 것이 새 살림의 어려운 점이기 때문이다.

그 대신 취향에 맞지 않는 것을 써야 하는 데서 오는 스트레스가 있었다. 사메지마 부인이 치자빛을 좋아했는지 그녀가 남기고 간 이불과 방석들은 모두 가라앉은 치자빛이었다. 이불에도 방석에도 가로로 검은 줄무늬가 그어져 있었다. 이불 호청에만 무늬가 없었을 뿐이다. 솜을 넉넉히 두어 만든 줄무늬 방석은 열두 개쯤 되는 것 같았다. 이불 호청은 하얀 옥양목으로 하는 것으로 알고 산 우리는 그 누리끼리한 이불 호청을 좋아하지 않았다. 하지만 기차 꼭대기에서 앉아 잔 일이 있는 우리는, 사실 취양이라든가 좋고 나쁘고를 입에 올릴 계제가 아니었다. 그 판에 좋은 솜을 둔 이불을 타박한다면 그건 망발이다. 그만큼 우리의 형편은 각박했다.

사메지마네는 전기난로와 곤로도 두고 갔다. 첫해에는 이북에서 전기를 주어서 그 기구들로 추위를 막으며 살았다. 하지만 우리 방 아래는 모두 지하실이었다. 밤이면 냉기가 독가스처럼 사방에서 스며 나와 식구들을 엄습했다. 우리가 쓰던 방의 품위 있는 인테리어들은 지하실에서 올라오는 냉기 앞에서 맥을 추지 못했다. 종이 문으로 둘려져 있어 웃풍도 셌다. 결국 그 냉기가 한 아이의 목숨을 앗아 갔다.

일본 사람들은 우리보다 추위를 잘 견디는 것 같다. 사메지마네도 그 방을 침실로 쓰고 있었기 때문이다. 동경에는 지금도 중앙난방이 되어 있지 않는 아파트가 많이 있다. 동경은 서울보다 덜 추우니까 다다미방에서 참고 견디는 것 같았지만 한국인은 바닥에서 냉기가 올라오는 그 으스스한 방에 있으면 안정이 되지 않는다. 한국에서는 더하다. 소한 대한 추위를 다다미 위에서 견디는 것은 너무 힘들다. 바닥이 잘잘 끓는 온돌에서 살던 우리 형제들은 모두 그 겨울에 기침을 하면서 살았다. 그러다가 가장 여린 생명이 희생된 것이다.

옷을 가지고 오지 못한 우리는 그들이 두고 간 고리짝을 뒤져서 몸을 가렸다. 어머니는 사메지마 씨의 털 스웨터를 풀어서 아이들의 옷을 짜 입혔다. 다른 일본인이 두고 갔다는 고리짝에서는 여동생이 입을 만한 옷들이 나왔다. 그 또래의 딸이 있었던 모양이다. 동생은 그 옷을 입고 녹내장을 고치러 전국을 누볐다. 문제는 어머니였다. 기모노는 네 폭이어서 그것으로는 한복 치마를 만들 수가 없었다. 나들이옷들을 소련군에게 몽땅 날치기를 당한 우리 어머니는 내가 경기여고에 입학하자 할 수 없이 일본 여자들이 잔치 때 입던 도메소데[1] 두 벌을 뜯어 여섯 폭의 치마를 해 입고 학부형회에 참석하셨다. 작은언니는 교회에서 얻어 온 검은 벨벳 원피스에 이쁜 수를 놓은 칼라를 달아 입고 내 졸업식에 왔고, 외투는 구제품 시장에서 사 입었다. 미국에서 온 구제품에는 아동복들이 더러 있었던 것이다. 그렇게 일본인이 남겨 둔 옷가지와 미국 구제품으로 몸을 대충 가리며 우리는 1945년의 겨울을 보냈다.

---

1) 예식 때 입는 검은 기모노. 가문家紋이 새겨져 있는 정장 예복이다.

문제는 일본 물건들이다. 처음 1년 동안은 남의 것을 무단으로 쓰는 것 같은 찜찜한 느낌이 영 가시지 않아서 모두들 힘들어 했다. 분명히 주인에게서 물려받은 물건인데도 자꾸 그런 느낌이 드는 것이다. 물건들이 너무나 남의 물건 티를 냈기 때문이다. 낯선 물건들. 다른 문명의 징표들……. 그런 것들과 친해지느라고 우리 식구들은 모두 여위어 갔다. 제일 어린 남동생은 너무 말라서 서울 아이들이 '개뼉다귀'라고 부르며 놀려댔다. 다른 식구들도 그 애와 비슷한 몰골이었을 것이다. 우리 물건은 수저와 입고 온 옷밖에 없었다. 우리는 그릇도 이불도 가져오지 못했고, 연필도 책도 가져오지 못했다. 그래서 모든 것을 그들이 버리고 간 데서 주워서 썼다. 심지어 못과 장도리, 쓰레받기까지 모두 그들의 것을 쓰지 않을 수 없었던 것이다.

아버지가 회사를 차려 여유가 생기자 어머니는 일본 물건들을 조금씩 치우기 시작했다. 라디오와 책장, 책상 등은 오빠에게 드렸다. 여자 엉덩이를 검은 대리석으로 조각해 놓은 희한한 조각이 있었는데, 어느 날부턴가 그것도 보이지 않게 되었다. 옻칠한 그릇들도 사라졌다. 언니와 나는 교복을 입게 되었으니 일본 옷으로 만든 옷들과도 멀어졌고, 어머니도 제대로 된 한복을 새로 만들었다. 그렇게 하는데 3년이 걸렸다.

그런데 우리가 겨우 낯선 물건에서 벗어나 우리 것을 갖출 무렵에 또 하나의 전쟁이 터졌다. 피난 온 지 5년 만에 6·25가 발발한 것이다. 우리는 다시 아무것도 없는 영점지대로 되돌아갔다. 이번에는 돌아갈 집도 없었다. 폭격을 당해서 집이 타 버린 것이다. 피난 갔다 돌아와 보니 이웃에 있던 학교 관계자들이 일찍 돌아와서 큰길까지 담을 내다 쳐 버렸다. 집터는 그 학교 운동장에 편입된 것이다. 학교가 주민들에게 준 몇 푼 안 되는 보상금으로는 집을 다시 마련할 수가 없었다. 말뚝을 박을 땅 한 조각도 남아 있지 않았던 것이다.

무덤에 깔아 준 방석

일본 사람들이 떠난 지 넉 달 만에 열 살이 된 남동생이 죽어, 미아리에서 땅 속에 들어갔다. 언 땅이 아직 풀리지 않아 땅 밑은 얼어 있었다. 관을 내리려 하자 어머니가 일본 사람들이 두고 간 방석을 관 밑에 깔아 달라고 인부들에게 부탁했다. 차마 언 땅에 아이를 눕힐 수 없어서 준비해 온 것이다. 이북에서 온 피난민들이 덮을 것이 없어 동사할 때였으니까 작은할아버지가 말리셨다. 어머니는 그 시삼촌을 아주 존경했다. 한번은 와세다대학에 다니시던 그 어른의 등록금이 모자라자 어머니는 머리를 잘라 팔아서 보태셨다. 하지만 어머니는 이번에는 양보할 수 없었다.

“그냥 둬 주세요. 아이가 추워서 안 됩니다. 로스케에게도 다 주고 왔는데요 뭐. 아깝지 않습니다.”

그때 성급한 할아버지가 큰 실수를 하셨다.

"로스케는 산 사람이잖아!"

사흘 전까지도 '산 사람'이던 아이가, 홀연히 '시체'가 되어 흙 속에 묻히고 있는 차중에 아이 엄마에게 어른이 해서는 안 되는 말이었다. 엄마의 모성이 크게 상처를 입었다. 어머니가 울음을 터뜨렸다. 10년은 계속될 통곡이다. 어머니는 작은할아버지가 돌아가신 후에도 그날의 노여움을 풀지 못하셨다.

갈대 마나님

갈대 마나님 무얼 보고 손짓하오.
물 속에 있는 달 보고 그러지 뭐.
멱 감는 달을 왜 자꾸 나오라오.
밤 늦기 전에 자라고 그러지 뭐.

개나리꽃이 망울질 무렵이면 생각나는 동시 한 구절. 국민학교 2학년 책에 나오던 것이다. 네모진 굵은 칸이 쳐진 어린이용 공책에 이 시가 되풀이하여 쓰여 있었다. 학교의 숙제였던 것이다. 그 숙제를 하다 말고 저승에 가 버린 열 살 난 사내아이. 그 공책은 1946년 4월 23일에 죽은 내 동생의 유물이다.

그때 피난민이었던 우리 가족은 지하실 위에 있는 커다란 다다미방에서 서울의 첫 겨울을 보냈다. 지하실에서 올라오는 냉기에 온 몸이 오그라 붙는 것 같은 다다미 위에서 약골인 남동생은 겨우내 골골거리다가 막바지에 폐렴에 걸린 것이다. 아직 '페니실린'이 나오기 전이라 폐렴은 어린이에게 치명적이었다. '도리아농'이라는 주사가 폐렴에 특효가 있다는 말이 떠돌았지만, 낯선 피난지에서 어머니는 그 약을 구하는 방법을 몰랐다. 미군을 통해 사는 모양인데, 서울에 온 지 반년도 안 된 우리 어머니는 그 도시의 지리도 제대로 모르는 시골 아낙네였다. 돈도 없고, 아이를 맡길 친척도 없는 타향에서, 어머니가 발을 동동 구르며 우왕좌왕하는 사이에 아이의 생명은 나날이 축이 났고, 보름을 못 넘기고 산새처럼 가볍게 이승을 떴다.

교과서가 없어서 사담史談을 들려주는 것으로 때우던 국사 시간이었다. 바보 온달의 이야기가 진행되고 있어 나는 한참 신이 나 있었다. 온달의 이야기를 제대로 아는 아이는 나밖에 없었던 것이다. 그때 누가 와서 교실 문을 노크했다. 그 애의 죽음을 알리러 온 당숙이다. 사람은 나이를 아주 많이 먹어야 죽는 것으로 알고 있었던 내 유치한 상식이 송두리째 무너져 내리는 사건이 일어난 것이다. 집에 가니 그 애는 까만 학생복을 입고 삼베보 위에 조용히 누워 있었다. 살아온 기간이 짧아서였을까. 데드 마스크가 정갈하고 화평했다.

옆방 아줌마가 소리 없이 효창공원에 가서 개나리 두 가지를 꺾어 왔다. 피기 시작한 꽃이 가지 끝에 다닥다닥 달린 개나리는, 길고 멋있는 선을 가지고 있었다. 아름다웠다. 그 꽃을 관 위에 얹고 그 애는 우리 곁을 떠났다. 아직 땅 속의 얼음이 덜 풀려 무덤 속이 차가웠다. 어머니는 그 언 땅 구덩이에 방석을 차곡차곡 깔아 주었다. 일본 사람들이 남겨 놓고 간 명주 방석이다.

딸 넷을 줄줄이 낳은 후에 겨우 얻은 어머니의 소중한 둘째 아들…… 그 애는 개나리를 관에 얹고 관 밑에 깔린 방석 위에 내려앉은 후, 다시는 더 나이를 먹지 않아서 아직도 내 머리 속에는 칸이 넓은 어린이용 숙제장과 함께 있다.

갈대 마나님 무얼 보고 손짓하오.

물 속에 있는 달 보고 그러지 뭐.

시간이 아주 많이 흐르니 죽음도 동시처럼 정화되어 편안한 그리움만이 남는다. 하지만 그 애를 잃었을 때의 어머니의 연세가 마흔 후반의 내 나이와 같았다는 사실은 무심하게 넘겨 버릴 수 없는 사안이다. 새로 지어 놓은 집을 고향에 두고, 물밤이 풍성하게 열리던 친정 뜨락의 연못도 거기 두고, 바다와 산과 들 …… 그 정든 모든 것을 다 거기 남겨 놓고, 빈손 들고 38선을 넘어 온 지 반년도 못 되어 한 아이를 땅에 묻던 날의 어머니의 아픔의 무게를 생각한다.

당신도 지금은 땅에 묻힌 지 오래여서 한 줌의 백골에 불과하시겠지만, 시간이 아무리 지나도 그날의 아픔은 정화되거나 퇴색할 것 같지 않다. 그건 이 불안정한 땅에서 아이를 낳아 길러야 하는 나에게 어머니가 물려준 슬픈 유산이다.

헤픈 우정의 속내

청엽정 3가 48번지에서 우리 가족끼리 오붓하게 산 세월은 겨우 한 달 정도였다. 아버지가 느닷없이 젊은 여자를 임신시킨 친구에게 온돌방을 내주셨기 때문이다. 두 번째 아이를 해산했는데 갈 곳이 없어서 쩔쩔매서, 할 수 없이 승낙했다는 것이 아버지의 해명이셨다. 그건 용서할 수 없는 처사였다. 그 때문에 우리는 온돌방에서 쫓겨나 1945년의 겨울을 지하실 위에 있는 다다미방에서 살았다. 그 추위가 제일 어린 남동생을 삼켰다.

그 일로 나는 아버지에 대한 원한을 다시 쌓기 시작했다. 온 가족이 겨우 당신 밑에 모여 앉았는데, 한 달도 못 되어 방을 남에게 빌려주다니, 무슨 생각으로 그런 엄청난 일을 저지르셨을까? 나는 아버지의 헤픈 우정을 용서할 수 없어서 사사건건 아버지에게 엇서면서 신경이 곤두서 있었다.

그랬는데 여든이 지난 지금에 와서야 내게는 그 일이 단순히 '헤픈 우정'

때문에 생긴 것만은 아닐 수도 있겠다는 생각이 들기 시작했다. 그때 아버지는 수입이 없으셨다. 월남한 후 아버지가 다시 사업을 시작한 것은 청엽정 집을 판 돈이 나온 후였다. 1년 반이 지난 후의 일인 것이다. 청엽정 집은 한국인 소유여서 아주 비싸게 팔렸다. 새로 산 집은 값이 싼 적산가옥이다. 방이 다섯 개나 있는 적산가옥으로 옮기면서, 그 차액으로 아버지는 친구들과 합자해서 탄재炭材 회사를 시작하셨다.

그러니 어쩌면 월세 같은 게 필요해서 절박한 친구의 간청을 들어주셨는지도 모른다는 생각이 어느 날 문득 드는 것이다. 안방이라서 남에게 빌려줄 수 없는 형편인데, 허물없는 친구가 곤경에 빠져서 간청을 하니, 못 이기는 척하며 받아들였는지도 모른다. 그러고 보니 어머니의 태도에서도 짐작이 가는 점이 더러 있었다.

아이를 길러 본 일이 없는 아버지는, 열 살이나 먹은 아이가 다다미방의 냉기 때문에 숨줄을 놓을 줄은 예상하지 못했을 가능성이 많다. 하지만 호젓하게 첩과 둘이 삶을 즐기시던 아버지는, 아이 넷이 같은 방에서 수선을 피우는 분위기를 견디지 못하시는 것 같았다. 서재에서 놀아도 되는데 아이들은 모두 어머니 곁에만 있으려 했다. 그 중에서도 사내아이가 심했다. 아버지는 그 애가 옆에서 부삽을 떠는 것을 특히 견디지 못하셨다. 몸이 약해서 요란스럽게 노는 타입도 아니었는데, 아버지가 이따금 그 애를 나무랐다. 페미니스트였던 우리 아버지는 원래 아들보다는 딸을 좋아하신 분이다. 딸이 다섯이나 되는데, 막내가 결혼을 하니까 "하나 더 나을 것 그랬지" 하시더란다.

아이가 홀연히 세상을 떠나자 어머니는 그 일로 자주 아버지에게 오금을 박았다. 남편을 따라 서울로 오지 않았으면 아이가 안 죽었으리라는 생각이 어머니를 못 견디게 했다. 아버지를 먼저 보내고 봄에만 나왔어도 안 죽었을 것을, 겨울에 데리고 온 것도 잘못이었다. 어머니는 그 자책감을 아버지에게 전가시킨 건지도 모른다. 그러면서도 한 번도 방을 빌려준 걸 타박하지는 않으셨다. 어머니는 그럴 수밖에 없던 사정을 이해하고 계셨던 것 같다. 아버지를 무덤에 묻은 지 30년이 되어 오는 시점에 와서야 나는 겨우 아버지의 헤픈 우정을 용서할 구실을 찾은 것이다.

재봉틀과 며루치

아들을 잃은 어머니는 그해 6월에 혼자 고향에 가서 막내와 형부를 데리고 오셨다. 동생이 생겨서 몸이 약한 아들의 건강이 나빠지자 어머니는 임신한 것을 저주했다. 뱃속에서부터 그 아이는 어머니와 불화했던 것이다. 막내로 딸을 또 낳자 어머니는 주저하지 않고 젖을 아들에게 물리고 갓 난 딸은 유모에게 맡겨 버렸다. 피난할 때 그 애를 오빠집에 두고 오면서도 어머니는 남동생이 추울 것을 더 걱정했다. 그렇게 정신없이 편애하던 아들을 잃어버리자, 어머니는 천벌을 받은 것 같은 느낌을 받았다. 막내에 대한 죄책감 때문에, 제대로 걷지도 못할 정도로 건강이 나빴는데도 곧장 북으로 달려가신 것이다.

그때는 38선이 이미 고정되어 버려서 철교 근처에는 얼씬도 할 수 없었다. 하지만 수요가 있으면 공급은 있기 마련이다. 상류에 있는 얕은 곳을 아는 전문 안내인들이 생겨났다. 그들은 밤에 몰래 강을 건너게 해 주고 돈을 받았다. 돈을 더 주면 짐도 들어다 주고 아이도 안아다 주어서, 어머니는 재봉틀 머리까지 들고 올 수 있었다. 사메지마네가 재봉틀을 남기고 가지 않아서 손바느질로 옷을 만들던 어머니는, 머리만 있는 재봉틀을 상 위에 올려 놓고 깨끼저고리를 만드셨다. 작은언니는 패턴을 얻어다가 교복을 만들었고, 나는 언니에게 배워서 주름치마를 만들어 입었다.

문제는 며루치였다. 어머니가 오실 때 사돈댁에서 어란과 건어물들을 챙겨 주셨는데, 거기에 잔 며루치도 들어 있었다. 한탄강을 걸어서 건너다가 깊은 곳을 만나 짐이 젖는 통에 밑에 있던 며루치가 젖어 버렸다. 긴 강을 건너는 동안에 며루치가 불어서 어머니 몸에 젖은 며루치 냄새가 굽이굽이 새겨졌다. 씻어도, 씻어도 그 냄새가 가시지 않아서 우리는 한동안 며루치를 먹지 못했다.

1946년 10월에 오빠네가 차호에서 배를 타고 내려왔고, 1947년 5월에는 큰언니가 밤톨 같은 딸을 안고 밀선을 타고 왔다. 홍진집 할머니를 못 잊는 할아버지만 고향에 남고, 가족이 모두 내려온 것이다. 청엽정 집을 판 것은 오빠가 오고 얼마 지나지 않아서였다. 집이 너무 좁아서 오빠네랑 같이 살 수 없었기 때문이기도 했지만, 잃은 아이의 기억에서 해방되고 싶은 아버지의 숨은 소원의 반영이기도 했을 것이다. 하지만 가장 큰 목적은 사업자금을 만드는 데 있었다. 그 집을 판 돈으로 아버지는 사업을 시작한 것이다.

내게는 그 이사가 남의 집에 불법으로 사는 것 같은 찜찜함에서 벗어나는 계기가 되었다. 나는 그 집을 좋아했지만 이사를 하자 겨우 사메지마네 물건에서 해방될 수 있어 좋아했다. 새로 이사 간 집에는 남의 물건이 없었던 것이다. 어머니는 집 판 돈으로 손자들에게 맛있는 것을 사 주셨다. 유치원에 다니던 큰조카가 "울 할머니는 부자야!" 하며 좋아하던 생각이 난다.

우리들의 청엽정 시절은 이렇게 1년 만에 끝이 난다.

강내과와 가족복지

처음 서울에 온 날 우리가 만들 수 있는 음식은, 가지고 온 쌀로 짓는 밥밖에 없었다. 반찬이 필요했다. 아버지가 안집에서 큰 주전자를 빌리시더니 아사히 가와旭川 가에 가서 설렁탕을 사 오셨다. 갈월동 굴다리를 지나 염천교 쪽으로 한참 올라가면 철로 변에 높다란 굴뚝이 있다(아직도 있음). 지금은 복개를 했지만, 그 무렵에는 그 옆을 더러운 개천이 흐르고 있었다. 일본 사람들이 아사히 가와라는 이쁜 이름을 붙인 개천이다. 그 굴뚝 근처에 설렁탕집이 있었다. 설렁탕에는 깍두기도 소금도 따라오니, 막 피난 와서 아무것도 없는 집에는 안성맞춤이었다.

커다란 주전자에서 뜨끈뜨끈한 설렁탕이 쏟아져 나오니까 꼬마들이 환성을 질렀다. 일본 사람들이 떠날 때까지 우리는 매일 설렁탕을 먹었던 것 같다. 설렁탕과 집에서 가지고 온 북어포 같은 것을 고추장에 찍어 먹으면서 여섯 식구가 끼니를 때웠다. 처음 맛본 음식이라 질리지도 않았다. 하지만 설렁탕 집이 멀고 식구가 많아서 그걸 사러 가는 것도 큰일이었다. 집에서 한 블럭은 가야 하는데, 설렁탕 주전자가 무거웠기 때문이다. 처음에는 어른들이 가다가 나중에는 언니와 내가 같이 가곤 했다.

사메지마네가 떠나고 난 다음에야 어머니는 언니를 데리고 친척들과 친지들 집을 찾아 나섰다. 서울에 대한 무섬증이 좀 가라앉은 것이다. 그들은 우리에게 된장이나 간장, 장아찌 같은 것을 나누어 주었다. 부엌을 쓸 수 있게 되었으니, 동네 가게에서 파, 마늘과 감자, 옥파 등을 사다가 국도 끓이고 찌개도 해 먹었다.

문제는 김치가 없다는 데 있었다. 요즘처럼 김치를 파는 곳이 없을 때여서 천상 집에서 담가야 하는데, 첫해에는 그걸 하지 못했다. 김치를 담그려면 참으로 많은 것이 필요하다. 독도 있어야 하고 양푼도 있어야 한다. 소금, 고춧가루, 마늘, 젓갈 같은 것들도 필수적이다. 그러니 엄두를 낼 수가 없었다. 어머니는 아직 서울 지리를 잘 알지 못했기 때문이다.

길을 잃을까 봐 어른들은 우리를 학교 이외의 곳엔 가지 못하게 금족령을 내렸다. 학교에 간 첫날에 여동생이 길을 잃은 일이 있기 때문이다. 집으로 내려오는 샛길을 놓친 동생은 울면서 큰길을 따라 청량리까지 걸어갔다. 다행히도 원효로에 사는 세무원이 발견해서 집에 데려다주었지만, 네 시간 동안 우리 식구들은 모두 사색이 되어 있었다. 죽은 남동생이 "누나! 누나!" 하면서 골목을 울며 뛰어다니던 광경이 눈에 선하다. 오빠네가 이사 하던 날, 따라간 고모의 딸은, 첫날에 집 밖에서 길을 잃어서 영영 찾지 못하고 만 일도 있다. 주소를 모르고 있었기 때문이다. 그때부터 우리 식구들은 미아 공포증에 걸렸다. 어머니도 우리와 같은 처지였다.

온 식구가 하루에 한 블럭씩 길을 배우는 연습을 하기 시작하고, 각기 한 사람씩 길 선생을 정했다. 동생들은 아버지가 맡고, 어머니는 숭인동 큰엄마가 맡았다. 큰엄마는 엄마에게 전차를 타는 법을 가르쳤고, 남대문 시장에도 데리고 가셨다. 내 선생은 언니다. 언니는 서울에서 3년이나 학교에 다녔으니 자격이 충분했다. 그렇게 공부하듯이 날마다 판도를 넓혀 갔는데도, 넉 달 후에 남동생이 열이 나자, 어머니는 아이를 업고 종로 2가에 있는 강내과까지 갔다. 아는 병원이 거기밖에 없었던 것이다. 오가는 동안에 바람을 쏘여서 감기가 폐렴이 되어 결국 두 주일 만에 아이를 놓쳤다.

여러모로 김장을 할 형편은 아니었다. 일본 사람들이 떠난 것이 11월 말 경이어서 경황없이 12월을 보냈기 때문이다. 그래서 이따금 익선동에 있는 강내과에 가서 김치를 얻어다 먹었다. 식구가 많으니 얻어 온 김치는 금방 동이 났다.

집안의 종손인 강내과 아저씨는, 유명한 내과 의사여서 생활에 여유가 있었다. 종가의 어른인 그분의 아버지가, 독단獨斷으로 4대조가 조성한 문중 소유의 선산을 팔아서, 아드님을 의과대학에 보내고 병원도 차려 주셨다. 그 대가를 아저씨는 종생토록 치렀다. 고향에서 올라오는 모든 친척을 돌보신 것이다. 아저씨는 점잖은 분이어서 싫은 얼굴 한 번 안 하고 누구든지 손을 내밀면 잡아 주셨다.

루이제 린저가 1976년에 방한했을 때, 나사로 마을에 같이 간 일이 있다. 가서 보니 퇴임한 토마스 신부님이 지어 주신 토마스관도 있고, 소노 아야코[1]의 축사畜舍도 있는데, 한국인이 기증한 건물은 없었다. 좀 창피했다. 그래서

1) 曾野綾子, 1931년생으로 현존하는 일본의 유명한 작가.

곰곰이 생각하다가 나는 한국사회의 숨은 구조를 알게 되었다. 한국사회는 가족복지로 유지되는 사회였던 것이다. 사회복지제도가 부실한데도 수천 년간 큰 문제없이 사회가 유지된 비결은 바로 가족복지제도에 있었다.

종손에게 대부분의 재산을 물려주는 대신에, 친척들을 돌보게 하는 것이 그 원리다. 아우가 먼저 죽으면 조카들을 종손인 형이 보살핀다. 공부를 시키고, 분가할 때까지 데리고 사는 폭넓은 보살핌이다. 의지가 없는 친척이 병이 나면, 누군가를 시켜 돌보게 한다. 문둥병 같은 것도 마찬가지다. 우리나라에서는 전염병 환자가 생기면, 뒷마당에 움막을 만들어 격리시키고, 가족이 끝까지 돌보았다. 일본도 마찬가지였던 것 같다. 기소木曾에 있는 시마자키 토손[2] 기념관에 가 보니, 근대화의 갈등 때문에 실성한 그의 부친이 죽을 때까지 갇혀 있었다는 사설 감옥 같은 격리소가 마루 밑에 있었다.

이렇게 가족복지제도로 유지되는 사회에서는 가족 아닌 사람을 돌볼 여유가 없다. 아무리 유산을 많이 물려받았다 해도, 종손은 친척 모두를 돌보아야 하니 힘이 부치는 것이다. 종손이 아니라 해도 형제 중에서 가장 여건이 나은 사람이 그 일을 해야 한다. 가족 중에서 파산한 사람이 나오면 그때마다 도와야 하고, 누가 큰 병에 걸려도 역시 돌보아야 하니, 무슨 기운으로 가족 아닌 사람까지 도울 수 있겠는가? 기부문화가 발달하지 못한 것은 그 때문일 것이다.

우리 집안에서는 그 일을 강내과 아저씨가 맡아서 했다. 일제시대부터 고향에서 올라오는 사람들은 누구나 한동안 강내과에 얹혀살았다. 학생들은 더 말할 필요가 없다. 보성중학교에 또 다른 친척 아저씨가 계셨다. 우리 집안 학

---

2) 島崎藤村(1872~1943), 시인이자 소설가. 일본 자연주의 대표작가. "破戒", "家", "동방의 문" 등이 있다.

생들은 강내과에서 살면서 보성중학교에 다니는 것으로 서울 생활을 시작했다. 독립해 사는 사람들도 우리처럼 김치를 얻어가거나 무료로 치료를 받았을 것이다. 그런 폭넓은 가족복지 덕분에, 사방 십 리밖에 안 되는 고을에서 경성제대의 출신이 여러 명 나올 수 있었던 것 같다.

아주머니는 최남선 씨의 큰 따님이셨다. 최남선 선생이 함경남도 이원利原에 있는 진흥왕 순수비를 발견한 것은 강내과 아저씨 덕분이라는 말을 들었다. 사돈끼리 담소하시다가 산에 있는 비석 이야기가 나와서 함께 답사하게 되셨고, 그래서 신라의 가장 북쪽에 있던 진흥왕 순수비임을 확인한 것이다. 그 비석은 신라 영토의 동북방 경계선을 입증하는 귀중한 자료다.

아버지를 그대로 닮은 아주머니는 몸이 크고 눈도 부리부리한 분이다. 너무 뚱뚱해서 치마를 아홉 폭으로 만들어야 된다는 말을 들었다. 다른 여자들의 한 배 반이다. 그분은 치마폭만큼 마음도 넓어서, 시골에서 올라오는 친척들의 뒤치다꺼리를 소리 없이 해내셨다. 그 해에 우리는 강내과에 가서 양은 바케쓰에 두 번 정도 김치를 얻어 가지고 왔던 것 같다. 위가 넓어 헝겊으로 덮고 고무로 동여매도 전차 칸에 김치 냄새가 진동했지만, 그 김치는 우리 가족에게는 '만나' 같았다.

강내과는 익선동의 오진암梧眞庵 근처에 있었다. 종로 2가에서 전차를 내려 한참 걸어가야 하는 거리다. 양옥으로 된 병원 뒤에 잘 지어진 한옥이 있었다. 병원 왼쪽으로 좀 들어가면 대궐 같은 큰 대문이 나오는 것이다. 그 집 사랑채는 서향이었던 것 같다. 넓은 대청마루에서 거인 같은 아주머니가 아홉 폭 치마를 끌고 다니던 모습이 생각난다.

그때 먹은 김치 값을 우리 부모님은 6·25 때 갚으셨다. 강내과 원장 강건하姜乾夏 박사는 한민당 발기인이어서 전쟁이 나자마자 납치되셨다. 석 달이 지난 후 인민군들은 철수하면서 아주머니까지 끌고 갔다. 경기여고 1년 선배인 따님 밑으로 아이가 조롱조롱 여섯이나 있었다. 여섯 아이가 졸지에 고아가 된 것이다. 밤중에 담을 넘어 들어와서 어머니를 끌고 가서, 우리 어머니가 가 보니 아이들이 모두 얼이 빠져 있더란다.

장남만 데리고 우리 부모님이 아주머니의 행방을 찾으러 나섰다. 사람을 집단으로 죽인 곳들을 수소문하고 다닌 것이다. 사흘 만에 가회동 꼭대기에서 시신을 찾았다. 땅을 깊이 파고, 시체를 켜켜이 쌓아 놓은 곳이 있었는데, 거기에서 팔이 뒤로 묶인 채 던져져 있는 아주머니의 시신을 발견한 것이다.

여름인데 잡혀간 지 일주일쯤 지났으니 시체에서 악취가 심하게 나더란다. 참을성이 많은 우리 어머니도, 악취가 어찌나 심한지 코가 썩는 줄 알았다고 하셨다. 그런데 그때 열여섯 살이던 그 집 큰아들이 포켓에서 칼을 꺼내더니, 이를 악물고 문드러져 가는 시체의 옷 춤을 뒤져 주머니 하나를 잘라 내더라는 것이다. 신변의 위험을 느낀 아주머니는 맏아들에게만 주머니의 위치를 알려 주면서, 거기에 패물을 숨겨 두었으니, 자기가 죽으면 그것으로 동생들을 지켜야 한다는 유언을 하고 또 하고 하셨다는 것이다.

맏아들이라는 책임감 때문에, 고1짜리 소년이 피고름이 범벅이 된 엄마의 시체에서 주머니를 잘라 내는 것을 우리 부모님은 경악하면서 지켜보셨다. 그 애의 표정이 얼마나 처절한지 차마 정시할 수 없더라고 말씀하셨다. 한참 지난 후에 나는 그 애가 병원 앞에 좌판을 벌려 놓고, 동생들과 미제 담배를 팔고 있는 것을 보았다. 망우리까지 해방이 되자 거기 숨어 있던 외삼촌이 와서, 병원을 세를 놓아 아이들을 공부시킨다는 말을 들었다.

2001년 미국에서 살던 강내과의 큰아들이 호암상을 받게 되어 서울에 왔다. 관절염의 세계적인 권위자가 되어 자랑스러운 한국인상을 받게 된 것이다. 그때 우리 집 이 선생이 심사위원이었는데, 수상자들이 인사하러 왔을 때, 그가 '사모님이 제 친척이라는데 혹시 아시느냐'고 묻더란다. 시상식장에서 그를 만났다. 처음으로 인사를 한 것이다. 나보다 한 살 아래인 그 사람은 내게 촌수를 묻고, 우리 아버지의 성함을 물었다. 어려서 부모가 떠나서 친척에 관한 지식이 없었던 것이다. 6·25 때 엄마 시체를 같이 찾아다니던 분들이 우리 부모님이라고 말해 주었다.

서로 얼굴도 모르고 사는 친척이지만, 나는 그가 소년가장으로, 그 끔찍한 전쟁의 악몽을 극복하고, 동생들을 잘 길러내는 것을 감사하는 마음으로 지켜보았다. 그리고 그가 그런 역경에서 자랑스러운 한국인이 된 것이 너무 놀라웠고, 대견했다. 죽은 나무에서 움이 돋아나서 거목이 된 것을 보는 기분이었다. 그들이 무사히 큰 것은 재산을 잘 관리해 준 외삼촌들 덕일 것이다. 한국의 가족관계는 그런 상부상조의 시스템 덕분에 사회를 받치는 버팀목이 되어 왔다.

부숙이네 가게와 천 서방네 가게

처음에는 길을 잃을까 봐 문 밖에 나가지도 못했지만, 시간이 지나니 겁이 없어져서 조금씩 동네를 탐색할 용기가 생겼다. 학교에 다니니까 청엽정 1가와 3가 사이에서는 길 잃을 염려가 없어 보였다. 점점 행동반경을 넓혀 가면서 나는 서울의 지리에 익숙해져 갔다.

집 밖에 나와서 내가 제일 먼저 한 일은 가게 찾기였다. 집 바로 맞은편에 부숙이네 가게가 있었다. 콩나물을 길러 파는 가게였다. 가건물 같은 허술한 평지붕의 단층집인데, 휘장을 들치고 들어가면, 점방에 콩나물 시루가 진열되어 있다. 키가 60센티미터쯤 되는 대 위에, 비슷한 크기의 오지 시루가 줄줄이 늘어서 있다. 한 줄에 여섯 개 정도의 시루가 가로로 놓여 있는데, 그런 줄이 열 개도 넘어 보였다. 줄과 줄 사이에는 물을 주는 사람이 다닐 통로가 있었지만, 입구에서 보면 그 많은 시루가 같은 평면에 다 놓여 있는 것처럼 보이니까, 처음 본 사람은 압도당한다. 집합미를 보여 주는 설치미술 같아 그런 대로 아름답기도 했다. 검정 헝겊으로 덮어 놓은 시루 밑에는 물이 담긴 자배기가 있었다. 그리고 맨 앞줄에는 헝겊을 반쯤 젖혀 놓은 시루들이 있었다. 오늘 팔 콩나물이다. 콩깍지를 머리에 이고 있는 콩나물들이 꽉꽉 차 있는 시루들은 풍성한 느낌을 주었다.

부숙이네는 그 자리에서 콩나물만 길러서 판다. 그러니까 시루가 그렇게 많은 것이다. 겉보기보다는 안이 깊은 가게였다. 부숙이 아버지는 콩나물을 자식처럼 돌보았다. 물을 흠씬 받고 자란 콩나물들은 신선했고, 똘망똘망한 게 귀여웠다. 가게 안은 어두웠다. 어두워야 콩나물이 잘 자란단다. 가게 안은 습했다. 시루 밑마다 물받이 자배기가 놓여 있기 때문이다. 작은 표주박으로 자배기의 물을 떠서 다시 주는 것이다.

겉으로는 비슷해 보이지만 시루 속은 제가끔 다르다. 어느 날 부숙이가 그것들을 차례차례 열어서 보여 주었다. 막 시작한 시루에는 올챙이 모양의 콩나물 아기들이 바닥에 깔려 있었다. 올챙이 꼬리 같은 작은 싹이 쏘옥 올라오고 있는 것이 너무 귀여웠다. 그 다음부터는 키가 조금씩 커지다가 다 자라면 앞줄에 나서게 되는 것이다. 팔고 난 시루에는 불린 콩을 새로 담아 뒤로 물리니까 그 집에서는 수만 개의 콩나물들이 날마다 신나게 자라고 있는 것이다. 보고 있으면 배가 부른 것 같은 충만감이 온다.

중학교 때 장다리의 성장을 관찰하여 기록하는 숙제를 내 준 선생님이 계셨다. 식물의 성장과정을 관찰하면서 생명에 대한 외경심을 길러 주려는 의도였을 것이다. 식물의 성장과정을 부숙이네 가게에서 실컷 지켜본 나는 하나도 신기하지 않아서 그 숙제를 안 해 버렸다. 어느 식물이 부숙이네 가게의 콩나물들보다 더 빠르게, 더 이쁘게 자라겠는가?

콩나물이 자라는 과정을 보는 재미로 나는 자주 그 집에 들렀다. 우리도 시골에서 콩나물을 길러 먹었기 때문에 그 세계는 낯설지 않았다. 낯설지 않은 것은 부숙이도 마찬가지였다. 부숙이는 우리 시골 아이들처럼 낡은 솜저고리에 검은 무명 치마를 입고 있었다.

부숙이는 왕십리 태생이라 서울 사투리를 써서, 내가 서울말 배우는데 혼란을 일으켰다. 그 애는 'ㅡ'를 'ㅜ'로 발음한다. 그래서 돈을 '두운'이라고 발음한다. 뿐 아니다. 'ㅓ'를 'ㅡ'로 발음하기도 한다. 없다는 '읎다'가 되고, 서다는 '스다'가 된다. 온양에 있는 우리 시댁에서도 'ㅓ'를 'ㅡ'로 발음한다. 남편의 이름 '어영'을 그 댁 어른들은 '으영'이라고 부르신다. 대학에 가서 '음운론' 강의를 들으면서, 우리나라 모음의 소릿값音價이, 본래부터 지금 우리가 지금 아는 것처럼 확정된 것이 아니었다는 것을 알게 되었다. 예전에는 지방에 따라 많이 넘나들어서 모음의 경계가 애매했다는 것이다. 아래 '·' 자도 전라도와 제주도에서는 'ㅗ'에 가깝게 발음된다고 했다. 전라도에 피난 간 나는 그게 사실이라는 것을 알고 있었다. 군산 사람들은 팔뚝을 '폴뚝'으로, 파리를 '포리'로 발음하는 것을 들었기 때문이다. 이중모음이 없는 일본에서도 전에는 'ㅗ'를 'ㅝ'에 가깝게 발음했다고 어느 늙은 택시 운전수가 알려 주었다. 모음에도 소릿값이 있고, 그것이 예전에는 유동적이었다는 사실이 재미있었다. 하지만 서울에도 서울 사투리가 있다는 것은 어린 나에게는 신기해 보이는 일이었다.

부숙이는 더러운 솜저고리에 단이 뜯어진 치마를 입고 있어서 나보다 더 시골스러웠다. 서울에서 처음 만난 이웃이 그리 소박하니, 나는 주눅이 들 항목이 없었다. 내가 콩나물 가게에 자주 들락거린 것은, 콩나물 자라는 것을 보는 재미 때문이었지만, 부숙이의 때 묻지 않은 원시적인 부드러움 때문이기도 했던 것 같다.

천 서방네 가게

집 앞에서 서쪽을 향해 200미터쯤 가면 갈림길이 나온다. 오른쪽이 우리가 다니는 효창국민학교로 가는 길이다. 갈림길의 오른쪽 길목에 천 서방네 가게가 있었다. 채소와 쌀에서 시작해서 잡화까지 다 파는 만물 가게였다. 반듯하지만 오래된 한옥 2층집인데, 아래층이 전부 가게였다. 그 집에는 눈깔사탕과 연필, 성냥, 초, 바늘 같은 것들과 숯, 장작, 쌀가마 같은 것들이 공존했다.

내부가 두 부분으로 분리되어 있는데, 잡화는 오른쪽에 있었다. 거기서는 대부분의 물건이 유리가 덮인 30센티미터 정도의 상자나 유리 단지 같은 것에 질서 있게 담겨 있었다. 가게에도 유리문이 있었다. 문을 열고 들어가야 물건이 놓인 장소가 나와서, 처음에는 들어서기가 꺼려졌었다. 천 서방네는 개성에서 왔다고 했다. 아직도 농경민 같은 부숙이네에 비하면, 천 서방네는 본격적인 상인의 가게였던 셈이다. 그 가게는 컸지만, 부숙이네처럼 놀러 갈 친숙한 곳은 아니었다.

천 서방네 가게에서 나는 '우수리', '덤', '거스름 돈', '고봉', '홍정' 같은 말들을 배웠다. 쌀을 작대기로 싹 밀어서 파는 것도 처음 보았다. 작대기로 밀어서 되 끝의 한부분만 살짝 남겨 놓는 천 서방의 솜씨는 절묘했다. 그 집 사람들은 그것을 '우수리'로 보는 모양이다. 야박스러운 우수리다.

'우라질 놈', '육시할 놈', '옘병할 놈' 같은 험한 욕들도 그 근처에서 처음 들었다. 욕은 나면서부터 배워야 쉽게 쓰게 된다. 욕을 안다는 것은 그 언어의 바닥을 안다는 뜻이다. 한참 지난 후에도 서울말이 남의 나라 말 같아서, 나는 끝내 서울의 푸짐한 욕설들을 실감 있게 써 보지 못했다. 그래서 어렸을 때는 소외감을 느끼기도 했다.

내게는 더 늙어서 망령이 나면, 그런 쌓여 있던 욕들이 마구 쏟아져 나올지도 모른다는 두려움이 있다. 60년대에 친구가 그때의 나만 한 아이를 데리고 미국에서 돌아왔다. 어느 날 자기 애는 욕을 할 줄 모른다고 그녀가 자랑했다. 그녀의 아들도 나처럼 서울말이 낯설었나 보다는 생각을 했다. 그 애도 나처럼 서울말의 바닥까지 자기 것으로 만들지는 못할 것 같아 보였던 것이다.

사투리를 쓰면 아이들이 놀리니까, 서울에 와서 처음 몇 달 동안 밖에서는 되도록 말을 적게 하려고 노력했다. 물건을 살 때도 '쌀 한 되', '두부 세 모' 하고 마는 것이다. 서울말을 익힌 후에야 나는 종일 재잘거리는 소녀다움을 되찾을 수 있었다. 아버지의 친구가 우리 형제를 보고 두 나라 말을 한다고 놀리셨다. 북한과 남한의 말을 다 한다는 뜻이다. 그건 어쩌면 두 곳 말을 모두 제대로 할 줄 모른다는 뜻도 된다.

천 서방네 가게와 부숙이네 가게는 우리에게 일상용품을 제공하는 중요한 곳이었다. 제일 처음 천 서방네 가게로 심부름 하는 것이 허용되었을 때, 신이 났던 생각이 난다. 그때까지 나는 돈으로 직접 무언가를 사 본 일이 없었다. 대가족이어서 필요로 하는 물건들은 늘 소리 없이 옆에 놓여 있었던 것이다. 그래서 돈을 주고 원하는 물건을 사는 것이 너무 신기했다. 무언가 어른으로 업그레이드 된 것 같은 기분이 들었던 것이다.

그때부터 용돈도 주어졌다. 전차를 타고 다녀야 하기 때문에 처음으로 지갑을 가지게 된 것이다. 빨리 어른이 되어 독립을 하고 싶은 아이였던 나는, 그런 것들이 좋아서 가게로 심부름 가는 것을 즐겼다. 우리 골목에는 가게가 그 두 개밖에 없었다. 그 대신 행상이 많았다. 두부 장수, 새우젓 장수, 생선 장수들은 등에 상품을 지고 다니면서 큰 소리로 "굴비 사려어!" "두부 사려어!" 하고 외쳤다. 밤중에 "메밀묵 사려어!" 하고 외치고 다니는 사람도 있었다. 얼음사탕 장수나 밥풀을 튀겨 주는 장사꾼들은 장비를 끌고 나타났다.

어느 날 밖에서 '펑' 하는 폭발음이 들려왔다. 우리는 놀라서 뛰어나갔다. 우리 집 입구에 밥풀과자 장수가 앉아서 풀무를 돌리고 있었다. 다시 폭발음이 들렸다. 풀무로 바람을 보내서 숯불로 데운 둥근 쇠통이 열리면서 끝에 달린 자루에 무언가가 쏟아져 내렸다. 밥풀튀김이었다. 사카린을 조금 쳐서 튀긴 밥풀들은 이쁘고 달콤했다. 갓 튀겨 낸 아삭아삭한 밥풀튀김은 너무 맛이 있었다. 시식을 해 본 우리는 집으로 달려가서 쌀을 받아 가지고 나왔다. 큰 소쿠리로 하나가 된 밥풀을 놓고 앉아 아이 넷이 먹어댔다. 양이 너무 많았다. 밥풀과자의 문제점은 시작하면 끝장을 봐야 한다는 데 있었다. 결국 쌀 한 바가지 튀긴 것을 다 먹어 치우고 우리는 저녁밥을 못 먹었다. 목에서 생목이 올라왔다. 이따금 오는 밥풀과자 장수는 우리 집 단골이 되었다.

차차 행동반경이 넓어져서 나는 큰길까지 진출했고, 나중에는 언니와 남대문 시장까지 가 보았다. 그 해에 우리가 가장 먼 곳까지 가 본 곳은 신당동이었다. 박희선[1] 선생님 댁에 아버지가 빌려드린 물건을 찾으러 언니하고 같이 간 것이다. 그 집에서 저녁을 먹고 가라고 해서 우리는 캄캄한 밤에야 밖으로 나왔다. 약수동 쪽에서 걸어서 장춘단 고개 마루에 올라섰는데, 갑자기 맞은편 비탈에서 헤드라이트들이 일제히 올라오고 있는 것이 보였다. 빛이 너무 강렬해서 눈을 뜰 수 없었다.

비탈을 올라오는 차들은 눈을 홰등잔같이 뜨고도 부웅부웅거리며 비명을 질러댔다. 헤드라이트의 홍수와 후카시[2]를 넣는 자동차 소리는 너무나 위협적으로 다가왔다. 안전지대인 보도에 서 있는데도 꼭 우리를 치러 오는 느낌

1) 아버지의 친구의 아들, 토목학을 전공한 전 국민대 교수.
2) 자동차를 공회전시키는 걸 일본어에서는 '후카시'라고 한다.

이어서, 언니와 나는 주저앉아 한참 꼭 껴안고 있었다. 밤에 밖에 나가본 것은 그때가 처음이어서 우리는 둘 다 겁을 먹었다. 영원히 집에 도달하지 못할 것 같은 절망감이 엄습했다. 서울의 밤 풍경의 비정함에 경악한 것이다. 그것은 내가 부모님과 멀리 떨어진 곳에서 처음으로 도시의 밤과 마주치는 장면이었다. 시골에서도 밤에는 나다닌 일이 없는 나는, 그 후에도 한동안 밤나들이를 하지 못했다. 혼자 도시의 헤드라이트들과 맞설 용기가 나지 않았던 것이다.

진이 엄마

서울말 선생님

진이 엄마는 두 번째 아이를 낳고 빠진 앞머리가 비죽비죽 돋아날 무렵에 우리 집으로 세 들어왔다. 1945년 12월의 일이다. 나이는 큰언니보다 약간 많았다. 입이 커서 웃으면 잇몸이 드러났고, 앞이마가 넓은, 자그마한 여인. 아버지 친구의 소실이다.

시앗을 본 일이 있는 우리 어머니가 절대로 상종을 하지 않는 사람들이 있다. 남의 첩살이를 하는 여자들이다. 그런데 진이 엄마는 예외였다. 인품이 워낙 착하기도 했지만, 큰언니 또래니까 가엾어서 그랬는지 어머니는 그녀에게 잘해 주었다. 어쩌면 그녀가 너무 소실스럽지 않았기 때문이었는지도 모른다. 그녀는 글래머도 아니었고, 미인도 아닌 데다가 코케티시한[1] 데가 조금도 없고, 몸치장도 잘 하지 않았다. 자신을 그냥 무방비상태로 다 내보이는 진솔한 타입이니까 상대방도 무장해제를 하게 되는 것 같다.

그녀는 열아홉 살에 직장의 보스인 아버지의 친구에게 찍혀서 진이를 임신했다. 배가 불러오니 할 수 없이 그의 소실이 되어서, 아이 둘을 데리고 우리 집 4조 반 방에서 그 사람과 살고 있었다. 애 아버지는 그녀의 아버지의 친구인 동시에 우리 아버지의 친구이기도 한, 잘생긴 중년의 비대한 남자였다.

언뜻 보면 "테스"를 연상시키는 비극적인 상황이다. 그런데 그녀는 테스가 아니었다. 첫사랑 같은 것을 하기도 전에 임신부터 하게 되었지만, 그녀는 자기 현실에 불만이 별로 없었다. 남자를 진짜로 좋아한 것이다. 6·25 때 그분이 납치되셨는데, 재혼하지 않고 아이들을 키웠다. '진이 아빠만 한 남자가 없어서'라는 것이 혼자 사는 이유였다. 많은 여자를 낚는 남자들에게는 나름대로 여자를 만족시키는 어떤 매력이 있는 모양이다. 그는 진이 엄마를 많이 귀여워했고, 편하게 살도록 내버려 두었다. 좁은 단칸방에서 남매를 데리고 네 식구가 복닥거리며 사는데, 그 남자도 별로 불만이 없어 보였다.

일제시대에는 사업이 잘되었다는데, 해방 후에는 별 볼일이 없는 것 같았다. 생활비도 많이 주는 것 같지 않았다. 진이 엄마에게는 좋은 옷도 없고, 좋은 백도 없었다. 패물 같은 것은 아예 가지고 있지도 않았다. 그런데도 그녀는 남자를 사랑하면서 즐겁게 살고 있었다. 그녀가 갈등을 느끼는 존재는 남자의 아들뿐이었다. 본가가 근처여서 준수하게 생긴 그의 아들이 우리 집 앞을 지나 출근을 했다. 그녀는 나무 그늘에 숨어 그를 지켜보면서 우리에게 속삭였다. "진이 오빠야, 아빠 닮았지?". 남편의 분위기를 지닌 젊고 날씬한 청년

---

1) coquettish, 교태를 부리는, 요염한.

이 나타나면, 그녀는 복잡한 표정을 지었다. 어쩌면 그녀는 자기 남자가 그 사람처럼 젊어서, 자기와 결혼해서 사는 세상을 꿈꾸어 보는지도 몰랐다.

'성격이 팔자'라는 말이 있다. 세상을 등지고 숨어 사는 신세인데도, 그녀는 터무니없을 정도로 낙천적이었다. 욕심도 없었다. 남자에게 뭘 요구하거나 잔소리 같은 걸 하지 않았다. 젊다는 것, 착하다는 것이 그녀의 매력 포인트인 것 같았다. 붙임성이 있는 그녀는 우리 자매와 금방 친해졌다. 정신 연령도 우리와 비슷해서, 같이 뛰어다니며 장난도 쳤고, 과자도 같이 만들며 재미있게 지냈다.

그녀와의 만남은 우리에게는 행운이었다. 그녀에게서 서울말을 배울 수 있었기 때문이다. 고물거리는 귀여운 아기들이 있어서 동생을 잃은 슬픔을 완화시켜 주는 것도 좋은 조건이었다. 동생과 나는 학교에 갔다 오면 진이 엄마와 같이 시간을 보냈다. 우리가 서재에서 공부를 하니까 후스마[2] 하나만 열면 그녀의 방이어서, 숙제를 하면서 계속 대화를 나눌 수 있었다.

그녀는 수다쟁이니까 말은 금세 배워졌다. 우리가 뉘앙스가 다른 어휘를 쓰면 그녀가 고쳐 주었다. 가르치고 나서 복습까지 시키는 셈이니 이상적인 파트너였다고 할 수 있다. 석 달이 지나니까 우리 형제는 거의 자유롭게 서울말을 할 수 있게 되었다. 말이 자유로워지니 앞에 나가서 발표하는 일도 가능해서, 학교생활도 즐거워졌다.

이름이 알려진 시인의 조카라는 진이 엄마는 문학적인 감수성도 가지고 있어서, 책도 돌려 가며 읽었으니 화제는 무궁했다. 감정 표현이 풍부한 편이어서 학교에서 돌아오면 그녀의 요란스런 환영을 받는 것도 나쁘지 않았다.

2) 일본집에서 나무틀 양면에 헝겊이나 종이를 바른 문.

사대문 안에서 자란 전통 있는 서울사람도 아니고, 북촌에서 자란 양반도 아니어서, 그녀는 소탈했다. 변두리의 중산층 가정에서 자란 그녀는, 서울 변두리의 풍속까지 통달하고 있어서, 그 면에서도 좋은 교사였다.

진이 엄마의 개나리

남동생이 죽을 때도 진이 엄마는 우리와 같이 살고 있었다. 마음이 여린 그녀는 우리 식구들이 울 때마다 따라 울어서 눈이 빨갛게 충혈되어 있었다. 그 눈을 가지고 식음을 전폐한 어머니를 위해 팥죽과 미음을 쑤어 왔고, 아이들도 때맞춰 챙겨 먹였다. 피난 와서 외톨이였던 우리에게 그녀는 유일한 이웃이며, 친구였다.

같이 밤을 새우다시피 했는데, 아침이 되니 그녀가 보이지 않았다. 한참을 종적이 묘연하더니 입관할 즈음에 나타났다. 너무 애석해서 관을 장식하려고 꽃을 꺾으러 효창공원에 다녀왔다는 것이다.

그녀의 손에는, 다른 부분은 아직 망울만 져 있고, 꼭대기 쪽에만 꽃이 핀, 1미터 정도의 긴 개나리 가지 하나와, 절반 정도의 작은 가지가 들려 있었다. 긴 가지의 선이 절묘했다. 개나리는 가지가 길어야 멋이 있다. 하얀 헝겊을 깐 관 위에 비스듬히 올려놓으니 관이 한결 부드러워 보였다. 입관 예배를 보는데, 그 꽃으로 인해 슬픔이 많이 승화되는 느낌을 받았다. 아름다운 것이 주는 정화작용이다. 어머니가 고마워했다. 위로가 되셨던 모양이다. 열 살이 겨우 된 동생은 그 꽃을 관에 얹은 채 흙 속에 묻혔다.

그 꽃은 나를 놀라게 만들었다. 그런 상황에서 꽃을 꺾으러 갈 생각이 난다는 게 너무나 신기했다. 여유가 있고 멋이 있어 보였던 것이다. 그 여유는 아름다움을 사랑하는 마음에서 오는 것이리라. 우리 어머니의 집에는 그런 여유가 없었다. 오랜 동안 어머니는 여자 가장이어서, 너무나 각박한 삶을 살았기 때문에, 아름다움을 감상하는 심미적 여유를 가지지 못하셨다. 어머니는 젊었는데도 몸을 치장하는 일에 신경을 쓰지 않았다. 나들이를 할 때만 엷은 화장을 하고, 한복을 입으셨지만, 보통 때는 화장도 하지 않고 몸빼만 입고 계셨다. 어머니는 워낙 미인이어서 그래도 아름다웠지만, 그런 차림새는 마음에 들지 않았다. 혼자 살다시피 한 어머니는 어쩌면 남자들의 이목을 끌지 않으려고, 전술적으로 그런 건조한 옷차림을 했는지도 모른다는 생각이 난 것은 어른이 된 후의 일이다.

돌아가시기 전해가 되어서야 어머니는 처음으로 '예쁜 것'에 대한 관심을 드러냈다. 어버이날에 뭘 원하시냐니까, 내게는 알이 박힌 고운 반지를, 동생에게는 치자빛 비단 치마를 요구한 것이다. 뭘 사 드린다면 늘 펄펄 뛰던 분이라 그 변화가 우리를 당황하게 만들었다. 이해가 되지 않았기 때문이다. 그 해에는 꽃에 대한 사랑도 드러내셨다. 마당에 엷은 핑크빛 넝쿨장미가 있었는데, 꽃 필 무렵에는 밖에 나갔다가도 꽃 때문에 얼른 돌아오시곤 했다. 어느 날 내가 가 보니까 어머니가 마당에 의자를 놓고 앉아 만개한 장미향을 즐기고 계셨다. 남은 시간이 얼마 없다는 생각이 오랜 동안 가두어 두었던 아름다움에 대한 갈망을 노출시키게 했다는 것을 우리가 알게 된 것은 어머니가 혼수상태에 빠진 후였다. 어머니는 그때야 비로소 관에 꽃을 장식할 여유 같은 것을 얻으신 것이다.

하지만 그런 여유가 없었던 것은 생활이 각박한 데서 오는 것만은 아니었던 것 같다. 어머니집에 얹혀 살면서도 외숙모는 어머니보다 여유 있게 살았기 때문이다. 외숙모는 언제나 긴 치마끈을 저고리 고름과 조화시켜서 나부

끼게 했고, 동백기름을 발라 머리를 곱게 쪽 찌고, 숄 같은 것을 멋있게 쓰고 다녔다. 뽀얗게 닦은 고무신, 하얀 버선…… 외숙모는 늘 꽃무늬 저고리를 입고 가들거리면서 사는 일을 즐겼다. 가치관이 달랐던 것이다. 어머니의 삶에서는 언제나 아름다움보다는 착함이 우선됐다. 현재의 자신의 고운 모습보다는 아이들의 미래에 대한 꿈이 더 소중했다.

어머니는 우리들의 미래를 위해 자신의 현재를 희생했고, 옳은 일을 하기 위해 몸치장을 접으셨다. 어머니의 삶에는 외숙모 같은 에고이스틱한 댄디즘[3]이 없었다. 일찍 세례를 받은 기독교와, 서당 훈장이셨던 조부의 영향인 것 같았다. 결국 무엇을 더 소중히 여기느냐는 프라이어리티의 문제다. 외숙모에게는 남을 위해 자신의 욕망을 희생할 마음이 없었다. 자식도 마찬가지였다. 맛있는 걸 해서 같이 먹고, 뽀뽀를 하고 안아 주는 데서 외숙모의 모성애는 끝났다.

진이 엄마의 개나리를 보면서 나는 눈에서 비늘이 떨어지는 것 같은 기분이 되었다. 아름다움을 찾는 마음은 경제적 여유에서만 오는 것은 아니라는 사실을 깨달은 것이다. 그녀는 우리 어머니처럼 의롭게 살지도 않았고, 외숙모처럼 고운 옷을 탐하지도 않았다. 대체 남의 관에 꽃을 장식해 줄 여유를 그녀는 어디에서 얻은 것일까?

단칸방에 살면서도 남의 관에 꽃을 장식해 주고 싶은 마음, 개나리 같은 보잘것없는 꽃나무에서 가지의 선이 지니는 순수한 아름다움을 찾아내는 안목…… 진이 엄마의 개나리는 내게 아름다운 것에 대한 관심을 심어 주는 씨앗이 되었다. 실용적이 아닌 것이 가지는 순수한 아름다움 말이다.

---

3) dandysm, 멋 부리는 취미.

과자 만들기와 긴 방학

6월 말에 졸업을 했다. 학제가 흔들리고 있었다. 일제시대에는 3월 졸업, 4월 입학이었는데, 해방이 되니 새 학기가 9월이 되었다. 8월에 해방이 되었으니 3월까지 그냥 계속할 수도 없었을 것이고, 미국에서는 9월이 입학 시즌이니 그걸 본뜬 건지도 모른다. 그런 혼란은 한동안 계속되었다. 6·25가 나던 해에는 6월에 학기가 시작되더니, 내가 대학에 들어가던 1952년에는 3월 졸업, 4월 입학이었다. 그런 흔들림은 1960년대 초에 가서야 진정된다. 한국의 계절에 맞게 2월에 졸업하고 3월에 입학식을 가지는 일이 그때에야 정착되었던 것이다.[4)]

내가 중학교에 들어가던 1946년에는 6월 말에 졸업을 했는데, 입학은 9월 초에 했다. 그러니 방학이 두 달이 넘었다. 그 긴 방학을 나는 진이 엄마와 과자 만들기를 하면서 보냈다. 그 무렵에는 나라에서 피난민들에게 밀가루를 배급해 주었다. 미국의 원조 물자 중의 하나일 것이다. 우리는 그것으로 밀 점병이나 칼국수, 수제비 같은 것을 해 먹었다. 그런데 방학이 되어 우리가 집에서 뒹굴고 있자, 진이 엄마가 과자를 만들어 보자고 제안했다. 우리는 신이 나서 베이킹파우더, 버터, 설탕을 샀고, 언니가 남대문 시장까지 가서 튀김 기름을 한 초롱이나 사왔다.

진이 엄마가 레시피를 구해 왔다. 베이킹파우더와 버터와 설탕 등을 레시피에 적힌 대로, 정확하게 계량을 해서 반죽을 한 후 도마에 알맞은 두께로 펴 놓는다. 그리고 도넛 모양을 만든다. 요즘처럼 도넛 판이 있는 것이 아니니까 밥공기 같은 알맞은 그릇을 찾아서 그것으로 눌러서 둥근 도넛판을 만드는

---

4) "사진으로 보는 경기여고 90년"(1998년 경운회간), 권말에 있는 학교 연표 참조.

것이다. 가운데 구멍은 병으로 뚫었다. 안방에까지 도마들을 펴 놓고 제가끔 도넛 만들기를 시작했다. 네 소녀와 세 아이가 엉켜서 법석을 떨면서 도넛 만들기를 하는 것은 하나의 축제였다. 도넛을 튀겨 내서 어른들께 들고 갈 때, 마음은 말로 할 수 없는 희열로 가득 찼다. 우리 손으로 제대로 된 도넛을 만들었기 때문이다.

다음 날은 호빵을 만들었고, 그 다음 날은 손가락 과자를 만들었다. 밀가루 반죽을 손가락만 하게 썰어서 튀긴 후 단물과 깨를 뿌리면 되는 간단한 작업이다. 그 다음 날은 각자가 멋대로 모양을 만들어 튀겨 보기로 했다. 꽃모양도 있고 세모꼴도 있었으며, 별 같은 것도 있었다. 다음 차례는 꽈배기다. 밀가루 반죽을 길게 늘여서 꼬아 가는 과정이 재미있었다. 동생은 반죽이 질어져서 꽈배기가 잘 되지 않아 울상이 되었다.

나중에는 수제비와 칼국수와 밀 점병도 만들었다. 이상한 것은 진이 엄마와 레시피를 놓고 앉아서 만들면 수제비, 밀 점병 같은 보통 음식을 만드는 일도 놀이가 된다는 사실이다. 필요나 의무에서 벗어나 재미로 하는 음식 만들기이기 때문이었을 것이다.

음식 만들기를 좋아하지 않는 내가 가장 많은 음식을 만든 것이 그 여름이었다. 그건 노동이 아니라 놀이였기 때문에 질리지 않았다. 거의 두 달 동안의 더운 계절을, 우리는 과자를 만들면서 즐겁게 보냈다. 정식 주부가 아닌 진이 엄마는 소꿉놀이 하듯이 살고 있기 때문에, 그녀와 만드는 모든 음식은 간식처럼 느껴졌다. 그녀와 아이들은 과자로 끼니를 때우기도 했기 때문이다.

과자나 도넛은 군것질거리다. 있어도 되고 없어도 되는, 장식품 같은 먹거리인 것이다. 진이 엄마가 우리에게 가르쳐 준 것은 놀이로서의 요리였고, 군것질거리 만들기였다. 모든 행위에서 실용성이 배제되면 그건 예술이 된다. 그 해 우리가 만든 도넛도 예술의 싹이었다. 여름 두 달을 우리는 나가 놀지도 않고, 공부도 안 하면서, 도자기라도 만드는 기분으로 날마다 과자 만들기에 열중했다. 기름 냄새, 버터 냄새 속에서, 병으로 구멍을 뚫는 요령 같은 것을 몸으로 익히면서, 우리는 즐거운 체험 학습을 한 것이다.

정식 주부가 아닌 경계인과, 정식 사회인이 아닌 아이들이 모여 열나게 해제친 그 해의 도넛 만들기 게임은 지금도 큰 성취감으로 기억에 남아 있다. 그때 나는 어떤 학교에도 소속되지 않아서 자유로웠다. 학기가 불안정한 시기에 틈서리처럼 생겨난 그 긴 방학은, 내가 초등학생도 중학생도 아닌 시기에 주어졌던 신나는 해프닝의 기간이었던 것이다.

도넛 만들기는 진이 엄마와 우리의 마지막 소꿉놀이였다. 1946년 10월에 오빠네가 밀선을 타고 내려왔다. 식구가 갑자기 늘어나서, 이사를 하게 되었다. 학교도 시작되어 모든 것이 자리가 잡혀 가자, 진이 엄마와 우리는 다시는 그런 아무 데도 속하지 않는 긴 자투리 시간을 가질 수 없었다. 군것질의 미학은 그 버려진 시간의 여유 속에서 탄생한 것이다.

효창孝昌국민학교

사이렌과 면포

서울에 와서 주민등록을 하자마자 아버지는 나와 동생들을 학교에 넣으셨다. 아마 12월 초부터 다니지 않았나 싶다. 지금은 숙명여대의 자연과학관이 되어 버려서 자취도 안 남은 효창국민학교가 우리가 새로 간 학교였다. 집에서 서쪽으로 10분 거리에 있어서 걸어가기에 알맞았다. 학교는 2층이었다. 한 학년이 다섯 반이나 되었다. 그 중 4반과 5반이 여자반이었다. 나는 6학년 5반에 배정되었다. 나중에 경기에 같이 간 이동영李東英이가 반장이었다. 60명 정도가 한반이었던 것 같다.

그 중에서 피난 온 아이는 나밖에 없었다. 함경도 사투리를 쓰는 아이도 나 하나뿐이었다. 매끈하고 고운 서울말에 비하면 내가 쓰는 함경도 사투리는 거칠고 조잡해 보였다. 어휘 수도 적고, 뜻도 다른 것이 많아서 말이 잘 통하지 않으니 주눅이 들었다. 그래서 말을 안 하기 시작했다. 석 달쯤 지나 서울말을 자유롭게 하게 된 다음부터 나는 수업 시간에 재미를 붙였다. 손을 자주 들었고, 앞에 나가서 발표하는 일도 많았다. 걱정을 많이 했는데, 연착륙을 한 것처럼 느껴져서 기분이 좋았다.

새 집이 마음에 들었던 것처럼 새 학교도 마음에 들었다. 변두리에 있는 학교였지만, 교실이 여섯 개밖에 없는 시골 학교보다는 5배나 컸다. 남녀가 따로 공부하는 것도 좋았다. 신기한 것은 노는 시간을 종 대신 사이렌으로 알리는 것이었다. 사이렌이 울리면 엄청난 일이라도 하고 난 것처럼 괜히 우쭐해졌다. 점심시간에는 빵을 하나씩 주었다. 팥이 들어 있는 빵이었던 것 같다. 그걸 어려운 한자를 써서 멘보麵麭라고 불렀다. 일본식 발음이었던 것 같다.[1] 서울 아이들도 모두 식량난을 겪을 때여서 대부분의 아이들이 그것으로 점심을 때웠다.

우리는 그 학교에서 노래들을 배웠다. '삼천 리 반도 금수강산, 하나님 주신 동산' 하는 노래는 신이 났고, '나의 살던 고향은 꽃피는 동네'라는 노래는 '그 속에서 살던 때가 그립습니다'는 부분이 향수를 자아냈다. 동생이 좋아한 노래는 '가랑잎 떼굴떼굴 어디로 굴러 가오'라는 것이었는데, 내가 좋아한 노래는 '정이월 다 가고 삼월이라네'였다. '아리랑 아리랑 아라리오~' 하는 후렴이 듣기 좋았다.

피난 오느라고 한 달이나 학교를 쉬었는데, 공부는 힘들지 않았다. 나는 일제시대에 집에서 한글을 배워서 우리글을 자유롭게 읽고 쓸 수 있었다. 해방이 되고 나서 한글을 배우기 시작한 다른 아이들보다 국어 독해력이 나았

1) 일본에서는 麵麭라고 쓰고 '빵'이라고 루비 가나를 붙였던 것 같다. 빵을 멘보라고 부른 것은 일본말의 잔재였을 것 같다.

던 것이다. 그건 아주 유리한 조건이었다. 갑자기 모든 교과를 한글로 가르치기 시작하니, 겨우 한 달 동안 한글을 속성으로 배운 아이들은 힘이 들어 했다. 1학년 한글 실력으로 6학년 학과를 이해해야 했기 때문이다.

오빠가 1년 동안 신경통으로 누워 있으면서, 우리에게 한국의 역사와 설화에 대해 많은 이야기를 해 주셨다. 그래서 국사 실력도 뒤지지 않았다. 해방 후에 잠시 우리 학교에서 교편을 잡은 일이 있는 오빠는, 시조 카드를 직접 만들어 아이들에게 나누어 주고, 시조 외우기 시합을 시켰다. 기억력이 좋은 편이니까 내가 늘 일등을 해서 시조 백 수를 거의 다 외우고 있었다. 그런 밑절미가 있어서 한 달 가까이 공백이 있었는데도 공부는 쉽게 따라갈 수 있었다.

나는 시골에 있을 때도 일등을 한 일이 한 번도 없었다. 못하는 과목이 많아서 강의술姜義述이라는 남학생에게 늘 일등 자리를 빼앗겼다. 그래서 부반장밖에 하지 못했다. 한번은 선생님이 반장 부반장에게 교실을 청소하게 했는데, 나는 비질을 할 줄 몰라서 쩔쩔맸다. 대가족 속의 조무래기여서 비질을 한 기회가 없었던 것이다. 어부의 아들인 의술이는 비질도 나보다 잘했다. 워낙 모든 과목을 잘하는 아이였으니까 혹시 북한에서 거물이 되지 않았나 해서 그곳 명사들 이름을 열심히 챙겨 보는데, 그런 이름은 나오지 않았다. 의술이는 시골 학교 동창 중에서 내가 이름을 기억하는 유일한 클래스메이트다.

효창국민학교에서 3월 말에 첫 통지표를 받았다. 5등이었다. 석차가 네 개밖에 떨어지지 않은 것이다. 죽은 남동생도 시골 있을 때와 석차가 비슷했다. 서울의 변두리 학교와 시골 학교는 학력차가 그다지 크지 않았던 모양이다. 내 실력은 입시에서도 증명되었다. 효창국민학교에서 열다섯 명이 경기에 원서를 냈는데, 세 명만 붙었다. 그 중의 하나가 나였다. 4, 5반의 반장하고 나만 붙은 것이다.

남동생이 죽은 것은 내가 학교생활에 겨우 재미를 붙이려 할 무렵이었다. 4월 10일에 감기에 걸린 동생이 23일에 폐렴으로 숨을 거두었다. 겨우 안정되려던 집안이 뒤죽박죽이 되었다. 어머니는 밥을 달라면 주걱을 줄 정도로 넋이 나가 있었다. 처음에는 날마다 자살을 시도해서 딸 셋이 한 달 동안 교대로 결석하면서 어머니를 지킨 일도 있다. 그 후에도 어머니는 걸핏하면 비틀거리며 서울역에 나가서 거지 아이들을 보면서 시간을 보내셨다. 죽은 아이 또래의 아이들의 살아 있는 생명이 너무너무 부러웠기 때문이다. 자고 일어나면 어머니의 다리는 시커멓게 멍이 들어 있었다. 식구들 몰래 슬픔을 참느라고 자기 다리를 밤새 쥐어 뜯기 때문이다.

어머니의 다리처럼 우리의 내면도 멍들어 갔다. 형제들도 정수리에 작살을 맞은 짐승처럼 비틀거렸다. 어머니와 아버지가 자주 싸웠고, 싸움은 언제나 어머니의 통곡으로 끝났다. 어머니의 잦은 통곡이 점점 지겨워졌다. 그 지겨웠던 기억 때문에 4년 전에 딸을 잃었을 때, 나는 남은 아이들 앞에서 되도록 울지 않았다. 죽은 아이만 생각하는 것처럼 보이는 것이 남은 아이들에 대한 모독같이 느껴졌던 기억 때문이다.

나중에 박완서 씨의 "목마른 계절"을 읽으면서, 나는 너무 절실한 공감을 느꼈다. 박 선생 어머니와 우리 어머니는 슬퍼하는 모습이 똑같았다. 아들이 죽은 후에 땅을 치면서 '쓸 것을 죽고……' 하는 모욕적인 대사도 같았고, 모든 즐거운 일을 봉쇄해 버린 처사도 비슷했다. 우리는 다시는 가족 동반으로 외식을 하거나 놀러 간 일이 없이 4년을 보냈다. 1946년 3·1절에 창경원에 가 본 것이 마지막 가족 소풍이었다. 그 뒤를 6·25가 이어서 우리 자매의 청소년기는 축제 없는 살벌한 것이 되고 말았다.

주부가 그러니까 온 식구들의 건강이 나빠졌다. 그 중에서도 여동생의 증상이 심했다. 어느 날 문득 보니 아이의 눈이 심상치 않았다. 병원에 가서 진단했더니 녹내장에 걸렸다는 답이 나왔다. 100개도 넘는 인질 중에서 가장 질이 나쁘다는 병이다. 눈 온 데 서리까지 내린 격이다. 하고 많은 병 중에서 그렇게까지 고약한 병에 걸릴 건 또 무어냐 말이다. 그제야 어머니가 심신을 가다듬으셨다. 그대로 가다간 남은 아이들도 다 잃을 수 있다는 두려움을 느낀 것이다. 하지만 때는 이미 늦었다. 동생은 안압이 오르면 비명을 지르며 울부짖었다. 두통이 심해서 노상 노인네처럼 끈으로 머리를 동여매고 살았다.

그 애는 마음이 여리고 겁이 많았다. 남동생이 죽던 날이 하필 그 애의 당번이어서, 죽음을 목도하고는 충격을 받아 너무 울다가 녹내장이 된 것이다. 그 애는 주사 맞는 것을 지나치게 두려워했다. 날마다 병원이 뒤집히게 소동을 벌였다. 서울역 앞에 있던 세브란스 병원에 데리고 가면, 주사가 무서워서 페치카[2] 뒤에 숨어서 사색이 되어 떨고 있었다. 그런 아이가 눈 수술을 여남은 번은 받은 것 같다. 눈 수술은 수술 칼이 보여서 더 무섭단다.

어머니는 만사를 제폐하고 그때부터 동생의 눈 고치기에 심혼을 바쳤다. 전국 어디에나 좋은 의사가 있다면 찾아갔다. 그래도 소용이 없었다. 그 애의 시력은 다시는 회복되지 않아서 5학년 때 휴학한 것이 영원한 휴학이 되고 말았다. 그 애의 병은 어머니에게는 채찍 같은 것이었다. 죽은 아들에 대한 지나친 비탄으로 살아 있는 딸을 잡은 셈이 되었기 때문이다. 어머니는 자신의 남아 선호 사상을 반성했다. 남동생을 살리려고 나자마자 유모에게 맡겼던 막내딸을 데리러 허방지방 북한까지 다녀오셨다.

어머니가 그 난리를 치는 동안에, 마치 슬픔이 응고된 것처럼 내 목 뒤쪽

---

2) 극한極寒 지역에서 쓰는 난방 장치로, 2층까지 관통하는 대형 벽난로다.

에서 딱딱한 덩어리가 만져졌다. 머리가 아프기 시작했다. 좋지 않은 부위에 부스럼이 난 것이다. 옷이 스치는 부분이어서 부스럼은 좀처럼 낫지 않았다. 그건 내 불행의 징표 같았다. 부스럼 때문에 거북이처럼 고개를 앞으로 굽히고 걸어야 해서, 나는 벌을 받는 면양緬羊 같은 몰골을 하고 있었다. 살고 싶은 마음은 내게도 없었다. 너무 큰 상실감으로 모든 가치가 뒤죽박죽이 되어 정신을 차릴 수 없었던 것이다.

그 와중에 나는 정동까지 가서 경기여고 입학시험을 쳤다. 그 시절에도 검은 자가용을 타고 가족들과 같이 오는 아이들이 더러 있었다. 그런데 내게는 작은언니 하나밖에 데리고 갈 가족이 없었다. 그 꼬마 언니는 그때부터 계속해서 내 학부형 노릇을 했다. 때로는 학비도 보태 주었다. 어머니는 동생의 녹내장 때문에 병원에 상근해야 해서 다른 아이를 위해 시간을 낼 수 없었다. 오죽하면 어머니를 독점한다는 이유로 언니와 내가 그 불쌍한 동생의 병을 시샘까지 했을까?

그 해 초에 신탁통치 문제가 대두되어 나라 안이 발칵 뒤집혀져 있었다. 좌파는 찬탁贊託을, 우파는 반탁反託을 내세우고 죽기 살기로 대치했다. 좌우 진영의 싸움이 격렬했다. 학교마다 테러가 자행되고, 데모가 끊이지 않았다. 그래서 내 구두시험은 거창하게도 '신탁통치를 어떻게 생각하느냐'는 질문으로 시작되었다. 턱이 얇다고 아이들이 '무턱'이라는 별명을 붙인 한경원 교무주임이 그런 질문을 하셨다.

우리 부모님은 극단적인 반탁파였다. 그래서 나도 반탁이라고 입장을 밝혔다. "더디더라도 자기 힘으로 나라를 세워 나가는 것이 옳다고 생각하기 때문에 신탁통치는 받아드릴 수 없다고 생각합니다". 내가 아버지에게서 들은 풍월을 그렇게 읊어대자, 무턱 선생님은 "그 놈 참!" 하면서 웃으셨다. 함경도 출신인 교감 선생님은 어쩌면 내 말투에서 함경도 냄새를 맡으셨는지도 모른다.

내가 그 어려운 학교에 합격을 하자 어머니는 나를 위해서 다시 한 번 정신을 차리셨다. 아무리 슬프더라도 딸들이 듣는 앞에서 '쓸 것은 죽고 못 쓸 것들만 남았구나!' 한 것이 미안하셨던 것이다. 어머니는 일본 사람들이 버리고 간 예복 하오리 두 개를 뜯어서 한복을 만들어 입고, 등록금을 내러 경기여고에 가셨다. 동생이 죽은 지 두 달도 안 된 시점인데 우테나 크림을 바르고 첫 나들이를 하신 것이다. 내 합격은 어머니의 무너져 내린 영혼을 추스르는 데 도움이 되었다. 그건 서울로 피난을 온 후 반년 만에 처음 들은 좋은 소식이었기 때문이다.

편입생 3인방

북에 있을 때 내게는 친구가 없었다. 외딴 집에서 많은 형제들과 살았기 때문이었는지도 모른다. 기억이 나는 동기생 이름이, 내게서 일등 자리를 빼앗아 가던 남자애 하나밖에 없을 정도였다. 내게는 친구가 필요 없었다. 우리 집에는 여자 형제가 다섯이나 있고 남동생도 있었다. 외사촌네 삼남매도 거의 함께 살다시피 했다. 놀이 친구가 집에 잔뜩 있어 외로울 틈이 없었다. 남쪽에 오니 가족 수가 반으로 줄었다. 설상가상으로 단짝인 언니가 너무 바빠서 같이 놀 기회가 많지 않았다. 그래서 나는 좀 외로웠다.

학교에서도 외로웠다. 본래 낯가림이 심한 편인데, 서울 아이들은 너무 이질적이어서 다가설 마음이 나지 않았다. 말이 통하지 않는 것도 이유 중의 하나였을 것이다. 그때 편입생이 새로 들어왔다. 새 학교에 편입하면서, 샤를 보바리처럼 쭈뼛거리고 있는[3] 입이 큰 아이였다. 아버지가 은행원인데 전근을 해서 학교를 옮겼다고 했다. 그 애는 나와 같이 앉게 되었다. 짝꿍이 된 것이다. 우리는 외로운 동지끼리여서 쉽게 친해졌다. 이름이 정성미라 했다.

성미는 별로 이쁘지 않았다. 꼭 다물 줄을 몰라서 입은 늘 벌어져 있었고, 눈은 작은데 시력까지 나빴다. 그 애가 숙제를 도와 달라고 부탁해서 그 집에 가 본 일이 있다. 태어나서 처음으로 가 본 친구의 집이다.

성미네 집은 청파동 1가로 올라가는 네거리에서 북서쪽으로 비스듬히 나 있는 골목 안에 있었다. 2층짜리 적산가옥이었다. 정원은 없으나 깨끗하고 반듯한 집이었다. 그런데 그 집에는 반듯한 사람은 살고 있지 않는 것 같았다. 식구들이 모두 좀 이상했다. 성미는 외딸이었다. 그래서 열세 살이나 된 여자애를 외할머니가 아기 취급을 하고 있었다. 그 애가 미숙아처럼 보이는 이유를 알 것 같았다. 아버지도 그 애와 분위기가 비슷했다. 그 집에는 그 애처럼 허약해 보이는 아버지와, 파싹 늙은 외할머니가 있었다. 외할머니는 식모처럼 집안일을 혼자 다 했다. 음식도 혼자 만들고 아이도 혼자 돌보았으며, 딸의 시중도 다 들어주었다. 그녀는 딸에게 쩔쩔맸다. 남편도 마찬가지였다.

그 애 엄마는 네 식구 중에서 유일하게 아름답고 세련된 여자-여왕봉 같은 여자였다. 그녀는 이목구비가 다 잘생긴 미인이어서, 멀리에서도 눈에 띄었다. 키가 컸다. 체격도 날씬하고 균형이 잡혀 있었다. 눈도 입술도 컸고, 코가 높았다. 선이 굵은 형이었다. 옷도 세련되게 입었다. 연회색 치마에 남색 명주 저고리를 입고 밖에서 들어오는 그 애 엄마를 보고 나는 숨을 삼켰다. 정

3) 플로베르의 "보바리 부인"은 그녀의 남편이 될 샤를 보바리가 새 학교에 편입하는 장면에서 시작된다. 그는 짧아서 정강이가 드러나는 바지를 입고, 새 교실이 낯이 설어서 쭈뼛거린다. 이름도 제대로 대지 못하는 것이다.

성스럽게 한 화장이 돋보였다. 온통 비실거리는 가족들 속에서 닭 무리 속의 학처럼 그녀는 건강하고 아름다웠다.

어느 날 나는 그녀가 외출 준비를 하는 것을 본 일이 있다. 속치마만 입고 머리를 풀어 헤친 채 거울 앞에 앉아서 그녀는 화장을 하고 있었다. 거즈에 화장수를 묻혀서 한참씩 정성껏 피부를 두드리는 일을 되풀이했다. 그 다음에는 크림을 바르고 분을 바르고 연지를 찍었다. 남은 연지를 귓불에도 살짝 묻혔다. 그리고는 흑장미빛 루즈를 발랐다. 빨갛지 않은 루즈를 바르는 여자를 그때 처음 보았다. 눈 화장이 시작되었다. 가뜩이나 큰 눈에 아이라인을 그려서 눈 꼬리 쪽을 넓혔다. 그리고 눈썹을 손질했다. 가위로 끝을 다듬더니 화가가 그림을 그리듯 성심껏 눈썹을 그리는 것이다.

다음은 머리 빗기다. 앞부분을 높이 부풀려 올려서 핀으로 고정시켜 놓고, 왼쪽 뒷머리를 싹 밀어서 오른쪽으로 붙였다. 그리고 포마드 같은 것으로 잔털을 말끔하게 잠재웠다. 마지막으로 오른쪽 머리를 칭칭 감아올리면서 업스타일의 머리를 깨끗이 마무리 지었다. 그리고는 목 언저리의 잔머리가 흘러 내려오지 못하게 또 포마드 같은 것을 발랐다. 전문가의 솜씨였다. 그날은 흰 치마에 꽃 자주 저고리를 입었다. 배우 같았다.

화장이라고는 우테나 크림과 엷은 색 구찌베니밖에 모르는 어머니 밑에서 자란 나는, 그녀의 화장이 완성되어 가는 것을 경탄의 눈으로 바라보았다. 거의 한 시간 가까이 걸리는 치장이었다. 수가 놓인 숄을 들고 그녀가 일어서자 모친이 뽀얗게 닦은 고무신을 대령했다. 양산을 쓰고 그녀는 나갔다. 그 긴 시간 동안 자기 딸이나 나에게 눈길도 주지 않았다.

나중에 알아보니 그녀는 유명한 퇴기退妓였다. 나이가 들어 명성에 금이 가기 시작하자, 허약한 은행원 총각과 결혼해서 딸 하나를 낳고 주부로 안착

한 것이다. 그녀의 아름다움은 마흔이 가까운 나이에도 장엄했다. 그녀의 어두운 빛깔의 루즈를 보면서 나는 화장도 예술이라는 생각을 했다.

그건 내가 평생 딱 한 번 견학한 거룩한 변신의 현장이었다. '온나와 오바케-여자는 요술쟁이'[4]라는 말이 맞다. 부수수한 머리에 거무스름한 피부를 가진 늙어 가는 퇴기가, 자신의 손으로 자신을 환상적인 미녀로 변화시키고 있었던 것이다. 결혼할 때에도 나는 그렇게 오래 화장을 해 본 일이 없다. 그 프로페셔널한 여인의 참담한 좌절 한복판에, 애비를 닮은 이쁘지 않은 딸이 자리 잡고 있었던 것이다.

그 집에서는 엄마가 하늘처럼 높고, 다른 식구들은 모두 구종별배驅從別陪처럼 존재감이 없었다. 외할머니와 아빠는 엄마 다음으로 성미를 모셨다. 외할머니가 과보호를 해서 기른 성미는 아기처럼 무구無垢했고, 아기처럼 응석받이였으며, 아기처럼 무력했다. 유순한 아빠를 닮아서 성격은 순하고 어진 편이었다. 낮에는 할머니만 집에 있기 때문에 나는 자주 그 애네 집에 가서 숙제를 했다. 성미에게 친구가 없으니 할머니는 나를 칙사 대접을 했다.

"가츠라 상이다! 가츠라야!"

또 하나의 편입생이 들어온 건 그 후 한 달쯤 지나서였다. 학교에 갔는데 갑자기 아이들이 우르르 창가에 몰려가고 있었다.

6학년의 다섯 반 아이들이 모두 흥분해서 들떠 있었다. 남자애들은 더했다. 그 애들은 창틀에 매달려서 손을 흔들기도 하고, 휘파람을 불기도 했다.

---

4) 'おばけ'는 몸을 변형시키는 요괴다. 여자는 치장에 의해 다른 사람처럼 보일 만큼 달라질 수 있다는 의미로 그런 속담이 만들어진 것 같다.

무슨 난리인가 싶어 밖을 내다보았다. 키가 크고 날씬한 여자 아이가 새까만 외투를 입고 걸어오고 있었다. 목 근처에서 살짝 드러나는 자주빛 스웨터가 하얀 얼굴을 돋보이게 하고 있었다. 들꽃 같은 작은 얼굴이 보였다. 이목구비 어느 하나도 두드러지게 이쁜 부분이 없는데, 나부작한 하얀 얼굴이 이상하게 환해 보였다. 무언가 원광을 쓴 것 같은 분위기였다.

그 이상한 아이가 나는 마음에 들었다. 전에 다니다가 다시 돌아온 모양이어서 6학년 아이들은 모두 그 애를 알고 있는 것 같았다. 이름은 '계연桂姸' 이라고 했다. '가츠라'[5]는 일제시대에 개명한 이름인 모양이다. 그 애가 내 왼편에 자리를 잡았다. 상냥한 목소리로 나를 향해 "안녕" 하고 먼저 말을 걸었다. 우리는 곧 친구가 되었다. 그녀가 가진 청초하면서도 어딘가 분방해 보이는 모순된 분위기가 나를 매혹시켰다. 그런 아이를 처음 보았기 때문이다. 우리는 금방 친해져서 3인방을 만들어 몰려 다녔다. 어수선한 시대의 어수선한 편입생 3인방이다.

계연이네 집은 선린상고로 올라가는 길 오른쪽에 있었다. 담이 없이 길에 나 앉아 있는, 방 두 개짜리 작은 집이었다. 창에 세로로 된 나무 격자가 박혀 있었다. 그 창이 길에 면해 있어서 밖에서도 그 애와 대화를 할 수 있었다. 그 집에는 촌스러운 여인이 하나 있었다. 그 애의 계모다.

나는 계연이가 아이들의 이목을 끈 요인 중의 하나를 알아냈다. 그건 유난히 흰 얼굴에 서려 있는 아이답지 않은 우수에 찬 분위기다. 그 애의 어머니는 일본 여자라 한다. 해방이 되자 그녀는 일본으로 돌아갔고, 돈도 없고 아이가 딸린 늙어 가는 홀아비가, 만주에서 내려오다가 40대의 시골 여자를 만난

5) 계桂 자를 일본어에서는 '가츠라'라고 읽는다. 개명할 때 본 이름에서 '桂'만 빼서 '가츠라'라고 부른 모양이다.

모양이다. 계자는 그 여자를 절대로 거스르지 않으며 살고 있었다.

그 애의 아버지는 일본 노인같이 깡마르고 깔끔해 보이는 분이었다. 그분은 거의 말이 없었다. 그런데 방에 가 보니 누런 군용 담요가 아주 반듯하게 개켜져 있었다. 고지식하고 깔끔한 성격이었던 모양이다. 가진 것이 적은 결벽스런 노인과, 무지해 보이는 계모 사이에 세워 놓으니, 그 애가 얼마나 외로운 아이인지 알 것 같았다. 연민이 나를 사로잡았다.

그 애는 울었다 웃었다 감정의 기복이 심했다. 하는 짓도 갈피를 잡을 수 없었다. 그 애에게는 상식이 없었다. 어느 날 그 애가 길가에서 3반 남자 반장에게 뺨을 맞았다는 말이 떠돌았다. 어떤 날에는 두 남자애가 양쪽에서 잡아당겨서 옷이 찢어졌다는 말도 들렸다. 항상 남자 아이들과 얽혀 있는 소문이다. 계연이는 내게, 남자애가 뽀뽀를 하려 해서 도망을 갔더니 쫓아와서 뺨을 때렸다는 말을 하면서 배시시 웃었다. 그런데 눈에는 눈물이 글썽했다. 뽀뽀를 해 달라는데 못해 줘서 미안하다는 것이다. "뽀뽀 같은 것, 사실 별 것도 아닌데……" 그런 것 때문에 남에게 상처를 줘서 가슴이 아프다는 여자 아이.

후일에 조해일의 "겨울 여자"에서 나는 그녀와 비슷한 여자를 만났다. 아무 남자나 가엾어 하는 대지 같은 여자를. 영 이해가 되지 않아서 나는 그 애를 물끄러미 쳐다보았다. 그 애에게는 성에 대한 금기의식이 없었다. 남자뿐이 아니었다. 그 애는 남자 여자 가리지 않고 누구에게나 정을 막 주는 타입이었다. 그 애에게는 무언가 갈피를 잡을 수 없는 데가 있었다. 나를 돌봐 줄 때는 언니처럼 성숙해 보이는데, 웃을 때는 어린애같이 무구하다. 그 복잡한 아이의 내면을 가늠할 수는 없었지만, 이상하게 늘 나는 그 애가 가슴 아팠다.

상급학교에 가면서 우리는 헤어졌다. 내가 이사를 갔기 때문인지도 모른다. 그 후 십 년쯤 지난 어느 날, 나는 까만 밍크 롱코트에 까만 굽 높은 하이힐을 신은 날씬한 여자를 집 근처에서 만났다. 저녁 무렵이었는데, 그녀는 가로수 밑에 서 있었다. 세련되어서 눈에 쏙 들어오는 여자였다. 가까이 가서 보니 계연이였다. 여전히 화장기가 없는 나부대대한 하얀 얼굴을 하고 있었다. 수두 자국이 하나 코언저리에 있는 소박한 얼굴이다. 까만 밍크가 청순한 얼굴의 하얀 색을 돋보이게 하고 있었다. 여전히 아그네스 수녀 같은 청순함이 서려 있는 여자, 그러면서 누구나 안고 싶은 마음이 나게 할 것 같은 이상하게 유혹적인 분위기를 가진 여자. 청순함이 에로티시즘을 유발하는 모순된 분위기가 나를 혼란하게 만들었다. 남자 아이들이 어린 나이에도 그녀에게 환장한 것이 그 모순된 분위기 때문이었던 것 같다.

60년대 초에는 밍크코트가 아주 귀했다. 롱코트는 더 귀했다. 그런데도 나는 이상하게 아름다운 롱코트를 입고 있는 그녀가, 헐벗고 길가에 서 있는 것 같이 느껴져서 가슴이 아려 왔다. 지금도 여전히 뽀뽀를 거부해서 뺨을 맞을 것 같고, 지금도 여전히 때린 애가 가슴 아파서 웃으면서 울 것 같고…… 계연이는 그렇게 늘 가슴을 짠하게 만드는 친구였다.

그녀가 나를 보고 어색한 웃음을 웃었다. 무언가 불편해 하는 것 같았다. 그래서 주소도 묻지 않고 헤어진 게 마지막이었다. 내가 서울 와서 겨우 반년 동안 다닌 효창국민학교 시절의 추억에 피리어드가 찍힌 것이다. 중학교에 가자 내게는 평생 같이 걸어갈 진짜 친구들이 많이 생겨났다. 1학년 때가 특히 그랬다. 그 애들과 나는 지금도 정기적으로 만나고 있다. 70년을 함께 걸어온 것이다. 하지만 나는 지금도 그보다 더 오래된 국민학교 시절의 편입생 친구들도 잊지 못하고 있다. 어디서 무엇을 하며 사는지 모르는 친구들. 그들은 내가 서울에서 마음을 잡지 못해 허둥대던 시기에 만난 착하고 편안한 동무들이었다.

3

멀고 먼 학교

전차 problem

서울에 정착한 후 처음 전차를 타고 멀리까지 간 것은, 신당동에 있는 박희선 선생 댁을 방문하던 때였던 것 같다. 청엽정에 온 지 한 달도 되지 않았을 무렵이다. 갈 때는 앉을 자리가 있어서 좋았다. 남영동에서 동대문까지 가면서 언니의 설명을 들으며 서울의 이모저모를 구경했으니, 그건 일종의 관광여행이기도 했다. 남대문도 보았고 종각도 보았으며, 흥인지문[1]도 보았다. 서울역, 죠지아[2], 미츠코시[3], 화신백화점 등도 구경했다. 제2차 세계대전 때 서울은 싸움터가 아니어서, 파괴된 건물이 별로 없었다. 5~6층짜리 신식 건

---

1) 興仁之門, 동대문.

2) 丁字屋, 지금의 미도파백화점 영플라자 건물로 일제시대의 이름.

3) 三越, 지금의 신세계백화점 본점으로 일제시대의 이름. 일본 미츠코시백화점의 분점이었던 듯하다. 이상의 '날개'에서 다시 한번 날아 보자고 외치는 장소가 이 백화점 옥상이다.

물과 전통한옥이 어우러져 조화를 이루고 있는, 19세기식 아담한 수도의 모습이 경이로웠다.

그런데 돌아올 때는 러시아워여서 만원이었다. 할 수 없이 서서 왔다. 남의 몸의 온기가 피부에 전해져서 기분이 좋지 않았다. 전차가 모퉁이를 돌자 승객들이 한쪽으로 쏠렸다. 사람들이 쏠리는 바람에 나는 넘어졌다. 어른들은 손잡이가 있어서 균형을 잃지 않는데, 나에게는 손잡이가 없었다. 키가 작아서 손잡이에 손이 닿지 않는 것이다. 무중력 상태로 허공에 혼자 버려진 것 같은 막막한 느낌이 들었다. 언니가 얼른 손을 잡아 일으켜 주었다. 언니는 손잡이를 잡고 있어서 쉽게 균형을 회복한 것이다.

나는 빨리 어른이 되고 싶었다. 흔들려도 중심을 잡게 해 주는 손잡이가 손에 닿았으면 하는 바람 때문이다. 전차는 자주 요동을 치는데, 손잡이가 없으니 급정거를 할 때는 앉아 있는 사람의 무릎 위에 불시착하는 민망한 일도 일어난다. 앞으로 쏠리면서 아무거나 잡는다는 게 앞에 있는 벽이어서, 남의 머리를 건드리는 일도 있다. 그렇게 휘둘리느라고 처음 보는 서울의 밤 경치를 즐길 엄두를 내지 못했다. 처음으로 탄 밤 전차에서 의지할 데가 없어 넘어졌으니 공포심이 생기지 않을 수 없었다. 다음부터 나는 전차를 타는 것을 두려워하게 되었다.

게다가 멀미까지 났다. 위가 약해서 잘 먹지 못하니, 보통 때도 걸핏하면 현기증이 난다. 어지럼증 때문에 기차를 타지 못하던 할머니의 체질을 닮은 것이다. 피난 올 때는 건강이 그다지 나쁘지 않았고, 기차 꼭대기여서 멀미를 하지 않았다. 바깥에 있으니까 춥기는 했지만 멀미는 나지 않은 것이다. 배에서 갑판에 있으면 멀미가 나지 않는 것과 같은 이치다.

우리 시대에는 소학교 아이들은 앞머리를 잘랐다.
그 앞머리가 조금 자라서 닭 벼슬같이 옆에 얹혀 있는 단발머리 소녀.
입학 초기의 것이다. 이것은 내게 남아 있는 가장 어릴 때의 사진이다.
처음으로 가르마를 탈 무렵의 사진인 것이다(오른쪽은 1학년 때 짝꿍 양찬집).

그런데 전차는 달랐다. 겨울이어서 문을 꼭 닫는 밀폐공간이었기 때문에 네 정거장 이상 타면 멀미가 난다. 피난 와서 건강이 나빠진 것도 원인이었을 것이고, 식후에 바로 타는 일이 많았던 것도 이유 중의 하나였을 것이다. 멀미는 거리와 비례하고, 만원 여부와도 관계가 있었다. 타고 있는 시간이 길어질수록 증상이 심했다. 그러니 멀리에는 가기가 어려웠다.

정동에 있는 명문교에 붙은 것은 좋았는데, 막상 다니자니 교통 문제가 심각했다. 다섯 정거장이나 떨어져 있어서 전차 통학을 해야 했기 때문이다. 그때 나는 건강이 너무 나빴다. 동생을 잃은 직후여서 가까운 학교에도 다니기 어려울 정도로 빈혈이 심했다. 곱게 타고 앉아 가도 멀미가 나서 힘들 판인데, 러시아워에 중간 역에서 타야 한다.

원효로 종점이나 노량진에서 떠나는 전차는 남영동에 올 무렵에는 만원이 된다. 내리는 사람이 없으면 그냥 지나가 버리는 수도 있다. 그러니 서기만 하면 무리하게 매달려야 한다. 억지로 기를 써야 겨우 올라탈 수 있는 것이다. 승강장에 간신히 발을 올려놓으면 일단 성공이다. 사람이 너무 많아서 전차는 문을 연 채 떠나는 일이 많다. 위험천만이다. 그래도 전차를 타는 수밖에 없다. 다른 교통수단이 없었기 때문이다.

그러다가 드디어 사고가 났다. 지각하면 죽는 줄 알던 시절이라, 만원 전차의 승강기 손잡이에 필사적으로 매달려 가는데, 어떤 남자가 달리는 전차에 올라타려고, 잡은 것이 한 손으로 겨우 매달려 있는 내 팔이었다. 둘이 함께 떨어져서 성남극장 옆에 있는 병원에 실려 갔다. 언니가 집에 가서 어머니를 모시고 올 때까지 나는 다친 팔과 다리에서 흘러내린 핏자국을 보면서 혼자 누워 있었다. '이렇게 여기서 죽는구나!' 하는 생각이 들었다. 팔 다리에 난 상처는 두 주일이 지나니 아물었는데, 머리를 찧고 넘어져서 두통 때문에 안정을 필요로 했다. 한 달 동안 학교에 가지 말라는 선고를 받았다.

입학하자마자 일어난 사고였다. 한 달 만에 비틀거리며 학교에 돌아가 보니 그동안에 진도가 많이 나가 있었다. 국민학교 때와는 달리 새로 생긴 과목이 많아서, 따라가기가 어려웠다. 처음 보는 기하와 대수 과목이 특히 어려웠다. 경기여고는 제대로 공부를 시키는 명문교였고, 학생들은 모두 수재이니, 잠시도 한눈을 팔면 안 되는 곳이다. 그런데 시발점에서 낙상을 한 것이다. 효창국민학교 때와 달라서 한 달의 공백은 다른 아이들과 나 사이에 상당한 거리를 만들어 놓았다.

다른 아이들과 거리가 있는 것은 성적만이 아니었다. 생활여건이 달랐고, 사고방식이 달랐으며, 정신 상태에도 격차가 있었다. 동생의 죽음으로 인해 정신적으로도 탈진이 된 그때의 나는 니힐리스트가 되어 있어서, 성적 같은 것이 큰 의미를 지니지 않기도 했다. 나의 중학교 생활은 빈혈과 교통사고와 허탈감이라는 3중의 악조건 속에서 시작되었다.

우리 어머니는 공부를 아주 중요시하는 분이다. 고향에 있을 때, 나는 90점만 받아도 야단을 맞았다. 그러던 어머니가 허무주의자가 되어 늘어져 있었다. 공부를 잘하던 아들이 삽시간에 죽는 걸 보았기 때문이다. 그 무렵의 어머니가 우리에게 바란 것은 '숨만 붙어 있으라'는 것이었다. 진도가 늦어져서 생기는 나의 딜레마 같은 것에는 관심도 둘 여력이 없는 상태였다.

나도 어머니 비슷한 심정이 되어 있었다. 같은 일을 겪었기 때문이다. 그래서 쉽사리 석차라는 굴레를 벗어던질 수 있었던 것 같다. 나는 그때부터 하고 싶은 공부만 하기로 마음을 바꾸었다. 언제 죽을지도 모르는데 싫은 공부까지 하고 싶지 않았던 것이다. 아직 친구가 생기기 전이어서 노트를 빌려다 볼 수도 없었고, 부족한 부분을 개인적으로 보충 받을 방법도 없었기 때문에,

나는 싫은 과목은 버리기로 작정을 해 버렸다.

제일 먼저 버린 것이 새로 시작한 기하와 대수였다. 나는 산수를 아주 잘하는 소학생이었는데, 그때부터 수학과는 담을 쌓아 버렸다. 아예 포기한 것이다. 그건 우등생이 될 희망을 버리는 것과 같은 선택이다. 수학은 중요한 과목이어서 그걸 빼면 우등을 할 수 없다. 그래도 개의치 않을 정도로 나는 자포자기 상태였다. 우등을 한다고 죽음의 신이 봐주는 것도 아니라는 생각이 들었기 때문이다.

수학만 버린 것이 아니다. 재봉도 버렸다. 재봉 시간에 지속적으로 가져가야 하는 준비물이 우리 집에는 하나도 없었다. 저고리 만드는 법을 배운다고 헝겊을 가져오라고 하는데, 손에 들 수 있는 것만 가지고 남하한 피난민 집에 자투리 헝겊이 있을 리 없다. 버선을 깁는다고 신던 버선을 가지고 오라는데, 신던 버선도 기울 헝겊도 모두 고향집에 두고 왔으니 어찌 해 볼 도리가 없었다. 어머니가 무장해제를 당한 군인처럼, 사는 일에서 손을 놓고 있는데, 내가 낯선 고장에서 그런 준비물을 어디에서 만들어 낼 수 있겠는가?

원래 나는 바느질을 잘하는 아이이다. 편물도 아주 잘한다. 어머니가 그 방면의 선수여서 집에서 다 배웠다. 패턴을 가지고 치마도 만들 실력이었으니까 '홈질' '박음질'부터 가르치는 재봉 시간은 성에 차지도 않았다. 그래서 원형 뜨는 법 같은 새로운 것만 배우고, 재봉 시간에서 떠나 버렸다. 내게 재봉은 안 배워도 상관이 없는 과목이었으니 아까울 것도 없었다. 컴퓨터에서 안 쓰는 항목을 쓰레기통에 버리듯이, 나는 내 커리큘럼에서 수학과 재봉을 없애 버렸다. 거기에 원래부터 못하던 체육과 미술이 첨가되니, 좋은 점수를 얻을 수 없는 과목은 다섯 개나 되었다.

그렇다고 논 것은 아니다. 나는 국어와 역사를 아주 좋아했다. 국어책에는 정지용의 '난초'와 주요한의 '빗소리', 김동명의 '파초' 같은 시들이 있었는데, 나는 그것을 며칠 안에 다 외워 버렸다. 영어와 지리 같은 것도 문제가 없었다. 암기 과목이라면 자신이 있었다. 나는 기억력이 좋은 아이였다.

뿐 아니다. 나는 책을 많이 읽었다. 책은 누워서도 읽을 수 있으니까 건강이 나빠도 지장이 없었다. 나는 버린 과목의 시간들을 거의 다 독서에 바쳤다. 독서의 대상은 문학작품이었다. 오빠가 보던 이태준의 "문장강화"가 집에 있었다. 그걸 달달 외우다시피 한 후 나는 닥치는 대로 소설을 읽기 시작했다. 김내성의 "진주탑" 김말봉의 "찔레꽃" 같은 대중소설과 톨스토이의 "부활", "안나 카레니나" 같은 작품이 뒤섞이는 난독亂讀이 계속되었다. 그러는 사이에 통속소설을 걸러 내는 안목이 저절로 생겨났다. "카라마조프가의 형제들"을 읽고 나니 다시는 "순애보"[4] 같은 책을 읽을 마음이 나지 않았다.

꼬리가 길면 잡힌다고 수업 시간 중에 소설을 읽다가 드디어 선생님한테 들켰다. 재봉 시간이었다. 볼일이 있다면서 바느질을 시켜 놓고 선생님이 자리를 비웠다. 나는 오자키 시로尾崎士郎의 "인생극장"을 책상 위에 펴 놓고 읽기 시작했다. '전재민'이라는 별명을 가진 재봉 선생이 뒷문으로 들어와 내 뒤에서 있는 것도 모를 정도로 몰입해 있었던 것이다. 책을 빼앗기고 재봉 점수는 최저 점수를 받았다. 성적이 나쁘게 적힌다고 내가 바느질을 못할 것은 아니니까 점수는 상관이 없는데, 책은 문제였다. 내 책이 아니기 때문이다. 누구에게서 빌린 책이었는지 지금은 기억이 나지 않는데, 미안했던 마음은 그대로 남아 있다. 살 수 있는 서점도 없는데 남의 책을 빼앗겼으니 영원한 빚쟁이가 된 것이다.

---

4) 殉愛譜, 박계주朴啓周의 작품. 1939년 매일신보 현상모집에 당선된 소설로, 1930년대의 대표적 통속소설. 일제시대에 나온 소설 중에서 가장 많이 팔린 소설이다.

학기 말에 성적표를 받고 기절할 뻔했다. 석차가 바닥 층을 기고 있었던 것이다. 예상했던 것보다 훨씬 나쁜 점수였다. 그때 나는 명문교의 의미를 뼈저리게 느꼈다. 시골 학교와 서울의 변두리 학교는 거리가 멀지 않았는데, 서울의 명문교에서는 잠시 한눈만 팔면 즉시 바닥에 떨어지고 만다는 사실을 알게 된 것이다. 수재들만 골라 모은 학교는 그렇게 무서운 곳이다. 성적이 늘 좋았던 나는 그런 성적표를 받으니 기가 팍 죽었다. 그래도 소설 읽기를 멈추지 않았다. 나의 문학 커리큘럼에서는 성적이 바닥에 있지 않았기 때문이다.

등교 전쟁

1946년은 교통지옥의 해였다. 피난민이 몰려와서 인구는 갑자기 늘었는데, 유일한 대중 교통수단인 전차의 수는 늘지 않아서, 러시아워에 등교하는 것은 전쟁을 방불하게 했다. 멀리에서 오는 전차는 만원이 되면 중간 역에 서지 않기 때문에, 학교에 닿는 시간을 가늠할 수 없었다. 그 와중에 북한에서 전기를 끊었다 말았다 하기 시작했다. 피난 온 첫해인 1945년 겨울에는 전기난로를 쓸 정도로 확실히 전기가 넉넉했다. 그런데 북한에서 전기를 가지고 밀고 당기고 하다가 마지막에는 완전히 끊어 버리자, 남한에서는 전기 대란이 일어났다. 해방 당시에 한국의 전기 총생산량이 172만 킬로와트였는데, 남한에서는 그 중 6만 킬로와트밖에 생산하지 못하고 있었다는 것이다.[5] 화천에 있는 화력발전소밖에 발전 시설이 거의 없었던 것으로 기억된다.

가정집 전기도 전력이 모자라서 깜빡거리다가 끊어져 버리는 일이 잦아

---

5) "나의 해방전후", 유종호, 민음사, 2004년, 238쪽 참조.

졌다. 전차는 더 말할 필요가 없다. 가다가 전력이 약해지면 전차는 아무 데서나 스스로 서 버린다. 기계 고장이 아니니 고칠 가망도 없다. 배터리가 나가 버린 자동차처럼 전차가 움직이지 않으면, 승객들은 그때부터 걸어서 목적지로 가는 수밖에 없다. 전차는 러시아워에 더 자주 섰다.

엎친 데 덮친 격으로 우리는 청엽정 집을 팔고 학교에서 더 먼 원효로 2가로 이사를 갔다. 거리는 멀어졌지만 전차가 서지만 않는다면 별로 나빠진 것도 없었다. 종점이 가까웠기 때문에 전차 타기가 쉬워진 것이다. 자리 잡기가 좋으니까 언니와 나는 한 정거장 더 가서 원효로 종점에서 전차를 탔다. 거기서 타면 앉아서 갈 수 있는 이점도 있었다. 새로 사귄 범준이를 위해 나는 자리 하나를 더 잡아 두었다. 다음 정거장에서 타는 친구들도 있었으니까 그 빈자리는 쓸모가 많았다. 원효로에서 떠나는 전차는 광화문을 지나니까 학교 다니기는 오히려 편해졌다. 언니도 나도 거기서 내리기 때문이다. 남영동에는 노량진에서 오는 동대문행 전차도 있다. 오는 대로 아무거나 타야 하니까 할 수 없이 그걸 타는 날에는 남대문에서 내려 학교까지 두 정거장을 걸어야 했다.

정거장 근처의 경치도 남영동보다 좋았다. 원효로 전차 종점은, 마포 쪽으로 한강이 굽어지는 길목에 있었다. 한강을 날마다 볼 수 있게 된 것이다. 집이 들어서기 전이어서 남쪽 들판 너머에 있는 강이 사철 아름다웠다. 하류 쪽을 보면 강폭이 점점 넓어져서 도도滔滔한 흐름이 되면서, 무한을 향해 흘러가는 것 같은 광활한 느낌을 주었다. 하지만 전차가 서면 먼 곳일수록 불리하다. 걸어서 가는 거리가 그만큼 늘어나기 때문이다. 게다가 강변은 겨울에는 너무 춥다. 강바람이 맵고 차서 감기에 자주 걸렸다.

원효로 종점에는 언제나 사람들이 길게 줄을 서 있었다. 전차가 자주 오지 않기 때문이다. 하지만 종점이니까 오기만 하면 다 탈 수 있다. 남영동에서는 몇 대씩 그냥 지나가 버리는 경우가 있는데, 거기서는 그런 일이 없으니 기다리는 마음이 느긋했다. 그래서 우리는 사람들을 관찰하는 일에 재미를 붙였다. 상대방의 나이나 직업을 추측하는 게임을 하며, 언니와 나는 기다리는 시간의 무료함을 달랬다.

거기에는 날마다 만나는 사람이 많았다. 그 중에서 가장 이목을 끄는 건 고황경[6], 고봉경 자매였다. 그분들은 모두 우리 학교 선배들이다. 고황경 선생은 1946년 1월까지 우리 학교 교장도 하신 분이라 관심이 많을 수밖에 없었다. 그분들은 멋쟁이이고 미인인 데다가 미혼이었다. 두 분 다 고위직을 가진 전문가이며, 미국 유학생이기도 했으니, 당시로서는 보기 드문 존재여서, 모든 사람의 이목이 그분들께 집중되었다.

우리는 소녀답게 자주 바뀌는 그분들의 옷차림을 구경하는 것을 즐겼다. 다들 구호품을 걸치거나 헐벗고 있는 시기였는데, 미국에서 귀국한 그 자매는 파스텔 톤의 제대로 된 고급 셔츠나 코트를 입고 하이힐을 신고 다녔다. 제대로 된 양장을 보는 것은 드문 일이었기 때문에, 그분들의 존재는 여러모로 이채로웠다. 추운 날에는 외제 마후라를 옷과 코디해서 쓰고 나오는 것도 매력적이었다.

그 자매는 점잖아서 남의 이목에 관심을 두지 않았다. 무시하는 태도가 아니라 모르는 체 하는 자세였다. 조용히 대화를 나누면서 자연스럽게 전차를 기다리는 그분들의 매너는 보기에 좋았다. 자매 중에서 언니인 고봉경 씨는 6·25 때 납북되었다.

6) 高凰京(1909~2000), 교육자, 사회학자. 미시간대학 철학박사. 경기여고 교장, 서울여대 총장, 대한 어머니회 회장 등을 역임. 언니 고봉경高鳳京도 지도적 역할을 한 여류명사였으나 6·25 때 납북되었다.

야심가였던 범준이에게는 그분들이 롤 모델이었다. 그렇게 우아하게, 그렇게 늠름하게, 그렇게 품위 있게, 남자들과 겨루며 사회 활동을 하는 것이 그녀의 소원이었던 것이다.

그 소원은 이루어졌다. 그녀는 미국 유학을 하고 돌아오자마자 이화여대에서 교편을 잡았으며, 국회의원도 하였다. 79세에 사상을 떠났는데, 그 전해에는 '자랑스런 경기인상'까지 받았다. 게다가 그녀에게는 사랑해 주는 남편과 아들이 있었다. 모델들을 능가하는 삶이었다고 할 수 있다.

1947년이 되어도 전기 대란은 끝나지 않았다. 이사를 가니 좋은 친구들도 생기고, 경치도, 통학 노선도 다 좋아졌는데, 전차가 문제였다. 거리는 멀어졌는데 전차는 아무 데서나 서니 통학 전쟁은 더 치열해졌다. 박완서 선생님은 그때 돈암동에 사셨는데, 아예 걸어 다니기로 작정을 해 버리니 오히려 편해지더라는 말을 들은 일이 있다.

전차는 아무 데서나 서면 그만이다. 그러면 학생들은 모두 전차에서 내려 지나가는 빈 트럭에 올라탄다. 여학생들도 치마가 뒤집히든 말든 개의치 않고 필사적으로 트럭에 올라탔다. 그건 일종의 '전쟁'이었다. 그런데 나는 키도 작고 체력도 모자라서 트럭에 타는 일이 불가능했다. 그 높은 곳에 올라갈 체력이 없은 것이다. 그러니 천상 걸어서 가야 하는데, 빈혈이 있으니 그것도 문제였다.

교통사정이 하도 나쁘니까 마차까지 등장했다. 열 명 정도 탈 자리를 가진 네모난 상자를 말이 끌고 가는 기발한 교통수단이었다. 속도는 느렸지만 걷지 않아도 되니 나는 마차만 만나도 대박이라고 생각했다. 말이 귀하니 마차도 귀했던 것이다. 채산이 맞지 않아서인지 얼마 지나지 않아 마차는 자취를 감추었다.

정동 네거리에서 미국 대사관 앞을 지나가는 길은 그때도 지금처럼 아름다웠다. 하지만 지각생에게는 지옥의 고개였다. 남대문에서 학교까지 두 정거장을 걸어가는 학생들은 그 고개에 이르면 지쳐서 곤죽이 된다. 그런데도 지각이 무서워서 내쳐 달려야 한다. 달려 봐도 소용이 없다. 전차가 멀리에 서 버리는 날은, 아무리 달려도 지각은 떼어 놓은 당상이니 속수무책이다.

나는 그렇게 힘들게 학교에 다다르면 교문 앞에서 탈진상태가 된다. 공부할 기력이 없어지는 것이다. 지각생들은 벌을 세우는데, 어느 날 벌을 서다 말고 까무러쳐서 위생실에 실려 갔다. 해방 후에 일본 아이들이 다니던 제일공립 고등여학교 건물로 이사를 했기 때문에, 경기여고는 그 난리 통에도 모든 시설이 갖추어져 있었다. 실험실, 할팽실[7], 위생실 같은 것이 제대로 되어 있었다. 여선생들의 수유실授乳室도 있었고, 근사한 수영장도 있었다.

위생실에는 7~8개의 침대가 놓여 있었다. 전문 간호 교사도 있었다. 그 분은 등에 혹이 있는 곱사여서, 우리는 '키 작은 선생님'이라고 불렀다. 키는 작았지만 마음은 작지 않았다. 그 선생님은 의료인으로서의 모든 덕목을 고루 갖춘 참 좋은 교사였다. 주사도 잘 놓았고, 아픈 아이들을 따뜻하게 보살펴 주었으며, 다쳐서 오는 아이들에게는 부목도 대 주셨다.

선생님은 쓰러진 내게 포도당 주사를 놓아 주고 한숨 푹 자게 했다. 내가 경기여고에 다니면서 가장 많은 보살핌을 받은 교사는 그분이다. 교통사고 후유증 때문에 두통이 심했던 나는 한동안은 학교에 다닌 것이 아니라 위생실에 다녔다고 할 정도로 위생실에 자주 드나들었다. 나중에는 어머니가 포도당과 지아민 주사약을 사다 놓고, 선생님에게서 빈혈 치료를 받게 했다. 주

7) 割烹室, 가사실을 일제시대에는 그렇게 불렀다. "사진으로 보는 경기여고 90년"(1998년 경운회 간)의 연보 참조.

—

경기여고 교문.

사를 맞고 한 시간 쉬고 나야 교실에 돌아갈 정도였으니, 전차가 서는 날은 모든 것이 엉망이었다.

서울 토박이 아이들은 교통대란과 관계가 없었다. 대부분의 아이들이 애초부터 경기여고 근처에 살았기 때문이다. 광화문, 효자동, 재동, 가회동 근처가 그들의 주거지였다. 거기에는 서울의 명문교들이 다 모여 있었다. 초등학교와 중학교의 좋은 학교는 거의 모두 서대문과 종로 2가 사이에 있었던 것이다. 그러니까 자녀를 가진 서울의 중·상류층 사람들은 모두 그 근처로 모여들었다. 그들의 자녀는 거기에서 덕수, 재동, 수송동 등의 초등학교에 걸어 다니다가, 많은 클래스메이트들과 함께 같은 구역에 있는 명문 중학교로 옮겨 앉는다. 경기, 서울, 경복중학이 거기에 있고, 경기, 이화, 숙명여중도 거기에 있었으니 아들도 딸도 다 해결되었다.

그러니까 등교 전쟁은 거의 사대문 밖에 사는 피난민 아이들과, 시골 출신에게만 해당되는 문제였다. 뿌리 뽑힌 자들이 맞는 이중의 형벌이었던 것이다. 하지만 명문교에는 그들의 수가 많지 않았다. 교통상황이 그 모양이니까 변두리에서 오는 지각생이 많았다. 그래서 학교에서도 15분 정도 늦는 것은 심하게 다루지 않았다. 그런데 하루는 전차가 너무 먼 데서 서서 원효로 방면의 학생들 수십 명이 집단으로 30분 넘게 지각을 했다. 숨이 턱에 닿아 겨우 학교에 다다랐더니 교장, 교감 선생님이 모두 교문 앞에 서 계셨다. 상습 지각생들에게 본때를 보여 주려고 벼르고 있었던 것이다.

우리는 그날 집단으로 교문 밖에서 쫓겨났다. 힘들게 겨우 학교까지 왔는데…… 얼마나, 얼마나 악전고투를 하면서 거기까지 왔는데…… 교문 안에도 못 들어가니 황당했다. 지쳐서 집에 갈 기운도 없으니까 학생들은 떼를 지어 도서관에 갔다. 길을 건너면 조선호텔 맞은편, 지금의 주차장 터에 시립도서관 분관이 있었던 것으로 기억된다. 그날 나는 알퐁스 도데의 단편집을 빌려서 종일 읽다가 어두워질 무렵에 집으로 갔다.

다시 뿌리 내리기

정전 사태는 1948년이 되자 좀 진정이 되었다. 북한의 전기는 영원히 끊어져 버리고 말았지만, 그동안에 자체 생산량이 늘어났던 모양이다. 전차가 제대로 다니기 시작할 무렵에 나도 건강이 많이 회복되었다. 3학년에 올라가니 교통사고 후유증도 사라졌고, 허탈감도 진정세로 돌아섰으며, 낯선 도시에 대한 두려움도 줄어들었다. 경기에 들어와서 내가 정상적으로 학교생활을 시작한 것은 그때부터였던 것 같다. 해방된 식민지에 새 정부가 들어서는데 3년이 걸린 것처럼, 뿌리 뽑힌 피난민들이 다시 삶의 뿌리를 대지에 내리는데도 3년이라는 세월이 필요했던 것이다.

다행히도 우리에게는 고등학교 입학시험이 없었다. 1947년 5월에 학제가 바뀌어 4년제였던 경기여자고등학교가 6년제의 경기공립 여자중학교가 되었기 때문이다. 1951년 9월에 중학교와 고등학교가 분리되었고, 다음 해에 가서야 입학 시기가 4월로 환원되었다. 입학 시기가 3월이 되려면 그보다도 10년은 더 있어야 한다. 1960년까지는 학제가 그렇게 줄창 요동을 치고 있었다.[1]

4년제 여고가 6년제 중학교로 바뀌면서 최고 학년인 4학년생은 졸업하든지 남든지 자율적으로 정하게 했다. 4년 졸업을 선택한 학생들에게도 정식 졸업장을 주었다. 그들은 4년제 학교에 들어왔기 때문이다. 그때 4년 졸업을 선택한 학생 중에는 서울사대에 새로 생긴 중등교원 양성소에 들어가서 2년 만에 교사가 된 학생도 있다. 교사가 너무 부족해서 임시방편으로 2년제 속성과를 만든 것이다. 고등학교를 3년 만에 졸업한 친구들은 대학에 막 들어가는데, 먼저 졸업한 동급생은 정상적으로 중학교 선생이 될 수 있었던 것도 과도기에만 있을 수 있는 진풍경이었다.

만약 그때 고등학교 입시가 있었다면, 나는 아마 시험에서 떨어졌을지도 모른다. 만약 입시가 있었다면, 어쩌면 입시 때문에 어머니도 나도 좀 더 일찍 심신을 추슬렀을 가능성도 있기는 하다. 5학년이 되자마자 전쟁이 시작되었으니, 내가 여학교를 제대로 다닌 기간은 3년밖에 되지 않는 셈이다.

새 학기가 되어 독일어를 배우기 시작했는데, 두 시간 배우고 나니 6·25가 터졌다. 그래서 'Der des dem den'을 배운 것이 전부였다. 전쟁 때문에 1년 이상 학교에 제대로 다니지 못했다. 학교는 부산에 가 있는데, 우리는 오빠가 있는 군산으로 피난을 갔기 때문이다. 고3 막바지에 복교를 해서 겨우 반 년을 다니고 입학시험을 쳤다.

그런 상태에서 입학시험 때 독일어 시험을 쳤으니 웃기는 일이다. 우리 학년에는 그렇게 고등학교를 절반밖에 못 다닌 학생이 많다. 뿐 아니다. 재학

1) "사진으로 보는 경기여고 90년"의 연보 참조.

생의 3분의 2 정도밖에 졸업을 하지 못했다. 부산에서 학교를 시작할 때, 바닥에 깔 것이 없어서 가마니를 하나씩 들고 오게 했다니 경기여고도 난리에는 속수무책이었던 것이다.

그렇다고 그 긴 방학 기간에 놀고 있는 것은 아니다. 중3 때부터 나는 소설 읽기에 본격적으로 매달렸다. 세계문학전집과 한국, 일본의 문학작품들을 손이 닿는 대로 읽기 시작한 것이다. 전쟁이 나서 학교에 못 간 시간들은 오히려 내가 가장 오붓하게 많은 독서를 한 시기였다. 폭격이야 하건 말건 학교에 가지 않으니 종일 소설만 읽는 일이 가능했다. 이곳저곳 옮겨 다니던 6·25 석 달 동안에도 나는 줄창 책을 읽었다. 책 운이 좋았던 것이다.

1·4 후퇴 무렵에는 거리에 책들이 쏟아져 나왔다. 들고 갈 수 없으니 팔릴 리가 없지만, 워낙 다급하니 푼돈이라도 만들어 보려고 소장자들이 서재를 비운 것이다. 1·4 후퇴 전날에, 을지로 입구에 있는 샛길에서 길바닥에 쭉 늘어놓은 플로베르 전집과 톨스토이, 도스토예프스키의 소설책들을 보았다. 너무 탐이 나서 걸음을 옮길 수 없었던 생각이 난다. 워낙 휴지 값처럼 싸니까 그걸 살 돈은 있었는데, 우리도 다음 날 피난을 가야 하니 살 수가 없었던 것이다. 그렇게 책을 읽으면서 나의 내면도 조금씩 안정을 얻어 갔다. 전공할 분야가 보이기 시작한 것이다.

1951년, 졸업 직전의 마지막 반년 동안, 나는 혼자 부산에 가서 입시에 올인했다. 시간이 모자라니까 내가 세운 전략은 좋아하는 과목을 집중적으로 공략하는 것이었다. 독일어는 책에 나오는 단어들을 그냥 다 외워 버렸다. 문법이나 발음 같은 걸 생각할 여유가 없었기 때문이다. 그 대신 영어와 역사와 국어에 집중 투자했다.

서울대 문리대의 방종현 학장이 송강 정철 전공이라서 송강은 반드시 나온다면서, 국어를 담당했던 조흔파 선생이 서울대 문과 지망생들에게 송강에 대한 특별지도를 하셨다. 지금도 '사미인곡'을 줄줄 외울 정도로 송강을 열심히 공부했다. 송강의 작품은 교훈시인 '훈민가訓民歌'까지도 너무 아름답고 좋아서, 공부하는 일이 즐거웠다.

역사도 마찬가지다. 그 해가 임진년이라 임진왜란이 꼭 나온다고 이상옥 선생님이 임진왜란 특강을 하셨다. 선생님은 생계 때문에 남성여중에 나가고 계셨는데, 난리를 겪고 있는 옛 제자들에게 거기에서 하는 과외를 무료로 듣게 해 주셨다. 송강과 임진왜란은 둘 다 시험에 나왔다. 송강에서는 나온 것이 어려운 시조였다.

> 어와 동냥재棟梁材를 더리 하야 어이 할고
>
> 헐뜨더 기운 집의 의논議論도 하도 할샤
>
> 뭇 지위 고자 자 들고 헤뜨다가 말려니

'동냥재', '지위', '고자 자', '헤뜨다', '하도 할샤'…… 시조니까 석 줄밖에 안 되었지만, 배우지 않고는 모를 낱말들이 많이 나왔다. 다행히도 배운 시조였다. 시험을 치고 나오다가 방종현 학장을 만났다. 키가 크고 훤칠한 미남이신 학장님은 우리에게 시험 문제의 답을 물으셨다. 쓴 대로 대답했더니 "역시 경기는 다르군" 하고 칭찬하시던 모습이 생각난다. 그리고 얼마 안 있어 학장님은 돌아가셨다.

조흔파 선생님은 국문학 전공이 아니니까 고전 시간에는 날마다 일석 선생님을 찾아가서 모르는 부분을 배워 가지고 학교에 가셨다고 사모님이 나중에 알려 주셨다. '동동動動' 같은 고려가요는 고전 전공의 선생님을 모셔다가 특강을 해 주셨다. 난리 중에도 그렇게 열심히 가르쳐 주신 덕에 서울대 문과대에 다섯 명이나 붙었다.

내가 전시에 텐트를 친 대학에 다닌 이야기를 해 주었더니, 미국에서 온 손자들이 놀랐다. 나라를 다 빼앗기고, 낙동강 이남밖에 남지 않았던 그 위급한 상황에서, 학교 문을 연 한국인의 향학열에 경탄한 것이다. 병인양요 때 강화도에 쳐들어온 프랑스 군인들이, 시골의 오두막집들에 집마다 책이 있는 것을 보고 놀라서, 한국인을 다시 보게 되었다는 말을 어느 학자에게서 들은 일이 있다. 5년 동안에 두 번이나 뿌리가 뽑히면서도 딸을 제때에 대학에 보낸 우리 부모님 같은, 그런 극진한 향학열이 오늘의 한국을 만든 것이다. 전란 중에도 그렇게 열심히 가르친 선생님들 덕분에 나는 서울대 국문과에 입학을 했다. 아마 간신히 들어갔을 것이다.

나는 고등학교 때 엄마에게 큰 부탁을 한 일이 있다. '내 일은 정말로 내가 알아서 할 것이니 간섭을 하지 말아 달라'는 것과, '취직하고 결혼하면 공부할 시간이 없으니, 대학 다니는 동안만은 집안일을 덜 시켜 달라'는 것이었다.

우리 어머니는 그런 걸 용납할 타입이 아니시다. 쪼끄마한 계집애가 뭘 안다고 감히 부모에게 간섭을 하지 말라고 말하며, 지가 일을 덜하면 다른 형제들이 힘든데, 그런 얌체 같은 말이 어디 있느냐고 생각하셨을 것이다. 나도 그게 얌체 같은 요구라는 건 알고 있었다. 어머니 말씀대로 요리법을 배우지 않으면 결혼해서 고생한다는 것도 알고 있었다. 하지만 나는 공부만 할 수 있는 기간이 너무나 필요해서 양보할 수 없었다. 고지식한 편이라 맡은 일을 게을리하지 못하는 성격이니까, 직장을 가지거나 결혼을 하면 어떻게 그런 시간을 가질 수 있겠는가?

쉬운 일이 아닌 것은 알고 있었다. 할 수 없이 마지막에는 단식 카드를 썼다. 효과가 있었다. 이틀을 안 먹고 버텼더니 호랑이 같은 어머니가 손을 드셨다. 그 후 어머니와 나 사이에는 오히려 갈등이 적어졌다. 어머니는 그때부터 약속대로 내 일에는 간섭을 안 하셨고, 나도 약속대로 혼자 공부를 해서 대학에 들어갔고, 2학년 때부터는 장학금을 받고 아르바이트를 해서 학비 부담을 덜어 드렸다. 나는 그 약속 때문에 직장에 나가면서 세 아이를 기를 때도 되도록 어머니에게 손을 내밀지 않았다. 식혜 담그는 법이나 갈비찜 만드는 법을 모르면 선배에게 전화를 했던 것이다.

말년에 아버지가 나를 보고 효녀라고 하신 일이 있다. 내가 펄쩍 뛰며 부정했다. 나는 제일 말을 안 듣는 딸이었기 때문이다. "너는 네 일로 나를 번거롭게 한 일이 없었잖아. 그게 얼마나 큰 효돈 줄 아니?"라고 아버지가 말하셨다. 그건 맞는 말씀이다. 나는 혼자 직장을 찾아다녔고, 내 멋대로 사랑하는 남자와 결혼을 했으며, 살면서 속상하는 일이 있어도 부모님을 번거롭게 한 일은 없다. 나 나름대로 약속을 지킨 것이다. 하지만 그때 어머니가 도와주신 덕에 나는 대학공부를 제대로 할 수 있었다. 그때 도와주신 어머니와 형제들에게 늘 감사하는 마음을 가지고 있다.

나를 위한 시간의 고마움

나는 한 가지 일에만 몰두하는 타입이라, 여러 과목을 고루 해야 하는 중·고등학교와는 궁합이 맞지 않았다. 초등학교 때는 과목이 적어서 괜찮았는데, 중학교에 가니 하고 싶지 않은 과목이 너무 많았다. 그래서 학교가 재미없었다. 고2 때 전쟁이 터졌는데, 그 경황에서도 학교에 안 가서 좋다고 생각했을 정도였다. 읽고 싶은 책만 읽어도 되는 자유로운 시간이 많아진 것이 고마웠던 것이다. 나는 전인교육이 체질에 맞지 않았다. 그래서 대학에 들어가니 너무 좋았다. 자기 커리큘럼은 자기가 직접 작성하라고 하니, 로또 복권에 당첨된 기분이었다. 하고 싶은 공부만 해도 되는 학교가 있다니…… 너무 감사했다.

일본에서 공립학교를 다니다가 돌아와서 사립초등학교에 들어간 아이가 어느 날 불평을 했다. 자기는 '스키가 싫고, 추운데 나다니는 것도 싫은데 왜 스키 캠프 같은 데 왜 가야 하느냐'는 것이다. "안 가도 돼" 했더니 그러면 화제에 끼지 못해 외롭다는 것이다. 그 외로움을 감당하면 된다. 눈 딱 감고 하나를 고르면 사는 일이 오히려 쉬워진다. 나는 가기 싫은 스키 캠프 같은 데는 안 가는 쪽을 선택한 사람이다.

수영으로 체육 점수를 매기는 학교에서 나는 수영복을 입어 본 일이 없이 졸업을 했다. 물을 싫어했기 때문이다. 위가 약해서 찬물에 들어가면 위경련이 일어난다. 비키니는 괜찮은데 보통 수영복은 젖은 채 입고 있으면 당장 탈이 나는 것이다. 그때는 비키니가 없는 시대였으니까 어쩌면 수영은 하고 싶어도 할 수 없는 상태였는지도 모른다. 내가 진짜로 위경련을 일으키는 걸 보더니 선생님이 손을 드셨다.

늙어서 디스크에 고장이 생기니 또 수영이 문제가 되었다. 가장 좋은 치료법이 수영이라고 의사마다 권했던 것이다. 디스크뿐 아니라 무릎에도 좋으니 꼭 해 보라고 친한 의사가 간곡하게 권하기도 했다. 나는 고개를 흔들었다. 좀 더 살려고 싫어하는 물에 들어가 허우적거리는 짓은 하고 싶지 않았던 것이다.

남을 해치는 것이 아니라면, 그리고 생계가 달린 문제가 아니라면, 정말 하기 싫은 일은 안 해도 된다고 생각한다. 수영은 체육 점수만 단념해 버리면 안 해도 되는 과목이다. 내가 죽음을 앞에 둔 나이에 제일 고마워하는 것은, 하고 싶은 공부만 하는 일이 허용된 대학 이후의 삶이다.

지금 나는 여든네 살이다. 디스크가 있어서 의자에 오래 앉아 있지 못한다. 하루에 컴퓨터 앞에 앉아 있어도 탈이 안 나는 시간은 2시간 정도다. 나는 되도록 그 시간을 모두 글을 쓰기 위해 쓰고 싶다. 그래서 종일 몸을 아낀다. 되도록 눕는 시간을 많이 가져서 등뼈를 쉬게 한다. 밤에 정신이 맑아지려고 낮잠도 자 둔다. 그리고 밤 10시부터 컴퓨터 앞에 앉는다. 내 글은 자신이 쓰고 싶은 것만 쓰는 별 볼일 없는 잡문이다. 베스트셀러가 되거나 그것으로 명성을 얻을 가망이 없는 평범한 글들. 하지만, 쓰고 싶은 글을 쓰는 거니까 밤중에 책상에 앉으면 학생 때 소설을 읽을 때처럼 호흡이 깊어진다.

늘그막에 먹을 것이 없어 영양실조에 걸린 렘브란트에게 친구가 밥을 사 먹으라면서 돈을 준다. 렘브란트는 그 돈을 가지고 가서 몽땅 그림물감을 사 온다. 그러면서 한 말이 있다. "하고 싶은 일을 하는 것이 축복이다". 나는 그 말이 참 좋다. 렘브란트 같은 재주는 없지만, 정말로 순수하게 쓰고 싶어서 글을 쓰는 건 즐거운 일이다.

사실 나는 살아오면서 많은 시간을 가족을 위해 사용했다. 직장을 다니면서 다른 가족의 도움을 받지 못하며 세 아이를 길렀고, 두 분 아버지를 평준선 이상으로 돌보았다. 하루의 8할은 그들에게 바친 것이다. 나는 내 의무를 우직할 정도로 성심껏 수행했다. 그것은 내가 선택한 일이기 때문이다. 나는 학교만 끝나면 장을 봐 들고 집으로 직행했다. 내가 원해서 낳은 아이들을 지키기 위해서였다. 부모님도 마찬가지다. 사실 나는 우리 아버지에게는 셋째 딸이고, 시아버님에게는 다섯째 며느리다. 용돈이나 넉넉히 드리고 대충 넘어가도 비난을 적게 받을 위치에 있다. 그러지 않은 것은 나의 선택이다. 하지만 그런 일을 하는 건 나를 위해 사는 시간은 아니다.

늙으니 자신을 위해, 하고 싶은 일을 할 시간이 많아서 참 좋다. 이제 내게는 돌볼 부모도 없고, 업어 달라는 아이도 없다. 남편은 모든 시간을 자기만을 위해 쓰면 행복한 사람이니까, 내가 나로 사는 것을 방해할 사람이 없다. 나는 다른 일을 최소한으로 줄이고 시간을 아껴서 읽고, 쓰고, 박물관을 돌보는 일을 하면서 살고 있다.

늘그막에는 누구나 그런 고독한 시간을 넉넉히 가질 수 있다. 그건 외롭지만 축복받은 시간이다. 자신을 들여다볼 시간이 많기 때문이다. 나는 늙어서 혼자 있는 시간이 많은 것이 축복이라는 사실을 사람들에게 알리고 싶다. 특히 젊은 사람들에게 알리고 싶다. 가족을 부양하느라고 자기를 죽이며 허덕이는 가장들과, 아이 어른 돌보느라고 책 한 권 못 읽는 여인들에게 희망을 주고 싶기 때문이다. 늘그막에 하고 싶은 일을 마음껏 할 수 있는 자유로운 시기가 온다는 것, 와서 오래 지속된다는 것은 참 고마운 일이다. 그 일이 무슨 일이어도 상관이 없다.

이 가을에 38선을 넘던 이야기를 쓰느라고 한탄강을 넘어 북방한계선까지 가는 기차를 탄 일이 있다. 주중이어서 연세가 많은 어르신네들이 예쁜 등산복을 입고 기차 칸을 메우고 있었다. 서울역에서 전차를 타고 와서 경원선으로 갈아타고 종점에서 한 시간 머물기 위해서다. 친구들과 간단한 점심을 먹고 그냥 타고 온 차를 타고 되돌아오는 일정이다.

경로 우대가 있기 때문에 돈이 얼마 들지 않고 좋은 하루를 보낼 수 있다고 한 분이 내게 가르쳐 주셨다. 단풍을 구경하면서 친구를 만나고, 분단 문제도 생각하며 보내는 그분들의 하루가 단풍처럼 아름답게 보였다. 삶의 마지막에 모든 사람들에게 그렇게 쓸 자유로운 시간을 주신 분께 감사를 드린다.

정동 1번지

시험 보러 갈 예비 답사를 하느라고 언니와 내가 처음으로 경기여고에 찾아가던 날, 나는 학교와 주변 환경에 완전히 반해 버렸다. 지금도 그렇지만 그때에도 우리 학교가 있던 정동 1번지의 주변은 놀라울 만큼 아름다웠다. 남대문에서 내려 배재학교를 지나 정동 네거리에 이르러 직진하면, 끝없이 이어지는 덕수궁의 고전적인 돌담이 나타난다. 화강암이 흔한 우리나라에서나 볼 수 있는 격조 높은 담이다. 네모난 돌로 쌓은 담장에는 앙증맞은 검은 기와지붕이 덮여 있고, 세월의 흔적이 켜켜이 묻어 있다. 왼쪽은 미국 대사관의 돌담이다. 끝없이 이어지는 두 개의 돌담 사이에 있는 넓은 길은, 왕모래로 다져서 하얗고 정갈했다.

신록이 무르익을 무렵에 처음으로 그 하얀 길에 들어섰다. 궁궐과 대사관의 담 너머에 있는 활엽수들이 일제히 야들야들한 새잎을 달고 있어서, 연둣빛 뭉게구름이 서려 있는 것 같았다. 녹음이 꽃보다 아름답다고 말한 옛사람의 말이 맞는다는 생각이 들었다. 그곳의 활엽수들은 너무나 풍요롭고 싱그러웠다.

나무가 아름다운 것은 하늘을 향해 손을 뻗고 있기 때문이다. 나무가 아름다운 것은 올라갈수록 섬세해지기 때문이다. 나무가 아름다운 것은 스스로 균형을 맞추는 슬기로움을 지니고 있기 때문이다. 5천 년 전의 이집트 사람들은 나무의 가지와 가지 사이의 비율에 맞추어 신전의 건물을 배치했다. 안에서부터 지어 나가는 이집트의 신의 집들은, 카르나크 신전처럼 몇 세기에 걸쳐 계속 커져 가도 균형이 깨지는 법이 없다. 나무가 인류 최초의 문명에 완벽한 비율을 가르쳐 주었기 때문이다.

언덕 너머에 엘도라도[1]라도 있을 것 같은 황홀한 고갯길을 지나 마루턱에 올라서면, 왼쪽으로 경기여고의 담이 나타나고, 먼 산에 둘러싸인 학교의 전경全景이 서서히 드러난다. 영국식 지붕을 가진 2층 부분과 회화나무의 윗부분부터 나타나기 시작하는 것이다. 오른쪽에는 KBS 방송국이 있었다. 영어 선생이 제일 먼저 가르쳐 준 영어가 그 방송국의 이름이었다. 'The Station of Korean Broadcasting System'. 그 긴 영어는 알파벳을 겨우 배운 신입생들을 압도했다. 엄청난 것을 배운 느낌이 들었던 것이다. 방송국 아래쪽에 덕수국민학교가 있다. 빨간 벽돌로 지은, 고전적인 건물이었다.

덕수국민학교와 경기여고는 대문이 거의 마주 보고 있다. 덕수에서 경기에 입학한 아이들은 그러니까 몇 발자국만 더 가면 새 학교가 된다. 일곱 정거장이나 만원 전차를 타고 와서 다시 그들만큼 걸어야 학교에 닿는 나와는 게임이 되

1) Eldorado, 전설의 황금향.

지 않는 거리다. 나도 새 학교가 숙명여대쯤에 있었으면, 교통사고도 나지 않았을 것이고, 지각 대장도 되지 않았을 것이다. 그랬으면 새 환경에 길드는 일이 훨씬 쉬웠으리라는 생각이 든다. 학군제는 정말 필요한 제도인 것 같다.

덕수국민학교는 깔끔하고 단정했다. 하지만 경기여고 건물은 훨씬 더 유연悠然하고 아름다웠다. 하얀 왕모래가 깔린 교정이 넓고 신선했다. 교문에 들어서면 동쪽 현관으로 가는 길가에 부속 건물이 있다. 내가 애용하던 위생실은 거기에 있었다. 본관은 지붕이 높고, 세 개의 파풍이 있는 유럽식 양식으로, 벽을 석회로 발랐으며 목조 건물이었다.

본관의 중앙에 있는 포치 앞에 경기의 상징물 같은 유명한 회화나무가 있다. 내가 체육을 할 기운이 없어서 2년간 앉아서 견학을 하던 곳이 그 나무 그늘이었다. 수령樹齡이 많아서 나무는 장엄했다. 섬세하고 부드러운 잎을 가진 회화나무는 균형이 잘 잡혀 있어, 푸른 사원寺院 같았다.

> 가지에 희망의 말 새기어 넣고서
>
> 동무야 여기 와서 안식을 찾아라 안식을 찾아라.

슈베르트의 '보리수'에 나오는 이 구절이 생각나는 분위기다. 신목[2] 같은 그 나무 아래 앉아서 차일처럼 머리 위를 덮으며 퍼져 있는 나뭇잎들을 보고 있으면, 그동안 피난민 아이로서 느꼈던 외로움과 아픔이 치유되고, 안식이 올 것 같은 기분이 되었다. 경기여고에서 내가 가장 좋아한 곳이 이 나무 그늘이다. 3학년 때 우리 반 교실이 바로 포치 위쪽에 있었다. 포치 위는 베란

---

2) 神木, 샤머니즘에서 신령이 강림하거나 머문다고 생각한 큰 나무. 신목은 하늘과 땅, 신과 인간을 연결하는 상징적 우주목宇宙木이다.

다여서 나는 노는 시간마다 난간에 기대여 회화나무를 감상할 수 있었다. 지상의 것이 아닌 그 무엇이 거기 머물고 있는 것 같았다.

우리 반 아래에 교장실이 있었다. 박은혜 교장의 남편이 암살을 당하고 1년쯤 지나니, 뚱뚱한 장군 하나가 교장실에 자주 드나들었다. 학교를 후원하는 분 같았다. 어떤 아이가 그 장군이 세단에 올라앉으니, 차가 출렁하며 가라앉는 걸 보았다고 말했다. 그분이 올 때마다 우리 반 아이들은 베란다로 몰려나와서, 차바퀴가 가라앉는가, 아닌가, 확인하려고 자리다툼을 했다. 품위 있는 미인인 우리 교장 선생님은, 그 장군을 정중하게 예의를 갖추어 배웅했다. 딱 알맞은 분량의 예의였다. 한쪽 입술에 표정이 더 실리는 그분 특유의 웃음을 부드럽게 웃으면서도, 선은 분명히 긋고 있는 깔끔한 자세가 보기에 좋았다.

박은혜 선생은 멋쟁이여서 남편이 돌아가시기 전에는, 앞쪽에만 칼라가 있는 유니크한 스타일의 코트를 잘 입으셨다. 하이힐을 신고 단추가 없는 감색 코트 자락을 바람에 나부끼면서 활발하게 귀가하시는 것을 그날 보았는데, 다음 날 조간에 장덕수 씨 암살 사건이 도배되어 있었다. 방문객이 현관에서 마중 나온 주인을 쏴서 즉사시켰다니, 가족들이 얼마나 기함을 했을까? 한치 앞을 예견하지 못하는 삶의 불안정성이 남의 일이 아닌 것 같아서 종일 심란했었다.

혼자된 후에 선생님은 한복을 많이 입으셨다. 흰 저고리에 검은 통치마 같은 것을 입고 루즈도 바르지 않으면서, 거상居喪 기간을 지키셨던 것 같다. 아직 40대였던 우리 교장 선생님은 상복 속에서도 아름다웠다. 뚱뚱한 장군님은 혹시 그분을 사모하고 있었던 것이 아니었을까?

넓은 교정 남쪽 경계선에는 높은 스탠드가 쭉 설치되어 있었다. 운동회

정동 1번지 전경.

같은 때 학생들과 학부형들이 넉넉히 앉을 수 있는 넓이였다. 스탠드 위쪽에 있는 높은 지대에 큰 수영장이 있었다. 스탠드 위쪽에 플라타너스 나무들이 우거져 있었고, 남서쪽에는 미국 대사관의 높은 담이 있어서 수영장은 별천지처럼 아늑했다. 수영을 한 일이 없는 나는, 수영장 하면 2학년 때 쳐들어왔던 테러 부대의 이야기 생각이 먼저 난다.

1947년은 학교마다 테러가 성행하던 해였다. 삐라가 살포되고, 붉은 벽서들이 학교 안에 자주 등장했다. 새벽이면 어떤 학교의 기숙사에서는 적기가가 들려왔다는 소문도 있었다. 좌파는 조직이 있어서 건국 준비위원회가 준비된 상태로 해방을 맞았는데, 우파는 임시 정부가 돌아올 때까지 조직이 없었다. 정부요인들이 돌아와서 독립 국가를 만들어 가려 하니 공산당의 저항이 막강해지는데, 외국에서 온 그분들에게는 공산당에 대한 정보가 없었다. 할 수 없이 일제시대에 좌파를 다루던 조선 형사들의 손을 빌리지 않을 수 없어서, 친일파를 처단하던 반민특위가 맥이 빠져 버렸다는 이야기를 어른들에게서 들은 기억이 난다. 단속이 심해지자 불안해진 남로당원들이 마지막 저항을 하기 시작해서 각 학교에서 테러 사건이 벌어지게 된 것이다.

일제시대에는 일본의 좌파가 친한적親韓的이었다. 군국주의가 경직되어 가면서 피해를 당하는 대상은 한국인뿐이 아니었다. 일본의 좌파들도 같은 일을 당한 것이다. 그래서 이 두 그룹은 동병상련의 처지에 있었다. 동경대지진 때도 일본 당국은 한국인을 희생양으로 삼아 살벌해진 민심에 미끼로 던져 주면서, 한편에서는 그 혼란을 이용해서 좌파의 지도자도 암살했다.[3] 이시카와 타쿠보쿠石川琢木 같은 시인이 한일 합방의 소식을 듣고, '지도 위 조선

3) 일본의 대표적인 아나키스트이며, 노동운동가인 오오스기 사카에大杉榮(1885~1923)를 동경지진의 혼란을 틈타서 일본 군부가 암살했다.

국에 검은 먹물을 칠하면서 가을바람 소리를 듣는다'[4]는 시를 쓴 것은, 한국을 사랑해서가 아니다. 거기에서 좌파인 자신들의 앞날을 본 것이다. 그런 상황이어서 일본 유학생 중에 좌파가 많아졌다. 일본에서 한국인을 동정해 주는 것은 좌파밖에 없었기 때문이다.

북한 주민들이 공산주의와 마찰이 덜했던 원인 중의 하나도, 일본에서 공산주의를 배워 온 유학생들이 리더 중에 많았던 데 있었다고 볼 수 있고, 남한에 공산주의를 좋아하는 사람이 많았던 것도 유학생 중에 공산주의에 동조하는 학생들이 많았던 데 기인하는 것이 아닌가 싶다. 남쪽에서 단독 정부 수립이 가시화되자, 남로당 사람들은 설 자리가 좁아졌다. 그런 불안이 테러의 수위를 높였다. 필사적인 저항이 시작된 것이다.

우리 학교에서는 훈육주임실에 수류탄을 던진 사건이 있었고, 독서회를 통한 교장 퇴진 운동이 격렬했다. 나중에는 교장을 비방하는 허위 기사까지 좌파 신문에 실렸다. 학교에서는 사실을 밝히는 해명 기사를 내기로 하고 교사들에게 연판장을 받았다. 그런데 35명의 교사 중에서 20명이 서명을 거부했다고 한다. 좌파 교사의 수가 과반수였던 것이다.[5]

남로당원의 대부분은 대한민국 정부가 수립되기 직전에 월북했다. 하지만 일단 자유의 맛을 본 그들은 북한의 경직된 사회주의에 적응하지 못했다. 대부분의 사람들이 반동이나 스파이로 몰려서 사형되거나 광산으로 끌려갔다. 카프[6]의 핵심 멤버인 임화[7] 같은 문인까지 미국의 스파이로 몰려서 처형당한 것이다. 학생 시절에 책을 통해 공산주의를 받아들인 그들은 공산주의

4) 石川啄木(1885~1912)의 시 '9월 밤의 불평'의 마지막 구절이다.

5) "경기여고 60년사" 69~82쪽 참조.

6) KAPF, 한국 예술가 프롤레타리아 동맹, Korean Artist Proletaria Federation의 약자. 1925년에 결성되어 두 차례의 검거 선풍을 겪고 1935년에 해산된다.

사회의 실체를 보고 환멸을 느꼈을 것이고, 북한 당국의 눈에는 월북한 남로당원들은 당성이 미흡해 보였을 것이다.

어느 날 4학년 선배들이 교실마다 찾아와서 강당에 모이라고 종용했다. 1학년이었던 우리는 어리둥절해서 우르르 몰려 내려가는데, 우파 교사들이 길을 막고 도로 쫓아 올려 보낸 일도 있다. 결국 독서회의 진상이 밝혀져서, 좌파 교사들은 퇴출당했다. 교장의 남편인 장덕수 씨가 우익 정당인 한민당 정치부장이어서, 그들은 교장 퇴진 운동에 더 열을 올렸던 것이다. 좌파 교사들이 퇴출된 후 여름방학에 50명 가까운 테러 부대가 방망이와 쇠스랑을 들고 쳐들어온 일이 있었다. 방학이어서 학교에는 체육 선생 두 분과 훈육주임, 그리고 일직 선생들만 있었다.

훈육주임인 도상봉 선생은 월남한 분이라 좌파에 엄격했다. 테러대가 던진 돌에 선생님이 머리를 맞아 피를 흘리는 것을 보았다는 선배도 있다. 결국 훈육주임과 교장이 그 격렬했던 좌파 교사들을 척결해 낸 것이다. 2학년 때 미술반 청소를 담당해서 날마다 도 선생님을 뵌 일이 있다. 검은 나비넥타이에 베이지색 셔츠 같은 것을 받쳐 입고 다니던 선생님은, 잔 마레[8] 타입의 중후한 미남이었고, 베스트 드레서이기도 했다. 멋있는 파이프를 물고 청소 감독을 하실 때에는, 유머를 즐기는 한량 같은 분위기의 화가로 보였는데, 어느 구석에 폭탄에도 굴하지 않는 단호한 면이 있었는지 신기했다.

---

7) 林和(1908~1953), 본명 林仁植. 시인, 평론가, 월북 문인, 카프 중앙위원회 서기장으로 좌파의 문학 이론을 주도하다 1947년에 월북. 1953년에 미군 스파이로 몰려서 처형된다. 시집 "현해탄"(1938), 평론집 "문학과 논리"(1940) 외 다수.

8) 1940년대에 유명하던 프랑스의 남자 배우.

그때 미술실 이젤 위에 잔뜩 그려져 있던 선생님의 꽃그림들이 최근에는 호당 가격이 아주 높다는 말을 듣고 나는 선생님한테 다시 한번 놀랐다. 그때는 그렇게 대단한 그림인 줄 몰랐었다. 학생들 작품과 같이 놓여 있었던 데도 원인이 있은 것 같고, 이젤에 그려지고 있던 것도 이유 중의 하나였을 것이다. 나 같은 아마추어는 지금도 이젤에 그려진 그림의 진가를 알아보기가 어렵다. 프레임과 전시 장소가 그림을 살리는 역할을 하기 때문에, 나오지마에 있는 모네의 그림처럼 천연 채광까지 고려하게 되는 것 같다.

테러 대원들이 쳐들어왔을 때 우리 학교 교무실에는 이기우 선생님과 '전재민'이라는 별명을 가진 장 선생만 있었다. 내가 읽던 소설책을 몰수하고 안 돌려준 여선생이다. 올드미스인 장 선생은 그날 일직 교사였다. 체육 선생님들은 수영장에 계셔서, 두 사람밖에 없는데, 50명 가까운 테러 부대가 쳐들어오자, 이 선생이 체육 선생에게 알리려고 달려 나갔고, 그 뒤를 테러 대원들이 따라갔다는 것이다.

수영을 가르치던 이상민 선생이 사태를 파악하고 옆에 있던 삽을 들고 무서운 기세로 계단을 달려 내려오셨다 한다. 그 선생님은 거인인 데다가 유도가 4단이고 체구도 단단해서, 보기만 해도 어지간한 사람은 압도당할 카리스마를 가지고 계셨다. 키는 좀 작지만 같이 계시던 박인창 선생도 유도의 유단자이고 체구가 만만치 않았다. 두 분 선생이 무서운 기세로 달려 내려오자 테러범들이 기가 꺾여서 뒤로 물러섰다는 것이다. 그분들의 기세가 어떠했을지 짐작이 간다.

교무실에서는 혼자 남은 장 선생이 전화로 경찰에 신고를 하고 있었다. 테러 대원들이 몽둥이로 여선생의 노출된 종아리를 때렸다. 아파서 팔짝팔짝 뛰면서도 선생님은 전화통을 놓지 않았고, 테러범들은 교무실 기물을 부수기 시작했다. 학교는 난장판이 되었다.

이때 박인창 선생은 도움을 청하려고 밖으로 뛰어나왔는데, 살펴보니 수영복 차림이었다. 멀리엔 갈 수 없으니 이웃의 미국 대사관에 들어가서 위급을 알렸다 한다. 아마도 어느 아이가 장난으로 만들어 낸 것이겠지만, 개학해서 학교에 가 보니, 그때 선생님이 대사관의 미군에게 말했다는 엉터리 영어 대사가 아이들의 장난거리가 되고 있었다.

"마이 수쿨 테로 컴! 컴! 올드 미스장 콩 튀듯 팔딱팔딱."

아이들은 신이 나서 선생님 뒤를 따라다니면서 '콩 튀듯 팔딱팔딱'을 외쳐댔지만, 큰 산처럼 묵중한 선생님은 전혀 개의치 않으셨다. 선생님은 영어를 어느 정도 하는 분이셨다는데, 다급하니까 한국말이 튀어나왔던 모양이다. 설사 영어를 잘하는 사람이라 해도, '콩 튀듯 팔딱팔딱'을 영어로 무어라고 표현할 수 있겠는가? 방학 중이라서 나는 그날 학교에 가지 않았다. 테러 이야기는 개학 후에 그 자리에 있었던 수영반 아이들에게서 얻어들은 풍월과 "경기여고 60년사"에서 찾아낸 자료에 의거한 것이다.[9]

한 번 졸도한 일이 있은 후, 체육 선생님들은 언제나 나를 회화나무 아래에 앉아 있게 배려해 주셨다. 체육 점수는 최저점이었지만, 선생님들의 보살핌에 나는 늘 감사하고 있었다. 그런데 수업을 받는 친구들이 단체로 기합을 받을 때는 죽을 맛이었다. 내 견학에는 그런 때 느끼는 죄의식이라는 벌도 포함되어 있었다.

9) "경기여고 60년사" 69~82쪽 참조.

1949년 가을에 동양 제일이라고 교장이 자랑하던 거창한 강당이 서쪽에 세워졌지만, 우리가 시험 칠 때에는 서쪽은 산이 보이는 빈터여서 교정이 더 넓어 보였다. 본관 뒤에는 신관이 있었다. 신관은 평지붕이어서 쉬는 시간에 반이 달라진 옛 친구들이 옥상에서 만나 점심을 같이 먹고 사진도 찍으며 놀았다. 거기에는 높은 굴뚝도 있었다. 이범준, 임원명 등과 옥상에서 높은 굴뚝을 배경으로 사진을 찍은 일도 있다.

신관에는 과학 실습실도 있었다. 4학년 개교기념일에 우리는 거기에서 책갈피 만들기 작업을 했다. 약품 묻은 솔로 두들겨 나뭇잎의 푸른 부분을 털어내서 엽맥葉脈만 남게 하는 작업이었다. 학생들은 키가 크고, 깎은 밤처럼 단정하면서도 강직해 보이는 젊은 생물 교사 채인기 선생을 좋아했다. 나도 채 선생님을 존경해서 책갈피 만들기에 동참했고, 생물 공부도 열심히 했다.

가사실과 재봉실은 지하에 있었다. 그때까지 가사실은 일본식으로 갓포시츠割烹室라고 부르고 있었다. 가사실에서 전통적인 떡볶이와 장산적 만들기를 배웠다. 음식을 자료를 계량해 가며 레시피에 따라 만드는 것이 신기했다. 전통적인 떡볶이는 가래떡을 3센티미터 길이로 잘라서 4등분하고, 다진 고기를 양념해서 간장으로 간을 한다. 가는 가래떡을 길게 썰어서 고추장을 넣고 만드는 요즘 떡볶이와는 종류가 다르다. 다진 고기를 펴서 만드는 장산적도 재미있었다. 우리 고향에는 없는 섬세한 음식들이어서 새롭고 재미있었다. 가사실은 하나인데 학급은 많으니 차례가 자주 오지는 않았다.

4학년이 되니 재봉 시간에 수를 놓게 했다. 커다란 수틀과 밑그림이 그려져 있는 자료를 사다가 수를 놓는 것이다. 그림은 잎이 떨어진 가지에 붙어 있는 서너 개의 감을 그린 것이었다. 잎이 없어서 노출된 멋대로 뻗은 가지에, 알몸으로 매달려 있는 감의 중량감과, 아련한 붉은 색이 돋보였다. 가키에몬[10]이 아리타의 가마에서 심혈을 기울여 겨우 개발해 냈다는 석류꽃빛 같은 말랑한 감빛을, 수로 표현하는 것은 어려운 작업이었다. 우리는 보카시[11]를 수로 표현하는 기법을 배웠다. 바닥에 굵은 흰 실로 심을 박아 놓으면 수가 볼륨이 있게 노여진다는 것도 배웠다. 수틀에 노방으로 된 자수감을 메우는 일도 배웠다. 수틀과 자수감 사이는 넓게 비워 놓아 실로 연결해야 하기 때문에 수틀은 사이즈가 컸다.

그걸 들고 만원 버스를 타고 다니는 일이 힘들었다. 때로는 수틀이 숙녀들의 양말을 긁어서 야단을 맞기도 했다. 릴리앙 실로 짠 검은 양말은 한 코만 터지면 단숨에 전체의 올이 풀린다. 그렇게 좍 금이 가는 것을 우리는 '덴셍傳染' 이라고 했다. 아직 나일론 양말이 나오기 전이어서 양말이 잘 해졌다. 그래서 엄마들은 밤새도록 안에 전구를 대고 실로 얽어서 딸들의 양말을 기웠다. 전구를 대야 뒤꿈치 모양이 잡히니까 기운 자리가 예뻤던 것이다.

하지만 A3 용지 사이즈에 감을 수놓는 것은 뿌듯한 일이었다. 밑그림도 마음에 들었다. 큰언니가 결혼할 때 수틀에 대작을 수놓는 것을 보고 부러워했던 나는, 감나무 수놓기를 좋아했다. 액자에 넣을 수를 놓는 것은 일종의 작품을 만드는 일이어서, 언니들의 세계로 업그레이드 되는 것을 의미하기 때문이다. 자고 나면 키가 한 치씩 자라나는 기분이었다.

전쟁 때문에 우리는 그 수틀을 완성시키지 못했다. 감 두 개 반쯤 수놓았던 수틀은 전쟁 통에 폭격 당한 집 속에서 타서 없어져 버렸다. 완벽주의자인 나는 하던 일을 끝내지 않고 말면 찜찜해서 못 잊는 버릇이 있다. 그래서 미처

---

10) 柿右衛門, 아리타有田를 대표하는 도공 가키에몬이 갖은 고생 끝에 찾아낸 붉은 색은 감빛이다. 그래서 이름에 감을 뜻하는 柿 자가 붙었다.

11) 일본말. 빛깔을 점차 여리게 바림(색을 점점 흐리게 하는 것) 하거나 두 빛깔이 만나는 경계선을 바림 하는 염색법.

완성하지 못한 나머지 감들은 오래 나를 불편하게 만들었다.

한 개 반의 남은 감들은 우리들의 소녀적인 꿈이 훼손된 상처다. 전쟁은 다양하게 여러 사람의 꿈을 짓밟는다. 하지만 더 끔찍한 것은 꿈이 아니라 목숨을 앗아가는 일이다. 절대로 죽여서는 안 되는 아까운 나이의 얼마나 많은 남자애들이 그 전쟁으로 죽어 갔는가?

광화문 쪽으로 가는 길에는 주택들이 있었다. 지형이 내리막이라 학교의 뒷담은 4~5미터 정도로 높았다. 높은 담 밑에는 길이 있고, 길 건너에 자그마한 주택들이 즐비했다. 그 길이 끝나는 곳에서 우회전하여 200미터쯤 걸어가면 번화한 광화문 네거리가 나온다. 네거리에서 북으로 길을 건너면 이내 전차 정거장이다. 그때는 정거장이 대로 한복판에 있었다. 그래서 전차가 오면 가로수 밑에서 기다리고 있던 줄이 그대로 도로를 횡단하여 전차가 있는 데까지 이동했다. 정거장은 강단처럼 길보다 약간 높게 설치되어 있었다. 가늘고 긴 플랫폼이다. 종점이 멀지 않으니까 전차에는 앉을 자리가 많았다.

내가 학교에 가는 등굣길은 두 개가 있었다. 원효로에서 타면 광화문에 내리고, 남영동이나 삼각지에서 타면 남대문에서 내린다. 광화문 쪽은 가까운 대신 산문적이고, 남대문 쪽은 멀지만 풍경이 환상적이다. 그 근처의 어느 학교도 그런 환상적인 등굣길은 가지고 있지 못했던 것 같다. 하지만 그 길은 지각생에게는 지옥길이다. 이미 숨을 헐떡거리며 한 정거장을 걸어왔는데, 다시 달려가야 하는 거리가 한 정거장 가까이 되었기 때문이다. 하지만 길이 아름다워서 위로가 되었다. 그 길 끝에 있는 정동 1번지는 대한민국에서 가장 멋진 등굣길을 가진 학교였다.

교훈과 교가의 수사학

경기여고에서의 나의 문학 수업은 교훈과 교가에서 시작된다. '참되고 착하고 아름다워라'. 이게 우리 교훈이다. 처음 교훈을 보았을 때 나는 그것이 너무 세련되어서 좀 놀랐다. 세상에 이런 교훈도 있구나 싶으니 눈앞이 환해졌다. 내가 원하던 세계가 열릴 것 같은 느낌이 왔던 것이다.

고등학교 교훈들은 대체로 진부하다. 내용만 진부한 것이 아니라 표현도 진부하다. 수사학이 없이 가르침만을 노출시키기 때문이다. 이념이 노출되는 편이 더 교육적이라고 생각해서 그러는 것 같다. 하지만 수사학은 같은 내용을 보다 부드럽게 표현하여 우리의 심금을 울리게 만드는 기술이다.

보성고보가 인가를 받을 때, 다른 분이 '대한국', '자치국민', '자유경종' 등의 단어를 써서 교가를 만들었더니 검열에 걸려서 인가가 나오지 않았는데, 춘원이 같은 내용을 '새로운 누리', '만대의 업', '구름에 솟은 삼각의 뫼'

등으로 바꿔 썼더니 인가가 나온 것 같다고 어떤 분이 쓴 글을 읽은 일이 있다.[1] 수사학은 이렇게 중요한 것이다. '아' 다르고 '어' 다른 게 문학의 세계다. 교훈이나 교가도 마찬가지라고 생각한다.

이어령 선생은 고등학교를 다닐 때에 자기가 다니는 부여고등학교의 '교우가校友歌'를 지은 일이 있다. '사비泗批의 노래'라는 제목이다.

> 지새는 아침안개 백마강에 피어나고
>
> 낙화암 빗겨 솟아 눈물이 서리인 곳
>
> 가없는 백제하늘 푸르러서 우리의 뜻
>
> 사비, 사비여라 사색도 정에 잠긴 한가로운 요람이리.

나는 그 노래가 좋았다. '사비, 사비여라'라는 구절이 좋다고, 그에게 말한 생각이 난다. 교우가 같은 것도 이념 노출형이 아닌 편이 가슴에 와 닿는다.

중·고등학교 교훈 중에서 가장 흔한 것이 '진·선·미'가 아닌가 싶다. 중·고등학교 교육은 전인全人 만들기가 목표이기 때문에 이 세 가지를 모두 갖추는 것을 이상으로 생각하는 모양이다. 그리스 사람들은 이상적인 전인의 미덕을 '칼로카가디아'[2]라고 표현했다. '진·선·미'를 합일한 것 같은 의미일 것이다. 그것이 지금의 세계를 지배하고 있다. 그리스 정신은 르네상스의 모태

---

1) '문화 마주보기', 한국일보, 2015년 7월 28일 자 참조.

2) Kalokagathia, 고대 그리스의 교육이념. 미美와 선善이 합일된 경지. 고대 그리스인들은 폴리스 시민이 갖추어야 할 덕목을 이 두 가지의 합일로 보았다. 그들이 원한 이상적인 인간은 칼로카가디아를 갖춘 'kalokagathos'였다. "체육학 대사전", 이태신, 민중서관, 2000년 참조.

여서 세계의 모든 근대국가의 지향점이 되고 있기 때문이다. 그래서 많은 학교들이 교육의 목표를 '진·선·미'에 두는 것 같다. 아예 한자로 '眞·善·美'라고 쓴 교훈을 붙여 놓는 학교도 많다. 우리 교장 선생님도 마찬가지였다 한다. '진·선·미'를 고루 갖춘 전인을 기르고 싶어 하신 것이다.[3] 그런데 거기에 누군가가 손을 대서 이런 아름다운 교훈으로 풀어냈다.

'참되고 착하고 아름다워라.'

시인 조지훈 선생이다. 살이 너무 쪄서 시체를 태우는데 사흘이나 걸렸다는 한나라의 동탁董卓과 성함의 음이 같아서 본명이 잊혀지지는 않지만, 우리에게 선생은 동탁東卓이 아니라 지훈[4]으로 다가왔다. 우리가 입학하기 전에 경기여고를 떠나셨다지만, 선생님은 우리에게 너무나 아름다운 교가를 남기셨다. 교가의 후렴에 교훈이 들어 있다.

> 이 겨레 귀한 뜻이 나라 힘으로 높이 이룩한 배움의 전당
> 슬기에 주린 자 이끌고저 우리들 모여서 큰 길을 닦네.
> (……)
> 참되고 착하고 아름다워라.
> 솟아오른다 빛은 어둠에서
>
> 이 누리 어둡다 이 겨레 힘으로 높이 쌓아올린 사랑의 등대

3) "경기여고 60년사" 70~71쪽 참조.
4) 芝薰, 본명은 東卓이며, 芝薰은 필명이다.

평화에 주린 자 건지고저 우리들 모여서 횃불을 드네.

(……)

참되고 착하고 아름다워라.

퍼져 나간다. 빛은 동방에서

'이 겨레 귀한 뜻이 나라 힘으로 높이 이룩한 배움의 전당'은 '이 누리 어둡다 이 겨레 힘으로 높이 쌓아올린 사랑의 등대'와 짝이 되고, '슬기에 주린 자 이끌고저 우리들 모여서 큰 길을 닦네'는 '평화에 주린 자 건지고저 우리들 모여서 횃불을 드네'와 짝이 된다. 이 세련된 교가는 교훈인 '참되고 착하고 아름다워라'를 후렴으로 살리면서, '솟아오른다. 빛은 어둠에서'와 '퍼져 나간다. 빛은 동방에서'를 짝으로 하여 마무리 된다.

나무랄 데 없는 수사법修辭法이다. 조 선생에게서 배우지는 못했지만, 이 아름다운 교가는 우리를 선생님의 시 세계와 연결하는 고리가 되었다. 국어 시간에 선생의 시를 배우면서 우리는 그분의 열렬한 팬이 되었다. 지금도 선생님의 '낙화'를 줄줄 외우는 친구가 있다. 그녀가 특히 좋아하는 것은 이 대목이다.

묻혀서 사는 이의

고운 마음을

아는 이 있을까

저허하노니.

꽃이 지는 아침은

울고 싶어라.

다른 친구는 그의 '출정사出征詞'를 애송했다.

복사꽃 붉은 볼이

너무나 젊어

사랑도 하나 없이

싸움터로 달린다.

(……)

흐려 오는

안정眼精에

얼비치는 사람아

흰눈벌 촉루 위에

입맞춰 다오.[5]

우리는 그때 첫사랑을 할 무렵이어서, 비슷한 나이의 앳된 남자애들이 시체가 되어 돌아오는 현실을 견디기 어려웠다. 그래서 '흐려 오는/안정에/얼비치는 사람아/흰눈벌 촉루 위에/입맞춰 다오'라는 대목은 모두들 애송했다.

5) "시산屍山을 넘고 혈해血海를 건너" 조지훈, 정음사, 1951년 참조.

—

조지훈 시집.

교가는 지훈 시인의 아름다운 가사에 김순애 선생이 곡을 붙여서 만들어졌다. 스페인 여자처럼 열정이 넘쳐흐르는 김 선생님은, 정감적이면서 박력도 있는 곡을 붙여 그 가사를 빛나게 했다. 조회 시간에 그 노래를 부르고 있으면, 전신이 저 높은 곳으로 승화되어 가는 것 같은 느낌을 받는다.

좋은 학교란 좋은 학생만 있는 곳이 아니라 좋은 선생이 있는 곳이기도 하다. 우리는 김순애, 이흥렬 선생에게서 직접 본인들이 작곡한 노래를 배웠다. 때로는 이흥렬 작사, 김순애 작곡의 노래도 배웠다. 그림은 도상봉, 최덕휴 선생에게서 배웠고, 국어는 조흔파, 김진수 선생에게서 배웠다. 나중에 서울대 교수가 되신 김경성 선생이 지리를 가르쳤고, 이화여대 교수가 되신 채인기 선생이 생물을 담당했다. 선배들은 서예를 원곡原谷 김기승 선생에게서 배웠다는 말을 들었다. 놀라지 않을 수 없는 일이다. 원곡 선생이 쓰신 교훈이 걸려 있는 학교는 더 있겠지만, 그분에게서 직접 서예를 배운 고등학교는 그리 많지 않을 것이다. 1학년 때는 영어를 미세스 패터슨이라는 영국 여인이 와서 가르친 때도 있었다. 그분의 발음이 영국식이어서 나중에 미국식 발음으로 바꾸는데 힘이 들었다.

교사진이 이렇게 탁월하니 학생들의 정서와 지능이 활발하게 개발되지 않을 수 없다. 고교 평준화 이후에 영매상[6]을 받는 졸업생의 수가 오히려 늘기도 하였다 하니, 전통과 교사진의 중요성을 미루어 알 것 같다. 그건 좋은 학교만 줄 수 있는 프리미엄이다. 강원용 목사님이 미국에서 니버의 강의를 들으셨는데, 한 학기 내내 'nothing'에 관해서만 강의를 하시더란다. 마지막 시간에 이유를 물었더니 'nothing is something' 하고 나가시는데, 더 이상

6) 英梅賞, 경기여고에서 사회적으로 공적이 있는 졸업생에게 주는 상.

할 말이 없더라고 하셨다. 그런 말은 아무 교수에게서나 들을 수 있는 것이 아니니, 그런 분이 있는 학교에 찾아가는 수밖에 없을 것이다. 좋은 교사를 가진 학교에 좋은 학생이 모이는 이유가 거기에 있다.

하지만 가르쳐 준다고 다 흡수되는 것은 물론 아니다. 도상봉 선생이나 김순애 선생, 이상민 선생 같은 분에게서 배웠어도, 나의 미술, 음악, 체육 성적은 여전히 최저급에 속했기 때문이다. 타고난 소질이 없으면 누가 가르쳐도 소용이 없다는 이야기가 된다. 하지만 소질이 있는 학생에게 좋은 스승은 날개와 같다. 예술 분야는 특히 그렇다. 교육은 줄탁[7]의 원리로 움직인다. 태어나려고 안에서 기를 쓰는 힘이 없으면, 밖에서 출구를 준비해 주어도 소용이 없다. 절반은 자신에게 책임이 있으니 학교가 만능일 수는 없다는 이야기다.

7) 茁啄, 병아리가 깨어나려고 안에서 알을 쪼는 것이 茁이고, 어미 닭이 밖에서 알이 잘 깨지게 쪼아 주는 것이 啄이다.

중학교 교과서에서 배운 우리 문학

우리는 해방 후에 교과서가 제대로 준비되어 있지 않은 시기에 공부한 세대다. 군정청에서 발행한 교과서들은 내용도 정리가 되지 않아서 어수선했고, 질이 나쁜 갱지에 찍은 것인 데다가 인쇄도 교정 상태도 모두 수준 이하였다. 준비 없이 갑자기 해방을 맞은 지 1년밖에 되지 않은 시기였기 때문이다.

수학이나 과학 교과서는 어느 나라에서나 내용이 비슷하니까, 일본 것을 대충 번역해 놓으면 임시변통은 된다. 그래서 우리가 입학할(1946년 9월) 즈음에는 대충 교재가 준비되었던 것 같다. 하지만 국사는 사정이 다르다. 무無에서 유有를 창출해야 하기 때문에 대충 넘어갈 수가 없다. 같은 역사라도 동양사, 서양사는 일본 자료를 활용할 수 있는데, 국사는 그게 안 된다. 사관史觀 자체를 새로이 정립해야 하는 것이어서, 함부로 손을 댈 수가 없다. 일본의 식민사관을 탈피해서, 새로운 안목으로 민족의 5천 년 역사를 정립해야 하기 때문이다. 그래서 1학년 때 국사는 교과서가 없었던 것으로 기억된다.

전문교육기관에 국사과가 없는 상태로 식민지 시대를 살아왔으니, 교사를 구하는 것도 어려웠다. 그래서 1학년 국사 시간에는 지리를 담당한 선생이 와서 평강공주 이야기 같은 것이나 들려주면서 대충 시간을 메웠던 것 같다. 그 선생님의 별명이 대포였다. 그 대포에서 쏟아져 나오는 잡담으로 때운 국사 시간을 생각하면 한숨이 절로 나온다. 1학년이 지나면 중학교에서는 다시는 국사를 가르치지 않기 때문이다.

대학에 들어가도 사정은 비슷했다. 이병도 박사의 강의를 신청했는데, 전시여서 "국사대관國史大觀" 책을 구할 수 없었다. 그래서 구술口述하는 형식으로 강의를 하니 고대사 언저리에서 한 학기가 끝나고 말았다. 국민학교 때는 일본의 국사를 배우며 자랐으니 결국 우리는 한국의 역사를 배운 일이 없는 세대가 된 것이다. 식민지 체험에는 '자기 나라 역사를 못 배우는' 그런 끔찍한 항목도 들어 있다.

내가 잊고 있던 그 사실을 재확인한 것은, 70년대 초에 프랑스로 유학을 가려고 문교부의 국사 시험을 볼 때였다. 시험을 앞에 두고 점검해 보니 우리 역사에 대해서 아는 것이 너무 없었다. 역사는 내가 제일 잘하는 과목이다. 그런데 유비도 조조도 생각나는데, 테르모필레의 영웅들[1)]의 이야기도 생각나는데, 국사에 관해서는 생각나는 것이 거의 없었다. 그제야 배운 것이 없다는 사실이 떠올랐다. 국사를 못 배우고 대학까지 나온 것을 확인했을 때, 얼마나 황당했는지 지금도 그 놀라움이 잊혀지지 않는다.

---

1) 아테네 북쪽 50킬로미터 지점에 있는 테르모필레에서, 기원전 5세기에 스파르타 특공대 300명이 사흘이나 페르시아의 대군을 저지하다가 몰살당했다.

'한국사' 시간이 교육과정에 없는 것이 우리 민족에게 얼마나 치명적인 일인가를 깨달은 초창기의 소설가들은, 열심히 역사소설을 쓰기 시작했다. 일제시대에는 역사소설을 쓰는 것이 한국의 역사를 후학들에게 알리는 유일한 방법이었다. 소설가들이 역사 선생 역할을 하게 된 것이다. 김동인 같은 작가는 역사소설 외에도 어린이용 역사 이야기책을 썼다. 어느 날 마당에서 놀고 있는 자기 아이들을 보면서, 그들이 우리 역사를 모르고 말 것이 너무 안타까워 "아기네"라는 사담집史譚集을 썼다는 것이 서문에 쓰여 있다.

소설론과 작가론을 강의한 나는 직업상 역사소설을 많이 읽어야 하는 처지에 있었다. 이광수와 김동인의 역사소설을 비교한 평론으로 데뷔했으니, 그분들의 역사소설은 거의 다 읽었다. 박종화, 홍명희 등의 작품들도 대충 읽었다. 역사소설 덕분에 원효대사와 이차돈을 알게 되었고, 수양대군과 연산군, 대원군과 임꺽정도 알게 되었다. 하지만 역사소설은 역사책이 아니다. 역사소설은 한 인물이나 시대를 중심으로 하는 팩션[2)]이니까, 역사에 대해서는 체계도 연결성도 없는 토막 지식을 제공할 뿐이다.

시험을 치려고 보니까 삼국의 흥망 연대도 기억이 나지 않고, 이조시대의 사회구조에 대한 것도 생각나는 것이 없었다. 우리나라에 오래 전부터 대학이 있었다는 것, 이조시대에는 삼사합의三司合議 제도가 있어서 왕권이 약했다는 것도 시험을 보기 위해 오빠에게서 빌려 온 하타다 다케시旗田巍의 "조선사"를 읽으면서 겨우 알았다. 나는 마흔이 다 된 나이에 책방에 가서 책을 사다가 국사 공부를 시작했다. 지금 내가 알고 있는 국사에 관한 지식은 대부분이 그때 얻은 것이다. 유학은 서백림 사건 때문에 유산되었지만, 덕택에 국사 공부

2) faction, fact와 fiction이 합쳐진 것. 허구적인 이야기의 비율이 큰 역사소설 같은 것을 의미한다.

를 하게 된 것은 다행한 일이었다. 하지만 이미 총기가 흐려진 40대여서, 입력이 잘 되지 않아, 지금도 나는 한국 역사에 대해 대체로 무식하다.

역사에 비하면 국어는 여건이 훨씬 나았다. 문학작품은 이미 발표된 것들이 많으니까, 그 중에서 작품 선정만 하면 대충 뼈대가 서기 때문이다. 민족과 문화의 특성, 전통 등에 관한 글은 새로 쓰게 하면 되었다. 테마가 정해진 짧은 에세이니까 쓸 사람이 많았다. 그래서 조지훈이 '무궁화'에 관한 글을 쓰고, 이원조[3]가 '팔월 십오일', 김동석[4]이 '나의 서재'라는 글을 교과서에 쓰기도 했다.

뿐 아니다. 경성제대에는 법문학부에 조선어학과가 있었고, 영문과도 있었다. 아주 적은 숫자이기는 하지만 국어학, 고전문학 전공자가 있었고, 외국문학 전공자들도 더러 있었던 것이다. 그래서 갱지로 만든 볼품없는 우리 국어 교과서에는 좋은 문학작품이 뜻밖에 많이 실려 있었다. 그 혼란 속에서도 누군가가 작품 선정을 제대로 해서, 그 휴지 뭉치 같은 교과서에는 격이 높은 시들과 에세이들이 풍성하게 담겨져 있었다. 월북 문인이나 카프계 작가들의 작품들도 실릴 수 있었던 시기여서, 중학교 1학년 국어 교과서에는 그 후의 교과서가 가질 수 없는 다양성이 있었다. 나중에 출판금지가 된 작가들의 작품도 들어 있었기 때문이다.

나는 한동안 그 작품들을 읽으면서 행복했다. 어려서부터 새 교과서 받는 날을 나는 아주 좋아했다. 국어책이 들어 있기 때문이다. 국어책에는 동화와

---

3) 李源朝(1909~1955), 문학평론가. 일본 호세이法政대학 불문과 출신. 1939년까지 조선일보 기자를 하다가 공산당에 입당, 프로문학을 옹호한 평론을 썼다. 1947년에 월북. 북에서 숙청당하여 1955년 옥사한 것으로 알려져 있다.

4) 金東錫(1913~?), 시인, 평론가. 경성제대 영문과 석사과정까지 이수. 해방 후에 '조선문학가' 동맹에 가입, 1950년에 월북. '정지용론', '김기림론' 등의 작가론과 "부르주아의 인간상"이라는 평론집이 있다. 김동리와 순수문학 논쟁을 하여 문단의 이목을 집중시켰다.

동시가 있다. 교과서를 받으면 나는 거기 나오는 작품들을 감상하느라고 한 달쯤은 형제들과 말도 잘 섞지 않았다.

이번에 조사해 보니 군정청에서 나온 "중등국어 교본上 1, 2"가 우리가 중학교에 입학해서 처음 받은 국어의 텍스트였던 것 같다. 거기에 내가 배우며 좋아했던 작품들이 많이 들어 있었기 때문이다. 우리나라에 그렇게 아름다운 시와 산문이 많이 있다는 것을 처음으로 알게 된 것은 우리 세대에게는 새 대륙을 발견한 것 같은 환희였다. 나라를 잃어 본 사람들만이 느낄 수 있는 그런 특별한 환희 말이다.

식민지 교육의 가장 큰 피해는 자기 나라 문화에 대해 제대로 배울 수 없는 점에 있다. 일제시대에 중·고등학교에서 지배자들이 왜곡한 주장을 그대로 배운 식민지의 학생들은, 자기 민족의 민족성과 전통에 대해 심한 열등감을 느끼면서 잔뜩 주눅이 들어 있었다. 한국에는 문화도 문학도 없고, 한국 민족은 열등 민족이라고 가르쳤기 때문이다. 그래서 '민족개조론'[5] 같은 글이 나오게 되는 것이다. 어린 학생들이 뼛속 깊이 느끼고 있던 '엽전의식'[6]의 출처는 식민지의 왜곡된 교육이었다.

이광수, 김동인, 염상섭, 주요한 등 우리나라의 초창기의 문인들은 모두 10대 초반에 일본에 가서, 거기에서 중·고등학교를 다닌 분들이다. 그들이 입은 피해 중 가장 큰 것이 자기 나라 문화에 대한 교육을 일본인들에게서 받은 것이다. 그들은 일본이 가르쳐 준 대로 우리나라를 너무나 형편없는 후진국으로

5) 1922년 '개벽'에 발표한 이광수의 논설.

6) 일본에서는 이미 지폐를 쓰고 있는데, 엽전을 쓴 데서 생긴 열등의식. 근대화에 뒤진 데서 온 민족적 열등의식을 엽전의식이라고 불렀다. 그런 열등의식에 관한 예는 졸저 "자연주의 문학론 2", 솔과학, 2015년, 127~160쪽에 많이 나와 있다.

인식하게 되었다. 일본의 근대화된 깔끔한 거리에서 공부를 하다가 귀국해서, 식민지가 된 조국의 포장도 안 된 도로와 하수도도 없는 거리를 만나면, 어린 유학생들에게는 일본 사람들의 말이 옳은 것 같이 느껴졌을 수도 있다. 민족성에 대한 것은 더 말할 필요가 없다. 그들은 우리나라 민족성의 부정적인 것만 가르친 것이다. 그러니 열등감에 사로잡히지 않을 수 없었을 것이다. 그 열등감을 우리는 '엽전의식'이라 불렀다.

자기 민족을 개조해야 할 열등한 민족으로 인식한 사람은 이광수 혼자만이 아니다. 원효대사와 이차돈을 알고 있는 춘원이 그럴 정도니까, 우리 문화의 장점을 연구한 일이 없는 사람들은 더 말할 필요가 없다. 거의 모든 일본 유학생들이, 우리나라에는 문화나 문학이 없고, 우리 민족은 약속도 지키지 않고, 청소도 목욕도 잘 하지 않는 저열低劣한 민족이라는 것을 배워 가지고 돌아왔다. 그들이 열등의식을 느낀 것은 그 때문이다.

누군가가 그렇게 형성된 엽전의식을 친일의 증거로 보고 그 작가들을 매도하는 글을 썼다. 그러니까 다른 논자가 나와서 '신채호와 함석헌도 비슷한 말을 했다, 그렇다면 그들도 친일파인가?'라고 물었다. 신채호는 대한매일신보 주필이던 1910년에 '한국 동포는 굳세고 용감함이 가장 결핍한 국민', '공공심이 거의 없는 국민', '한국은 예부터 이기심이 굳으며 타인을 배타하는 성격이 많은 나라'라는 내용의 글을 썼다. 춘원처럼 '민족개조론'을 쓰지 않을 수 없는 열등한 민족으로 자기 민족을 인식하고 있었던 것이다.[7]

거의 예외가 없이 모든 유학생들이 같은 생각을 가졌다면, 그것은 어린 학생들에게 그렇게 가르쳤던 식민지 교육의 잘못이지, 받아들인 쪽의 잘못은

---

7) '신채호와 함석헌도 친일파인가?', 조선일보, 2015년 7월 28일 자 참조.

아니라고 보는 것이 타당하다. 그렇게 배웠으니까 그렇게 믿은 것이라고 볼 수밖에 없기 때문이다. 그렇지 않다고, 우리 민족은 아주 심미적이고 지적인 민족이며, 우리에게는 탁월한 문화가 있었다고 가르치는 사람은 아무 데도 없었으니까, 그건 식민지에서 자란 아이들의 불행이었다. 열두 살, 열네 살짜리 소년들에게 혼자 힘으로 자기 나라 문화의 가치를 찾아내지 못했다고 비난할 수는 없기 때문이다.

그래서 역사 교과서가 중요하다. 지금의 역사 교과서 문제도 그 중요성 때문에 생겨났다고 본다. 역사를 잘못 가르치면 청소년들이 그릇된 민족관을 가지게 되니까 방치할 수 없는 것이다. 우리나라에서는 몇 해 전만 해도 국사가 입시의 필수과목이 아니었다는 말을 들었다. 그게 얼마나 중요한 과목인데, 입시에서 어떻게 뺄 수 있었는지 상상이 되지 않는다.

우리 세대도 초창기의 일본 유학생들과 다를 것이 없다. 우리는 조회 때마다 '우리들은 황국신민皇國臣民이다'로 시작되는 황국신민의 서사[8]를 외치고, 동경에 있는 궁성을 향하여 허리를 90도로 굽히는 절을 하면서 6년을 보냈다. 사람들은 그것을 궁성요배宮城遙拜라고 불렀다.

우리는 그 6년 동안 국사 시간에 일본 국사를 배웠다. 국어 시간에는 일본의 동요를 배웠다. 일본 왕들의 이름 외우기와 일본 동요 외우기가 시험에 나오니까 아이들은 열심히 그것들을 외웠다. 한국의 역사는 배운 일이 없으니 국사를 모른다고 그들에게 돌을 던질 수는 없다. 스스로 민족적 주체성을 확립하기에는

---

8) • 우리들은 황국신민이다. 충성을 다하여 군국君國에 보답한다.
• 우리 황국신민은 신애협력信愛協力하여 단결을 굳게 한다.
• 우리 황국신민은 인고단련忍苦鍛鍊하여 힘을 길러 황도皇道를 선양宣揚한다.

'황국신민의 서사誓詞'는 한국어로 번역한 것.

그 애들은 너무 어렸다. 그런 환경에서 생겨난 엽전의식에서 아직도 벗어나지 못하는 사람들이 더러 있다. 자기 민족을 폄하貶下하는 사람들이다. 엽전의식은 식민지에서 자란 아이들의, 지은 기억조차 없는 억울한 원죄 같은 것이다.

하지만 국어는 달랐다. 중학교에서 배웠기 때문이다. 내가 입학했을 때 국어 교과서는 분명히 있었고, 내용이 아주 풍성했다. 중학교에 들어가 처음 받아 본 국어 교과서는 나의 민족적 열등감을 씻는데 크게 기여했다. 우리나라에 그렇게 탁월한 시인이 많다는 것을 안 것은 얼마나 경이로운 일이었는지 모른다. 그것은 기적처럼 느껴지는 행운이었다. 전부 배운 것은 아니지만, 우리 교과서는 문학작품의 비중이 컸다. 작품 선정도 잘 되어 있는 것 같았다.

그때 우리의 1, 2학년 국어책에 실렸던 문학작품을 살펴보면 다음과 같다(괄호 안은 안 배운 것임).

서정시

주요한 '빗소리', 이병철 '나막신', 변영로 '벗들이여', 조명희 '경이驚異'

(김소월 '엄마야 누나야', 이은상 '가고파')

모더니즘 계열의 시

김동명 '파초' '바다', 정지용 '난초', 김기림 '향수'

(김광섭 '비 갠 여름 아침')

카프 계열의 시

임화 '우리 오빠와 화로'

고시조와 현대시조 다수

에세이

정지용 '꾀꼬리와 국화'(중등국어 2), 이원조 '팔월 십오일', 박찬모 '소',

이선희 '향토기', 방정환 '어린이예찬' '설薛처녀의 정절' '게으른 물장수'

(박태원 '첫 여름', 이기영 '원터', 이태준 '海村日記', 노자영 '우리집 정원')

중등국어 2

에세이

정현웅 '추과 3제', 노천명 '여름밤 이야기'

(박태원 '계절의 맑은 놀이', 이양하 '조그만 기쁨', 정지용 '노인과 꽃',

김동석 '나의 서재', 이무영 '단발령을 넘으며')

시

변영로 '봄비'

(서정주 '귀촉도')

소설

(이효석 '산', 김동인 '붉은 산')

편지

(이효석 유진오 왕복 서신)

고시조와 현대시조

"중등국어 2"(이숭녕 · 방종현 편저, 민중서관, 1947년)에 수록

1학년 교과서에서 제일 처음 배운 것이 주요한의 '빗소리'였다.

비가 옵니다.
밤은 고요히 깃을 벌리고,
비는 뜰 위에 속삭입니다.
몰래 지껄이는 병아리같이

이지러진 달이 실낫 같고,
별에서도 봄이 흐르는 드시
따뜻한 바람이 불더니,
오늘은 이 어두운 밤을 비가 옵니다.
(……)

'빗소리'는 내가 세상에 나서 처음 만난 시였다. 열네 살에 처음 만난 시 …… 우리나라 시문학사에서 '자유시'라고 하는 새로운 장르의 문을 처음 연 것이 주요한이었던 것처럼, 주요한은 나에게도 처음으로 시 세계의 문을 열어 준 시인이었다. 그때까지 우리는 동요밖에 배우지 않았다. 그나마도 일본의 동요였다. 우리말로 된 최초의 시를 읽으면서, 따뜻하고 부드럽고 아름다운 세계가 눈앞에 열리는 기분이 되었었다.

나는 빗소리를 '몰래 지껄이는 병아리같이'라고 묘사한 부분이 좋았다.

병아리의 따뜻함, 병아리의 부드러움, 병아리의 정갈한 노란 털빛 같은 이미지들이 '몰래 지껄이는 병아리 소리' 같다는 봄 빗소리에 모두 함축되어 있었기 때문이다. 그런데 대학 때 양주동 선생님은 '오늘은 이 어두운 밤을 비가 옵니다'가 더 잘된 부분이라고 말씀하셨다. '밤에'가 아니고 '밤을'이라고 씀으로써 표현이 새로워졌다는 견해셨다. 조사助詞 하나에 작품의 성패가 달리는 그 언어의 마술이 신기했다.

건국대의 '예평회藝評會' 지도교수였던 나는, 1983년에 육필시 전시회를 하기 위해 주요한 선생님 댁을 찾아간 일이 있다. 이 시를 써 받기 위해서였다. 강남에 있는 아파트에 가 보니 선생님은 거동을 못할 정도로 많이 편찮으셨다. 할 수 없이 '오늘은 이 어두운 밤을 비가 옵니다'라는 구절만 간신히 써 받았다. 손이 떨리셔서 글씨가 삐뚤빼뚤했다.

초등학생이 쓴 것 같은 그 글씨가 선생님의 마지막 필적이 되었다. 선생님은 그 후 얼마 되지 않아 돌아가셨기 때문이다. 1학년 때 '빗소리'에서 감동을 받았다는 말씀을 드리니까, "내가 그런 걸 썼었나?" 하시던 생각이 난다. 쓰신 분 본인이 잊을 정도로 유구한 세월이 흘렀는데...... 그리고 30년이 다시 지나갔는데, '빗소리'는 지금도 살아남아 사람들을 감동시키고 있다. 예술이 예술가보다 명이 긴 건 확실한 것 같다.

다음에 배운 시가 조명희[9]의 '경이驚異'였다. 그 시는 내게도 '경이' 그 자체였다.

9) 趙明熙(1894~1938), 시인, 소설가, 희곡작가. 일본 동양대학 철학과 수학. 카프 창립위원. 1928년에 소련으로 망명. 1937년 중앙 아세아로 강제 이주 당했으며, 일본군 스파이로 몰려 1938년에 총살당했다. 대표작으로 "낙동강"(1927)이 있다.

주요한

오늘은
이 어두운 밤을
비가 옵니다
빗소리

주요한

—

주요한의 마지막 육필시.

어머니, 좀 들어주셔요.

저 황혼의 이야기를.

숲 사이에 어둠이 엿보아 들고,

개천 물ㅅ소리는 더 한층 가늘어졌나이다.

나무들도 다 기도를 드릴 때입니다.

어머니, 좀 들어주셔요.

손 잡고 귀 기우려 주셔요.

저 달 아래 밤나무에

아람 떨어지는 소리가 들립니다.

뚝 하고 땅으로 떨어집니다.

우주宇宙가 새 아들 낳았다고 기별합니다.

등ㅅ불을 켜 가지고 오셔요.

새 손님 맞으러 공손히 걸어가십시다.

'나무들도 다 기도를 드릴 때입니다'라는 구절과, 밤이 떨어지는 것을 '우주가 새 아들 낳았다고 기별합니다'라고 쓴 대목이 좋았다. 나도 등불을 들고 새 손님 맞으러 걸어가고 싶은 마음이 되었다. 알밤 하나가 나무에서 떨어지는, 아주 작은 사건이 생명의 탄생 전체에 대한 경외감을 환기시키는 아름다운 시였다. 경건하고 신비한 세계로 우리가 살고 있는 조잡한 일상이 흡수되어 버리는 것 같은 느낌…… 그런 시들을 배우는 것은 '경이로운' 세계로 한발 들여놓는 것을 의미했다. 영혼을 고양高揚시키는 새로운 출발 말이다.

세 번째로 배운 시가 이병철[10]의 '나막신'이다.

은하 푸른 물에 머리 좀 감아 빗고

달 뜨걸랑 나는 가련다.

'목숨壽' ㅅ자 박힌 정한 그릇으로

체할라 버들ㅅ잎 띄워 물 좀 먹고

달 뜨걸랑 나는 가련다.

삽살개 앞세우곤 좀 쓸쓸하다만

고운 밤에 딸그락 딸그락

달 뜨걸랑 나는 가련다.

'목숨壽ㅅ자가 박힌 정한 그릇으로 체할라 버들ㅅ잎 띄워 물 좀 먹고 달 뜨걸랑 나는 가련다'라는 구절은 지금도 기억에 선명하게 남아 있다. 우리가 부엌에서 쓰던 흔한 '목숨壽' ㅅ자 박힌 그릇이, 갑자기 '정한' 그릇으로 승격되고, 나막신이라는 불편한 나무신이 달나라로 가는 날개 달린 수레처럼 승화되는…… 그 떠남의 미학이 이유 없이 감미로웠다. '딸그락 딸그락' 하는 나막신 소리가 천상에서 들려오는 음악 소리 같았다. 이때까지는 사이시옷이 쓰이고 있었던 것도 기억할 만한 일이다.

우리는 국사뿐 아니라 한글 맞춤법도 제대로 배운 일이 없는 세대다. 해방이 되니까 '한글 맞춤법 통일안'이라는 팸플릿을 만들어 가지고 아이나 어른이니 다 같이 한 달쯤 속성으로 한글을 배우고는, 곧장 교과서 읽기로 건너

10) 李秉哲(1021~1995), 1950년 월북한 시인이다.

뛰어서, 우리 세대는 지금도 맞춤법을 잘 모른다. 대학의 동료교수 중에는 왜 '함니다'라고 쓰지 '합니다'로 쓰느냐고 묻는 분도 계셨다. 그러니 해방되고 1년밖에 안 되었는데, 한글로 된 아름다운 시들을 배운다는 것은 얼마나 승격한 상태인가?

이런 아름다운 서정시를 쓴 세 시인 중에서 이병철, 조명희 두 분은 월북한 문인이다. 이 교과서에는 월북한 문인들의 작품이 많이 나온다. 이병철 조명희 외에도 박태원, 이태준, 임화, 이원조, 이기영, 박찬모 등이 모두 월북한 문인들이다. 나는 지금도 그분들이 월북한 이유가 이해가 되지 않는다. 그분들은 북에 가서도 좋은 대접을 받지 못하였기 때문이다.

자기 발로 걸어서 월북하였으니 그들의 작품은 당연하게도 교과서에서 삭제되었다. 우리보다 1년 후배들은, 이미 그 작품들을 실은 채 제작된 교과서에서, 그들의 작품을 검은 먹으로 칠해서 못 읽게 만드는 작업을 했다 한다.[11] 우리는 이미 배운 후에 그분들이 월북했기 때문에 그런 일을 하지 않았다. 그냥 한 편의 아름다운 서정시로 읽고 감상했을 뿐이다.

이상하게도 우리 책에 실린 월북 문인들의 작품에는, 좌익 사상이 노출된 작품이 거의 없다. 편자가 일부러 그런 사상이 노출되지 않은 작품을 골랐는지는 모르겠지만, 우리의 1학년 교과서에 실린 작품 중에는 '우리 오빠와 화로'를 빼면 사회주의와 연결시킬 작품은 거의 없다. 서정적이고 감미로운 '나막신'이나 '경이' 같은 작품은, 굳이 검은 먹으로 지울 필요가 없을 정도로 사회주의 이데올로기와는 거리가 멀다.

이 시처럼 아름다운 서정의 세계가 어쩌면 그들의 본질이었는지도 모른

11) "나의 해방전후", 유종호, 민음사, 2004년, 265쪽 참조.

다는 생각이 든다. 월북 문인들은 대부분이 북한에서 숙청되었기 때문이다. 이런 서정적인 성향으로 인해 그분들은 북한에 가서 광산에 끌려가거나 사형을 당했을 가능성이 많다. 낭만적으로 보이던 볼셰비키의 혁명 정신이, 북한에서는 경직된 몰개성주의의 얼굴을 하고 나타났기 때문에, 예술가들은 거기에 적응을 하지 못한 것이 아니었을까? 남쪽에서 올라간 노동당원들은 북한 당국이 만족할 만큼 좌익적이지 못해서 갈등이 생긴 건지도 모른다. 그들은 어쩌면 북한의 실정을 모르고 월북한 것일 수도 있다. 북한의 실정을 잘 알고 있는 요즈음 사람들은, 친북 구호를 전문적으로 외치고 다니는 이들도, 월북해서 북한에 영주할 생각 같은 것은 하지 않기 때문이다.

월북 문인 중에는 이병철, 이기영, 박태원처럼 북한 체제에 적응하면서 끝까지 살아남은 문인들도 있다. 하지만 이병철의 경우에도 '목숨壽' 사자 박힌 정한 그릇으로 물을 떠 마시고, 나막신을 신고, 가고 싶었던 나라는, 북한은 아니었을 것 같다는 생각이 든다. 더욱 이해가 되지 않는 것은 9인회 멤버 중에 월북한 문인이 있다는 사실이다. 9인회는 탈이념의 기치를 들고 나온 반反 프로문학의 기수들이 만든 모임이다. 예술의 자율성 확보를 지상至上의 과제로 여긴 심미주의자들의 모임인 것이다. 그래서 그들은 프로문학과 정면으로 대치했다. 프로문학의 '편偏내용주의'를 싫어했고, '배기교排技巧'의 구호도 혐오했기 때문이다. 그런데 이태준과 박태원이 월북을 했다. 이상, 김유정, 이효석은 일제시대에 이미 사망했으니까 정지용, 김기림같이 납북된 작가들까지 합치면 절반이 넘는 4명이, 몇십 년 동안 한국 교과서에 오를 수 없는 선택을 한 것이다.

그들을 빼면 모더니즘 문학이 성립되지 못하기 때문에, 그들의 탈이념적인 작품들까지 출판금지 대상이 된 것은 문학사적으로 보면 너무나 엄청난 손실이다. 골동취미가 있고, 기생의 머리 수건의 아름다움 같은 것에 심취하던 이태준은, 북한에 가서 적응하지 못할 것이 불 보듯 뻔한데, 왜 38선을 넘어가서 죽임을 당했는지 알 수 없다.

9인회는 우리 근대문학이 최초로 도달한 하나의 정점이었기 때문에, 그분들의 글을 교과서에서 배운 것은 우리의 행운이라고 할 수 있다. 교과서의 글들이 도화선이 되어 나는 판금 후에도 그분들의 작품을 계속 찾아 읽었다. 작가가 아니라 작품 위주로 평가를 한다면 '나막신'이나 '경이'는 교과서에 실리지 못할 요인이 거의 없는 시이다. '난초'나 '향수'도 마찬가지다.

위에서 든 세 시는 감성의 세계를 자연스럽고 쉽게 그린 것이어서 1학년 학생들에게도 어렵지 않았다. 동요적 세계와 그리 멀지 않았기 때문이다. 감미롭고 부드러운, 유년기의 추억의 마지막 뒤풀이 같은 것을 우리는 그 시들을 읽으며 한 것이다. 그래서 나는 지금도 그런 시들을 사랑한다. 이 시들은 현실의 아름다운 면을 음악적인 이미지로 표상화한 작품들이다. 병아리의 지껄임 같은 봄 빗소리, 알밤이 대지로 떨어지는 믿음직스러운 소리, 딸그락거리는 나막신 소리 같은 프리미티브한 자연의 소리들을 그린 것이어서, 받아들이기가 수월했던 것이다.

하지만 다음 시는 달랐다. 정지용의 '난초'였기 때문이다. 민요시와 감상적感傷的인 서정시가 유행하면서 근대적 감성이 눈을 뜨던 낭만주의의 시기가 지나고, 한국시가 처음으로 지적 호기심을 표출하였던 모더니즘이 낳은 시였던 것이다.

난초 잎은
차라리 수묵색水墨色.

난초 잎에

엷은 안개와 꿈이 오다.

난초 잎은

한밤에 여는 다문 입술이 있다.

난초 잎은

별ㅅ빛에 눈 떴다 돌아눕다.

난초 잎은

드러난 팔ㅅ구비를 어쩌지 못한다.

난초 잎에

적은 바람이 오다.

난초 잎은

칩다.

정지용의 '난초'는 수묵색水墨色이라는 무게 있는 색채어로 시작되어, 추위를 타는 난초의 의인화로 끝난다. 시의 서정성이 최대한으로 억제되면서 빚어내는 정지용의 고답적인 세계가 나를 문학에 대한 끝없는 동경의 길로 접어들게 만들었다. 절제된 언어와 회화적인 이미저리, 그리고 공감각적 비유들은 한국 모더니즘 작품의 격조를 보여 준다. 수묵색이라는 고전적 색채어, '칩다'는 사투리, '차라리'라는 좀 낯설어 뵈는 수식어, 의인화의 기법 등을 통해 나타나는 난초 잎의 신체성이 새로운 경이로 다가왔다. 이상이나 김기림, 정지용 등은 일본 모더니스트들보다 더 좋은 시를 쓴 시인이 아닌가 하는 생각이 드는 때가 많다.

정지용에게는 내가 좋아하는 '유리창'이라는 시도 있다.

유리에 차고 슬픈 것이 어른거린다.
얼없이 붙어서서 입김을 서리우니
길들은 양 언 날개를 파닥거린다.
지우고 보고 지우고 보아도
새까만 밤이 밀려 나가고 밀려 와 부딪히고
물먹은 별이 반짝 보석처럼 박힌다.
밤에 홀로 유리를 닦는 것은 외로운 황홀한 심사이거니
고운 폐혈관이 찢어진 채로
아아 늬는 산새처럼 날아갔구나.

아이를 잃은 슬픔을 읊은 시다. 절제된 감정의 암사지도暗射地圖가 빛을 뿜는다. 회화적이며 시각적인 이미저리도 압권이다. 단 한 마디의 감탄사로 압축되어 있는 슬픔을, 밤중에 유리를 닦는 행위로 시각화하여 보여 주는 이 시는, 감정을 최대한으로 억제했는데도 '고운 폐혈관이 찢어진 채로' 날아간 아이의 죽음을 부각시키는데 성공하고 있다. 적은 말로 큰 것을 환기시키는 기법이다.

놀랍게도 우리는 1930년대의 모더니스트의 시를 중학교 1학년 때에 배웠다. 정지용의 작품 중에서도 '향수'가 아닌 '난초'를 배운 것이다. '난초'는 지금도 내가 애송하는 시다. 그걸 1학년 때에 배우다니…… 운이 좋았다. 그 해가 아니었다면 배울 수 없는 시이기도 했으니 더 운이 좋았다고 할 수 있다.

6·25 때 피난 보따리 속에 넣고 다니던 시집이다.

다음 해부터 그의 시는 교실에서 배울 수 없는 시가 되었다. 북으로 끌려가다가 폭격으로 사망했다는데, 행방이 묘연하니까 월북한 것으로 오해를 받아 판매금지가 되었던 그 긴 세월들, 북쪽의 공산주의나 남쪽의 민주주의는 모두 해방 후에 진주해 온 외국 군대의 영향 하에서 생겨난 박래품 사상들이다. 그 이상한 이념 싸움에 휘말려서, 억울하게 등이 터진 새우 같은 존재가 정지용이다.

그 다음에 배운 시가 김동명의 '파초'다.

조국祖國을 언제 떠났노?
파초의 꿈은 가련하다.

남국南國을 향한 불타는 향수鄕愁
너의 넋은 수녀修女보다 더욱 외롭구나

소낙비를 그리는 너는 정열情熱의 여인女人,
나는 샘물을 길어 네 발등에 붓는다.

이제 밤이 차다.
나는 또 너를 내 머리맡에 있게 하마.

나는 즐겨 너를 위해 종이 되리니,
너의 그 드리운 치마ㅅ자락으로 우리의
겨울을 가리우자.

이 시의 매력은 파초라고 하는 낯선 화초가 풍겨 주는 이국적 분위기에 있다. 먼 곳을 향한 동경과 그리움, 그리고 수녀 같은 외로움, 그리고 또 소낙비를 그리는 열정…… 이런 것들은 모두 낭만주의자들이 좋아하는 요소들이다. 하지만 이 시인은 그것을 시각적, 공감각적 이미지로 그려 놓았다. 시각적 이미저리가 매혹적인 이 시는 '남국을 향한 불타는 향수'라는 말 때문에 그 당시의 우리의 소녀적인 낭만 취향과 궁합이 맞았다. 눈앞에 없는 것들을 무조건 동경하는 것이 소녀적인 그리움의 미학이기 때문이다.

'빗소리'나 '나막신'은 좀 아동스럽고, 단순하다. '난초'는 어른 남자처럼 성숙하고 말이 적고, '파초'는 플라멩코를 추는 무희처럼 이국적이면서 낭만적인 애수가 서려 있다. 다양한 시의 향연이다.

그 다음에 배운 생각나는 것이 김기림의 '향수'다.

나의 고향은
저 산 너머 또 저 구름 밖,
아라사의 소문이 자주 들리는 곳.
나는 문득
가로수街路樹 스치는 저녁 바람 소리 속에서
"네에미 네미" 송아지 부르는 소리를 듣고
멈춰 선다.

'아라사'라는 단어는 음도 유려流麗하고 이국적이어서 마음에 들었다. '네에미 네미'로 표기된 소의 울음소리도 특이했다. 내 고향도 '아라사의 소문이 자주 들리는 곳'이어서 그 대목이 지금까지 기억에 남아 있는 것 같다.

아라사 소식이 자주 들려오던 내 고향은 지금 어떻게 변해 있을까?

변영로卞榮魯의 '벗들이여'라는 시도 배웠다

구름인 다음에야

설마 하늘보다 더 오래 가랴?

벗들이여, 여기엔 '믿음'뿐.

하는 시였다. '벗들이여'라는 구절이 다섯 연에서 되풀이되고 있다. '봄비'에서도 되풀이되는 구절이 많았다. 리프레인refrain을 많이 쓰는 이 시인은 '폐허'의 동인이지만, 이 시에는 퇴폐적인 시풍은 나타나 있지 않다.

우리가 중학교 1학년 때인 1946년 9월에 받은 국어 교과서에는 임화의 '우리 오빠와 화로'도 실려 있었다. 그 교과서에는 월북 작가의 작품들이 많지만, 앞에서 말한 것처럼 작품은 프로문학 냄새가 나는 것이 없는데, 이 시에서만 예외적으로 투쟁의식이 노출되어 있다. 그런데도 임화 역시 북에서 숙청당한 것을 생각하며, 그의 시를 다시 한번 살펴본다.

언제나 오빠가 우리들의 '피오네르' 조그만 기수旗手라 부르는

영남永男이가 사온 거북 무늬 화로가 깨어졌어요.

(......)

오빠, 오늘밤을 새워 이만 장을 붙이면, 사흘 뒤엔

새 솜옷이 오빠의 떨리는 몸에 입혀질 것입니다.

이렇게 세상에 누이동생과 아우는 오는 날마다를

싸움에서 보냅니다.

(……)

나는 중학교의 첫 교과서에서 정지용과 김동명, 김기림을 만났고, 주요한, 변영로, 이병철, 조명희를 만났으며 임화를 만났다. 그런 다양한 작품들을 중학교 때 모두 배웠으니 축복받은 셈이다. 그 작품들은 한국의 시문학사의 기념비적인 작품들이기 때문이다.

이은상의 시처럼 노래로 먼저 배운 작품들도 있다. '성불사의 밤' 같은 것이 그런 경우다. '가고파'도 마찬가지다. 현대시조에서는 가람 선생님 작품이 좋았고, 고시조에서는 황진이 같은 기녀들의 시조가 좋았다. 교훈적이 아닌 그냥 진솔한 서정시들이기 때문이다. '솔이 솔이라 하니 무슨 솔만 여기는다' 같은 시조는 페미니즘적 입장에서 소녀들을 격려하는 격려사 같은 역할도 했다.

산문에도 좋은 것이 많았다. 이선희의 '향토기'도 좋았다. 하지만 산문은 이숭녕·방종현 편저인 "중등국어 2"에 더 좋은 것이 많았다. 정지용의 '꾀꼬리와 국화' 정현웅의 '추과 3제', 노천명의 '여름밤 이야기' 등을 배운 생각이 난다. 그 중에서도 정지용의 '꾀꼬리와 국화'의 다음 대목들은 지금도 잊혀지지 않고 있다. 조용한 곳에 이사를 와서 꾀꼬리가 운다고 자랑했더니, 벗이 그 소리를 들으러 먼 곳에서 왔는데, 하필 그날 꾀꼬리가 안 울어서 낭패를 당한 이야기다.

그날사말고 새침하고 꾀꼬리가 울지 않았다. 맥주 거품도 꾀꼬리 울음을 기다리는 듯 고요히 이는데 장성 벗은 웃기만 하였다.

(……)

꾀꼬리가 우는 철이 다시 오고 보면, 장성 벗을 다시 부르겠거니와,

이주 이울어진 이 계절季節을 무엇으로 기울 것인가?

동저고리 바람에 마고자를 포개어 입고 은단추를 달리라.

'동저고리 바람에 마고자를 포개어 입고 은단추를 달리라'는 대목이 지용다웠다.

이상한 것은 변영로의 '봄비'는 생각이 나는데, 김소월의 '엄마야 누나야'를 배운 기억은 없다는 사실이다. 우리 국어 선생님은 중2 교과서에 있는 서정주의 '귀촉도'도 가르치지 않았다. 그분은 아마 민요시가 아니면 주지적主知的인 시를 좋아하신 것 같다.

그런데 요상하게도 그 시들을 가르친 선생의 이미지가 영 떠오르지 않는다. 1학년 때 우리 국어 선생님은 명치대학을 나왔다는 미인 여교사 이난숙李鸞淑 선생이었을 것이다. 작문은 얼굴이 찌그러졌다고 아이들이 '찡깡'이라는 별명을 붙인 김성진 선생이 담당했고, 중3 무렵에는 희곡 작가인 김진수 선생이 가르치신 생각이 난다.

그 중에 한국문학을 전공한 선생님은 한 분도 안 계셨다. 대학이나 전문학교에 국문과가 없던 식민지 시대에 공부를 했기 때문에 국어를 가르칠 교사가 없었던 것이다. 그러니 선생님들은 자기도 잘 모르는 전공 외의 과목을 힘들게 가르치면서, 우리처럼 한국문학을 조금씩 익혀 갔을 것 같다. 참고 문헌이 없던 시절이었기 때문이다.

김진수 선생은 여위고 작은 분이었는데, 이은상이 아우를 잃고 쓴 글 '무상無常'이라는 에세이를 좋아해서 걸핏하면 '무상'이란 말이 되풀이해서 나오

는 그 슬픈 글을 읽어 주셨다. 동생을 잃고 허탈해 있던 나는 그 글을 들을 때마다 손끝에서 힘이 빠져나갔다. 선생님은 또 나도향의 '그믐달'이라는 에세이를 좋아하셨다. '그믐달'을 너무 좋아해서, 몸이 녹아들 것 같은 달콤한 목소리로 소녀같이 몸을 비비 꽈 가면서 우리에게 그걸 읽어 주시던 생각이 난다. 교과서에는 없는 작품인데, 어디선가 찾아다가 읽어 준 것이다. 나는 그 글이 좋지 않았다. 너무 센티멘털했기 때문이다.

찡깡 선생은 이따금 소설 이야기를 해 주셨던 것 같다. 건강이 나쁘고 늘 공허한 얼굴을 하고 계시던 키 큰 분이었다, 토마스 하디의 "테스"와 이광수의 "흙" 같은 소설을 아주 재미있게 이야기해 준 분이 아무래도 그 선생이었던 것 같다. 그 선생이 소설 이야기를 해 주면 아이들이 자지러진다. "흙"은 특히 그랬다. 허숭과 유순[12]이는 그때부터 우리의 친구가 되었다.

선생님은 언젠가 개교기념일을 앞두고 몇 아이를 골라서 글을 쓰게 했다. 행사 때 전시하기 위해서였다. 그때 나도 자청해서 전시용 원고지를 받아, '38선을 넘은 값'이라는 글을 써서 뽑혔다. 그 후부터 선생님은 내 작문에 관심을 가지셨다. 그 무렵부터 나는 시나 소설 비슷한 것을 습작했다. 내 유일한 독자는 짝꿍인 장희영이었다. 희영이는 내 유치한 습작을 감동하면서 읽어 주었다. 창피해서 언니에게도 보여 주지 않는 글을 희영이에게만 보여 준 것은 그녀가 내 글의 첫 팬이었기 때문이다.

다른 국어 선생들 일은 이렇게 더러 생각이 나는데, 1학년 때 국어 선생님은 영 기억되는 부분이 없다. 그렇게 좋아한 시와 산문들을 누구에게서 배웠는지 생각이 나지 않으니 이해가 되지 않는다. 1학년 때 국어 선생은 확실

12) 이광수의 소설 "흙"의 남녀 주인공.

히 이난숙 선생이었으니까 그분에게서 배웠을 가능성이 많다. 나는 그 선생님을 참 좋아했다. 당당하고 아름답고 멋이 있었기 때문이다. 그런데 왜 배운 생각이 나지 않는지 알 수 없다. 작품에 관심이 쏠려 있어서 교사에 대한 관심이 희석된 것일까? 아니면 선생님의 국어 시간이 문학적 감흥을 불러일으키지 않은 때문이었을까?

이난숙 선생님도 다른 국어 선생들처럼 국문학 전공이 아니었다. 그래도 김진수 선생은 입교대학 영문과 출신인 데다가, 미치게 좋아하는 작가가 있었고, 김성진 선생님에게는 특별히 좋아하는 작품들이 있었다. 문학을 좋아한 교사들이었던 것이다. 이난숙 선생에게는 그것이 없었다. 선생님은 문학 작품을 애독할 타입이 아니다. 법을 전공한 분이어서 앞의 두 선생님들처럼 감성적인 데가 없었던 것이다. 그래서 감동을 주는 강의를 하지 못하신 게 아니었을까?

6·25 때 인민군이 들어오니까 이난숙 선생은 "여러분 드디어 우리가 기다리던 날이 왔습니다"라고 말해서 모범생인 이범준을 기함하게 만들었다. 승마복을 입고 다닌 일도 있는 그 출중한 미모의 여선생은, 담임반 반장이었던 범준이의 롤 모델이기도 해서, 그 입에서 나온 노골적인 좌파 발언이 고지식한 애제자를 경악하게 만든 것이다.

그 전에 우리 학교에서는 좌파 교사들이 교장을 쫓아내려다가 들켜서 퇴직을 당한 독서회 사건이 있었다. 그런데 이난숙 선생은 전향을 해서 퇴직당하지 않아, 우리는 그분이 좌파인 걸 전혀 눈치채지 못했다. 범준이는 상상도 할 수 없는 엄청난 발언을 생글생글 웃으면서 하는 이난숙 선생에게 너무 놀라서 다시는 학교에 나가지 않고, 피난길에 나섰다는 말을 들었다.

놀란 것은 범준이만이 아니다. 이 선생은 인민군이 들어오자 직장동맹을 조직하면서 학교를 장악하는 솜씨를 보여, 동료교사들도 놀라게 만들었다. 진짜 좌파는 그런 저력을 가지고 있는 모양이다. 하지만 곧 북에서 파견된 교책[13]이 와서 그분이 만든 동맹을 해체해 버렸다 한다. 무언가 자기네 노선과 어긋나는 점이 있었던 모양이다. 그건 어쩌면 그녀의 승마 취미 같은 것이 아니었을까?

이난숙 선생이 좌파여서 월북할 문인들의 글을 많이 가르쳤던 것일까?
이난숙 선생이 지적이어서 모더니스트들의 글을 골라 가르친 것일까?
월북한 이난숙 선생은 북쪽에 가서 어떤 생활을 영위하고 있을까?

그분에게서 배웠을 가능성이 많은 시들을 앞에 놓고, 여든이 넘은 제자는 선생님에게 묻고 싶은 말이 많다.

13) 校責, 교장 비슷한 직책. "경기여고 60년사" 97쪽 참조.

결핍의 시대의 책읽기

우리의 소녀 시절에는 여가에 즐길 수 있는 것이 거의 없었다.

카카오 톡이 없었다.

노래방도 없었다.

PC방도 없었다.

편의점도 없었다.

교보문고도 없었다.

압구정동도 없었다.

헤이리도 없었다.

한강 둔치도 없었다.

선유도도 없었다.

없는 것이 많은 것처럼 모자라는 것도 많았다. 전기도 모자랐고, 밥도 모자랐고, 옷도 모자랐고, 집도 모자랐다. GNP가 100불도 안 되던 세월들…… 온통 결핍투성이였던 세월들……

안다. 우리도 목구멍이 포도청이라는 것을 안다. 우리도 보다 더 절실한 것이 생존을 위한 최저한의 물질이라는 것을……. 하지만 우리는 죽지 않고 어쨌든 살아 있었으니까, 우리는 아직 철이 안 든 아이들이었으니까, 그 이상의 것을 향한 갈망을 가지지 않을 수 없었다. 우리에게는 삶을 풍요롭게 만들 수 있는 많은 것들이 필요했다. 마음 내키는 대로 놀 수 있는 놀이감도 필요했다.

그런데 우리에게는 그것이 없었다. 우리는 한가한 시간에 게임을 할 수도 없었고, 친구에게 문자 메시지를 보낼 수도 없었고, 이어폰을 끼고 음악을 들을 수도 없었고, 교보문고에 가서 쪼그리고 앉아 책을 읽을 수도 없었고, 주전부리를 하며 올레길에서 친구와 노닥거릴 수도 없었고, 자전거를 타고 한강 둔치를 돌아볼 수도 없었다.

10년 동안에 전쟁이 두 번이나 일어났다. 그래서 우리의 소녀 시절에는 절약을 외치는 비상시의 경제학이 여자들의 일상까지 간섭했다. 우리는 이런 노래를 부르면서 고무줄놀이를 했다.

> 지금은 비상시 절약의 시대
>
> 파마넨트를 하지 맙시다.
>
> 높은 구두 벗고서 게다를 신자.

파마를 하는 것도 죄가 되고, 하이힐을 신는 것도 죄가 되는 시대였던 것이다. 그래서 우리는 놀이감이 없어서, 모여 앉아 똥누기 내기를 하는 '권태'[1)]

속의 아이들처럼, 늘 답답하고 심심했다.

오락으로서의 책읽기

중학교에 들어가니 내게는 그 심심함을 해결할 수 있는 길이 하나 나타났다. 책읽기였다. 돈 안 드는 유일한 놀이가 책읽기였다. 할 수 있는 유일한 놀이가 책읽기이기도 했다. 나는 학교공부 할 때를 뺀 나머지 시간을 거의 모두 책읽기에 바쳤다. 방학 동안에도 내내 책을 빌려다 읽었다. 모든 여가 시간을 책 읽는 것으로 채우려 든 것이다. 책읽기는 내가 할 수 있는 유일한 오락이요, 취미요, 문화 활동이었다. 다행히도 그것은 내 적성에 맞는 놀이었다. 소설 읽기였기 때문이다.

문제는 읽을 책이 모자란다는 데 있었다. 식민지인 데다가 전쟁 중이어서 40년대에는 출판된 소설이 많지 않았다. 우리 글로 된 책은 시집도 소설집도 구하기가 어려웠다. 1940년대의 한국에는 단행본이 귀했다. 한국문학전집은 아예 없었다. 세계문학전집은 더 더욱 없었다.

그래서 해방이 되었는데도 나와 우리 친구들은 일본어로 된 책을 읽을 수밖에 없었다. 우리는 세계문학전집도 일역 판으로 읽은 세대다. 한글판 세계문학전집은 60년대에 가서야 나왔기 때문이다. 그러니 우리나라 작가들의 작품보다는 일본 소설을 많이 읽게 되었다. 구하기가 쉬웠기 때문이다. 하지만, 우리가 정말로 많이 읽은 작품은 거의가 다 일역 판 세계문학전집에 들어 있던 소설들이다.

1) 이상李箱의 명 수필 '권태'에 나오는 장면이다.

일역 판 세계문학전집은 한국의 중·상층 가정에서도 가지고 있는 집이 꽤 있어서, 빌리기가 쉬웠다. 일본 사람들이 두고 간 책도 많았다. 모든 나라의 난민들이 제일 먼저 책을 버리고 떠나듯이, 일본 사람들도 한국에서 떠날 때 책을 거의 다 두고 갔다. 헌 책방에도 일본 책이 많이 있다고 했다. 하지만 피난민인 우리는 헌 책방이 어디 있는지도 몰랐고, 헌 책이나마 살 돈도 없었다. 그래서 책은 주로 빌려다 읽었다.

열심히 찾으면 읽을 만한 분량은 확보할 수 있었다. 경기여고에는 중 · 상층 출신이 많기 때문에 대부분의 학생들이 집에 문학 서적 얼마씩은 가지고 있었다. 우리 집에도 일본 사람들이 두고 간 책이 좀 있었다. 그 책들이 우리의 독서 자산이었다. 우리 반에는 나와 비슷한 독서광들이 많았다. 독서광이 아니라도 할 수 있는 오락이 그것밖에 없던 때였으니까 우리 친구들은 거의 모두 책에 환장해 있었다. 책 중에서도 소설책이 인기였다. '필요는 발명의 어머니'라고 한다. 우리의 독서에 대한 열망은 자연스럽게 책을 공유하는 시스템을 만들어 냈다. 독서클럽을 만들고, 동참하고 싶은 아이들은 자기 집에 있는 책을 모두 등록하게 했다. 그래서 서로 바꿔 가면서 읽는 일을 시작한 것이다.

책을 빌리고 싶은 아이들은 대기번호를 받는다. 지망자가 많아서 빌릴 수 있는 기간은 하루로 한정했다. 반의 절반이 넘는 아이들이 거기 참여했으니까 책 한 권을 원하는 아이들이 다 읽으려면 여러 달이 걸렸다. 끝나면 책은 주인에게 돌아가는데, 그 무렵이면 책은 이미 너덜너덜해져 있다. 서로 그런 희생을 감수하면서 공생의 길을 찾은 것이다.

이렇게 해서 우리 반에는 서큘레이션 라이브러리 비슷한 것이 생겨났다. 누가 주동했고 누가 관리했는지는 모르지만 책 돌려 읽기가 자리를 잡았다. 이따금 다른 반 친구들이 끼는 일도 있을 정도였다. 리더도 없는데 독서클럽은 아주 잘 돌아갔다. 모범생들이 많아서 멤버들이 규칙을 잘 지켰기 때문이다. 문제는 하루라는 시한時限이다. 그 책들은 하루 만에 읽을 수 있는 분량이 아니다. 하루 만에 읽어서는 안 되는 책들이기도 하다. 하지만 하루밖에 없으니까 줄거리만 추려 건성건성 읽는 나쁜 독서법이 생겨났다. 오락으로서의 책읽기였다고 할 수 있다.

그런데도 많은 작품들이 우리를 감동시켰다. 이가 부실한 노인들이 대충 씹고 먹어도 더러는 소화가 되는 것과 같은 이치였을 것이다. "이차돈의 죽음死"(이광수), "사랑"(이광수), "순애보"(박계주), "테스"(토마스 하디), "임멘 호수"(테오도르 슈토름), "엉클 톰스 케빈"(해리엇 비처 스토), "바람과 함께 사라지다"(마가렛 미첼) 같은 소설들은 1학년 학생들을 자지러지게 만들던 작품들이다. 친구들도 나처럼 생전 처음 소설을 읽어 보는 독자들이어서, 모두들 소설 읽는 재미에 중독되어 갔다.

하루밖에 못 보니까 제대로 읽고 싶으면 결석을 하는 수밖에 없다. 중2 때에 "보물섬"을 빌려 왔는데, 빨리 읽으려고 밥 먹을 때도 들고 있었더니 먹은 것이 꽉 체해서 많이 아팠다. 열이 나고 설사가 너무 심해서 다음 날 학교에 가기 어려운 지경이 된 것이다. 몸이 그렇게 아픈데 문득 내일 학교에 못 가면 그 책을 하루 더 읽을 수 있겠다는 생각이 영감처럼 떠올랐다. 그러자 병이 행운같이 느껴졌다. 그래서 다음부터는 꼭 다 읽고 싶은 책이 있으면, 꾀병을 앓아서 하루를 더 버는 비상수단을 쓰기도 했다.

하지만 자주 결석할 수는 없으니까, 읽을 시간이 모자라면 수업 중에 소설을 읽는 수밖에 없다. 나는 싫어하는 시간에는 책상 밑에 소설을 숨겨 놓고 읽었다. 한번은 재봉 시간에 선생님이 자습을 시키고 잠깐 나간 일이 있다. 옳다구나 하고 그날 빌린 오자키 시로[2)]의 "인생극장"을 내 놓고 읽기 시작했다.

그러다가 들켜서 책을 압수당했다. 남의 책을 빼앗겼으니 일이 복잡해졌다. 대신 사 줄 수도 없는 책이어서 난감했던 기억이 아직도 새롭다. 그렇게 혼이 났는데도 수업 시간에 소설 읽는 버릇은 버릴 수 없었다. 하루 만에 다 읽으려면 그렇게라도 하는 수밖에 없기 때문이다.

책을 골라 읽는 것이 아니라 손에 들어오는 순서대로 읽는 거니까, 책의 장르가 뒤죽박죽으로 섞인다. 오늘은 "찔레꽃"을, 내일은 "부활"을 읽는 식이다. 하지만 1학년 때 가장 많이 읽은 것은 역시 재미가 있고 쉬운 대중소설이었다. 우리는 오락으로 책읽기를 시작했기 때문이다. 대중소설 책은 그 시절에도 우리나라 책이 더러 나와 있었다. 잘 팔리기 때문이었을 것이다.

그 무렵에는 대중소설만 쓰는 전문 작가들이 있었다. 김내성[3]이 그 첫 주자였다. 그가 "몽테크리스토 백작"을 번안해서 "진주탑"이라는 소설을 냈는데, 우리는 그 소설에 열광했다. 라디오에서도 매일 1회분씩 읽어 주었던 것 같다. 김내성에게는 "마인魔人"이라는 소설도 있고 "마도魔都의 향불"이라는 소설도 있었다. 우리는 그것들도 모두 돌려 가면서 읽었다. 마분지 같은 종이에 스테이플러로 묶은 엉성한 제본이었지만, 마다하지 않았다. 책을 살 수 없으니까 손에 들어오는 것은 다 읽는 것이 그때 우리들의 독서법이었다. 그 무렵에 읽은 대중소설에는 김말봉[4]의 "찔레꽃"도 들어 있었다.

대중소설 다음이 역사소설과 신문소설이었다. 이광수의 "이차돈의 죽음

---

2) 尾崎士郎(1898~1964), 일본소설가. 그의 "인생극장" 시리즈는 당대의 베스트셀러였으며, 그 중에서도 '청춘편' 이 유명하다.

3) 金來成(1909~1957), 대중소설 작가. "마인"(1939), "진주탑"(1947), "청춘극장"(1949) 등이 유명하다.

4) 金末峯(1902~1962), 대중소설 작가. 일본 도시샤同志社대학 영문과 출신. "밀림密林"(1937)으로 데뷔, 대표작으로 "찔레꽃"이 있다.

死"(1937), "단종애사"(1930), "사랑"(1939), "흙"(1933) 같은 소설들을 열심히 읽었다. 김동인의 "운현궁의 봄"(1938)과 "젊은 그들"(1941), 박종화의 "금삼錦衫의 피"(1938), 박계주의 "순애보"(1939) 같은 소설이 그 무렵에 우리 반에서 돌려 읽던 인기 소설들이다. "금삼의 피"와 "순애보"는 새언니가 산 것을 빌려서 돌려 가며 읽었던 것 같기도 하다.

일본 소설에서도 대중소설을 많이 읽었다. "금색야차金色夜叉" 다음에는 기쿠치 간[5]을 읽었고, 에드가 알란 포의 이름을 따서 필명으로 삼은 에도가와 란포[6]라는 작가의 탐정소설을 많이 읽었다. 너무 재미가 있어서 밤을 새워가며 읽은 것이다. 대학을 졸업한 후에 선배언니 하나가 연하의 남자와 데이트를 했는데, 상대방이 기쿠치 간을 모르는 것을 알고 교제를 그만두었다는 말을 들었다. 말이 통하지 않아 사귈 수 없었다는 것이다. 그 정도로 일본 대중소설들이 인기가 있었다. 하지만 대중소설들을 열심히 읽다가 보니 어느새 야마모토 유조[7]의 "파도波", 나츠메 소세키[8]의 "道草(길에서 한눈팔기)"와 "봇짱(도련님)", 다니자키 준이치로[9]의 "치인癡人의 사랑" 등으로 독서의 질이 높아져 있었다. 좋은 소설을 알아보는 안목이 생겨나기 시작한 것이다.

미국이나 유럽의 소설과 러시아 소설들은 세계문학전집의 일역 본을 통해서 받아들였기 때문에 대중소설은 별로 읽지 않았다. 지금도 생각나는 것은 드라마틱한 행동소설들이다. "톰 소여의 모험"에서 시작해서 "톰 아저씨의 오두

5) 菊池寬(1888~1948), 대중소설 작가. '문예춘추'를 만들고, 개천상芥川賞 등을 창설한 문인이다.
6) 江戶川亂步(1894~1965), 에드가 알란 포의 이름을 본떠서 필명을 만든 일본의 추리소설 작가.
7) 山本有三(1887~1974), 소설가, 극작가. "파도", "여자의 일생", "노방路傍의 돌" 등이 있다.
8) 夏目漱石(1867~1916), 영국 유학 후 동경대 교수를 역임한 영문학자이며, 명치시대를 대표하는 소설가. "나는 고양이로소이다"(1905) 외 20여 권의 소설이 있다.
9) 谷崎潤一郎(1886~1965), 일본의 탐미파 작가. "치인癡人의 사랑"(1925), "瘋癲老人日記", "春琴抄"(1933) 등이 유명하다.

막", "바람과 함께 사라지다" 같은 쉽고 재미있는 미국 소설들을 많이 읽었다.

영국의 소설 중에서는 "베니 하코베"[10]와 홀 케인[11]의 "영원의 수도"라는 소설이 재미있었다. 홀 케인의 것은 교황의 사생아를 다룬 소설이었다. 인물 설정이 기발하고 줄거리가 파란만장하여 어찌나 재미있었는지 밤을 꼬빡 새운 기억이 난다.

"베니 하코베"는 프랑스혁명 당시에 위기에 처한 프랑스 귀족들을 영국으로 빼돌리는 일을 하는 비밀결사의 이야기인데, 역시 스릴이 있고 재미가 있었다. 몇 해 전에 동기들과 나오지마에 갔다가 동경에 들러서 여류가극단 다카라즈카의 '스칼렛 핌퍼넬'을 본 일이 있다. 뜻밖에도 내용이 우리가 일역본으로 읽었던 "베니 하코베"와 같았다. 원작에는 주인공이 남자인데, 거기서는 남장한 귀족부인으로 각색되어 있었다.

고등학교에 올라가 도스토예프스키의 "카라마조프가의 형제들"과 "어느 지하 생활자의 수기"를 읽고 나니, 다시는 대중소설을 읽고 싶지 않아졌다. 시간이 너무 아까웠던 것이다. 골동취미를 가진 어떤 회장님이 처음 컬렉션을 시작할 때, 가져오는 물건은 무조건 다 사 주었다는 이야기를 들었다. 그랬더니 물건이 사방에서 모여드는데, 그 과정에서 자기에게 감식안鑑識眼이 생겨서 진품을 골라낼 수 있게 되더라는 것이다. 독서도 마찬가지다. 보는 눈이 저절로 생길 때까지 아무 거나 읽게 놓아두면 된다. 저절로 시간이 아깝다는 생각이 들어 대중물은 안 읽게 되는 날이 온다는 것을 체험을 통해 알게 되었기

---

10) 영국의 남작부인 엠마 오르치E.Baroness Oreczy(1865~1947)의 장편소설 "스칼렛 핌퍼넬The Scarlet Pimpernel"의 일본 이름이 "紅搬ベ"이다. 우리나라에서는 "빨간 별꽃"으로 번역되었다. 프랑스혁명 때 파리의 귀족들을 돕는 영국의 비밀결사의 활동을 그린 소설인데, 그 결사의 이름이 '빨간 별꽃'이었다. 'Scarlet Pimpernel'이라는 뮤지컬로도 유명하다.

11) T. H. Hall Caine(1853~1931), 영국의 통속소설가, 시인, 극작가.

때문이다.

고등학교에 올라가자 단짝인 형순이가 변호사인 이모부의 서재에서 책을 빌려 오기 시작했다. 친한 친구 셋이 3인조가 되어 은밀히 그 책을 돌려 읽었다. 책이 낡아진다고 이모가 3인으로 인원을 제한했기 때문에 범위를 넓힐 수 없었다. 그러자 기한에 여유가 생겼다. 주말이라야 이모집에 가니까 일인당 이틀은 확보된다. 때로는 한 주를 거르기도 하니 책을 제대로 읽을 시간이 있었다.

그 집에는 세계문학전집도 있었다. 그래서 "신곡神曲"을 빌려 가지고 전주의 오빠집에 갔다. 그런데 마루에 누워 매일 씨름을 해도 영 읽혀지지 않았다. 본문보다 주석註釋이 더 많은 데다가 너무 재미가 없어서 뒤적이다가 해설만 읽고 그만두었다. 지옥, 연옥, 천당, Inferno, Purgatorio, Paradiso라는 이태리어의 단어 셋을 알게 되었고, 천국 안내자는 시인이 아니라 베아트리체라는 것만 머리에 남았다. "죄와 벌"도 재미가 없어서 읽고 싶지 않던 소설 중의 하나였다.

같은 작가의 작품인데도 "카라마조프가의 형제들"는 달랐다. 단숨에 읽혀졌을 뿐 아니라 그 책을 통하여 키가 한 뼘이나 커진 것 같은 느낌이 들 정도로 얻은 것이 많았다. "어느 지하 생활자의 수기"도 감동적이었다. 그래서 "가난한 사람들"과 "죄와 벌"을 다시 빌려다 읽었다. 도스토예프스키는 빚쟁이가 지키고 있어서 추고를 하지 못했다. 그래서 초심자들이 접근하기에는 문장이 덜 매력적이었는데, 카라마조프 때는 빚 갚기가 끝나서 추고를 할 수 있었다고 했던 것 같다. 중3 때 오빠가 해설을 읽어야 내용을 이해하는데 도움이 된다고 일러 주셨다. 그래서 다음부터는 읽기 전에 한 번, 읽은 후에 한 번씩 해설을 읽고, 감동받은 부분은 노트에 옮겨 적기 시작했다. 본격적인 독서가 시작된 것이다.

1950년대에 읽었던 일역 본 세계문학전집.

톨스토이는 도스토예프스키보다 훨씬 접근이 쉬웠다. 문장이 잘 다듬어져 있는 데다가 내용이 재미있었기 때문이다. "부활", "안나 카레니나" 같은 것을 먼저 읽었기 때문에 "전쟁과 평화", "세바스토폴 이야기" 같은 작품도 쉽게 접근할 수 있었다. 우리 집에는 "이반 데니소비치의 하루"가 있었는데, 재미없을 것 같아서 읽지 않았다. 투루게네프의 "처녀지", "아버지와 아들", 고골리의 "타라스 불리바", 메리메의 "마테오 팔코네" 등도 정신없이 읽은 소설들이다.

"진주탑"으로 시작된 프랑스 소설 읽기는 모파상의 "목걸이", "비계 덩어리"를 거쳐 "보바리 부인"으로 이어졌다. "레미제라블"은 중학교 때 읽었고, 지드의 "전원교향악"은 작문 선생이 이야기를 해 주신 후에 찾아 읽었다. 형순이 이모네 책은 문학을 좋아한 지성인이 손수 골라서 산 것들이어서 우리의 독서의 질도 많이 높아졌다. 빈곤 속의 풍요였다고 할 수 있다.

나는 중1 때부터 책 운이 좋았다. 책을 가진 친구들이 많았기 때문에 서큘레이션 라이브러리가 가능했던 것이다. 그리고 형순이 이모의 서재가 있었다. 또 오빠가 있었다. 전북대 교수였던 오빠는 방학마다 내가 내려가면, 읽고 싶은 책은 거의 다 구해 주셨다. 군산에 피난 갔을 때는 오빠를 통해서 보들레르와 서정주를 알게 되었고, 대학생이었던 전주 시절에는 사르트르의 "자유의 길", 카뮈의 "이방인", 이시하라 신타로石原愼太郎의 "태양의 계절" 같은 것을 읽을 수 있었다.

오빠집에는 여름이면 바구미가 생긴 쌀을 널어놓는 큰 방이 있었다. 책을 읽는 것을 방해 받고 싶지 않을 때면 나는 그 방에 들어가서, 벌레가 나온다고 겁을 주어 조카들을 따돌렸다. 지금은 목사가 된 셋째 조카가 벌레를 '범미'라고 부르면서, 무서워서 뒤뚝거리며 도망가던 모습이 지금도 눈에 선하다.

6·25 때도 이웃에 문학 애호가의 집이 있어서 독서를 마음껏 할 수 있었

다. 집을 지키는 할머니가 낮잠을 주무시는 틈을 타서 책을 한 권씩 몰래 빼다가 읽고, 다음 날 같은 시간에 몰래 돌려주는 식으로 도둑 독서를 했다. 시한이 하루였던 빌린 책을 읽었을 때처럼, 할머니에게 들킬까 봐 집중해서 빨리 읽을 수 있었다. 거기에서 나는 처음으로 모윤숙, 노천명의 시집들과 최정희의 작품을 볼 수 있었고, 황순원의 '목넘이 마을의 개'(1948), 김동리의 '황토기'(1949) 등 우리나라 현대문학의 대표작들을 만났다.

대학에 들어가니 이어령 씨가 빌려 오는 책을 같이 읽는 행운이 기다리고 있었다. 원서들을 구해다 읽은 일도 자주 있었는데, 앙드레 말로[12)]의 "왕도王道"는 어려워서 도로 돌려주었던 생각이 난다. 궁핍의 시대를 살면서도 책들 덕분에 얼마나 풍성한 젊음을 보냈는가를 생각하면 그 모든 책들에 감사하는 마음이 된다. 그건 결핍이 낳은 보너스다. 지금처럼 놀이 도구들이 풍성하면 누가 그렇게 미친 듯이 아무 책이나 읽고 있겠는가?

지금은 책 복이 절정에 달해 있다. 일주일에 한 번쯤 영인문학관 서고에 가면 내가 읽어야 할 책들이 가득하다. 이범준 씨가 암 투병을 할 때, 나는 그녀에게 책을 빌려 주는 일을 했다. 깨끗이 싸서 읽고 제때에 꼬박꼬박 돌려주니 문제가 없었다. 친구의 마지막 날에 그 책들을 보낼 수 있어서 위로가 되었다. 문학관에 여유가 생겨 사서司書를 둘 수 있으면, 우리 책들을 필요한 사람에게 빌려 주고 싶은 것이 나의 마지막 꿈이다.

하지만 지금은 책이 너무 흔해서 어떤 책을 만나도 중1 때와 같은 감동이 없다. 오랜 기다림 끝에 읽고 싶은 책이 드디어 내 손에 들어왔을 때의, 그 부자가 된 듯한 충족감 말이다.

12) Andre Malraux(1901~1976), 20세기 프랑스의 소설가. "왕도"(1930), "인간의 조건"으로 공쿠르상 수상. "희망"(1937) 등의 작품이 있다. 드골 정권에서 문화부 장관을 역임했다.

그냥 외국어로서의 일본어

초등학교 6학년 때부터 어른용 일본 책들을 읽었지만, 그렇다고 독서가 가능할 만큼 일어 실력이 있었던 것은 아니었다. 기껏해야 시골 소학교 6학년의 독해력이었으니까, 막상 책을 구해도 어학이 달려서 이해하기 어려운 때가 많았다. 일본판 소설에는 모르는 단어들이 너무 많았기 때문이다. 그런데 우리에게는 사전이 없었다. 물어볼 선생도 없었다. 그러니까 모르는 낱말이 나오면 그냥 건너뛰면서 읽는다. 뜻이 절반 정도밖에 전달이 되지 않는 일어 소설들을 활자 중독증 환자처럼 맹목적으로 읽는 것이, 그 무렵의 나의 독서법이었다.

1945년 11월에 월남해서, 서울에서 처음으로 소설을 읽었다. 일본 사람이 두고 간 오자키 고요의 "金色夜叉"[13]였다. 그런데 '야차'라는 한자를 몰라서 '夜叉'를 '夜又'로 읽었다. '야샤'를 내 식으로 발음해서 '요마다'라고 했으니 누구에게 물어본들 제대로 된 답이 나올 리가 없다. 발음만 틀린 것이 아니다. 뜻도 몰랐다. 우리말로도 '야차'라는 단어를 모를 때였던 것이다.

'이수일과 심순애' 이야기의 원본이니까 내용은 대충 짐작이 갔다. 나는 그 책의 내용으로 만든 '아타미노 가이간 산보스루 캉이치 오미야노 후타리쯔레'(아타미 해안을 산보하는 강이치, 오미야 양인兩人이로다)라는 노래를 전부터 알고 있었다. 배경을 대동강 부벽루로 바꾸고 사람을 이수일과 심순애로 바꾼, 번안된 우리 노래도 알고 있었다. 돈 때문에 사랑을 버리는 여자가 '당신을 양행洋行을 시키기 위해'라고 이상한 변명을 하면, 남자가 '사랑하는 아내

---

13) 명치시대의 소설가 尾崎紅葉(1867~1903)가 쓴 "金色夜叉"는 1897년에서 1902년에 걸쳐 요미우리신문에 발표된 연작 장편소설. 명치시대 최대의 베스트셀러로 전 5권으로 구성되어 있다.

를 돈과 바꾸어 양행을 하러 갈 내가 아니다'라고 오기를 부리는 이야기다. 마지막으로 남자가 결연하게 말한다. "내년의 이 달의 이 밤의 이 달을 내 눈물로 흐리게 만들어 보이겠다"고. 대체로 유치한 내용이다. 연인과 아내를 구별 못하는 걸 보니 '연애'라는 말은 그 당시에는 일본에서도 소화불량이 되고 있었던 모양이다.

개화된 지 얼마 되지 않은 때라, 일본에서도 돈과 사랑을 바꾸는 이야기를 드러내 놓고 하는 것이 낯이 설어서 아마 여자를 '금색야차'라고 부른 모양이다. 그런데 그 소설에는 야차 같은 여자는 나오지 않는다. '당신을 양행을 시키기 위해' 결혼한다고 했다가, 금세 '부모의 가르침에 순종하야서'라고 말을 바꾸는 어수룩한 계산가가 있을 뿐이다. 그래서 다 읽고 나도 '야차'가 무슨 뜻인지 짐작할 수도 없었다. 그런대로 씹지도 않고 마구 삼켰더니 소화불량이 되어서 며칠 동안 속이 부글거렸다.

하지만, 서툰 일본어 실력으로 소설 한 권을 끝까지 다 읽었다는 사실은 자신에게 훈장을 주고 싶을 정도로 대견해 보이는 일이었다. 만화나 동화가 아니면 '쇼넹구라부'[14]밖에 읽은 일이 없는 내가 문학작품을 혼자 독파한 것은 처음이었기 때문이다. 더구나 일본어 책을 말이다.

그 다음에 뜻을 몰라서 애 먹은 단어는 톨스토이의 "부활"에 나오는 '야브니라미'라는 어휘였다. 일본 사람들은 사팔뜨기를 '야브니라미'라고 한다. 한자로는 '藪睨み'다. '야브(덤불)와 니라미(눈 흘기는 것)'는 알겠는데, 그 둘이 합치면 무엇이 되는지 짐작을 할 수 없었다. 더구나 그것이 여자의 눈을 묘사한 말이니 더 황당했다. 어떤 눈인지 짐작할 수 없었기 때문이다.

---

14) 少年俱樂部, 1940년대에 일본에서 나온 소년잡지의 이름. 俱樂部는 일본 음으로는 '구라부'여서 영어 'club'의 차자借字, 일본에는 지금도 '구라부' 자가 붙은 잡지가 많다.

톨스토이는 "부활"에서 카츄사라는 여자를, 사팔눈, 큰 키, 삼각형으로 접어 목 밑에서 매는 마후라 등을 통하여 개별화했다. 그런데 사팔뜨기라는 긴요한 낱말을 모르니 이미지가 영 떠오르지 않았다. 나중에 영화에서 보니까 카츄사 역의 클라라 부룸은 너무 체구가 크고 튼실했다. 어지간한 남자는 때려눕힐 것 같은 체구였다. 사팔뜨기도 아닌 것 같았다. 내가 그 책에서 받아들인 카츄사의 이미지는, 테스처럼 환경의 희생양 타입이어서, 이미지가 맞지 않았다. 그래서 카츄사의 이미지는 지금도 애매하다. 아마 내가 인물 묘사를 잘못 읽은 모양이다.

그렇게 모르는 단어들이 많은데, 나는 책 읽는 데 미쳐 있는 활자 중독자였으니까, 모르면 모르는 대로 그냥 계속 밀고 나갔다. 씹지 않고 삼키는 식의 야만적인 독서법이었다. 그런데 그런 것도 오래 계속하니 어학 실력이 조금씩 늘어 갔다. 문맥을 통해서 많은 단어의 의미를 혼자 터득하게 된 것이다. 그렇게 알게 된 단어들은 뉘앙스도 정확하게 파악되고, 다시는 잊혀지지 않는 이점이 있었다. 일본에서는 소설에서 한자어에 훈訓으로 토를 달아 놓기 때문에[15] 단어 학습 진도가 빨랐다. 그렇게 6년간 계속했더니 대학에 들어갈 무렵에는 일본 책을 자유롭게 읽을 수 있는 실력이 쌓아졌다. 우리나라 책이 없어서 할 수 없이 읽은 일어 책인데, 해방된 후에 오히려 일어 실력이 느는 아이러니가 생겨난 것이다.

한 언어를 안다는 것은 한 문화를 아는 길이라고 누군가가 말한 생각이 난다. 침략자의 언어라는 편견을 버리고, 요즘 일본학자들처럼 일본어를 그냥 평범한 외국어로 생각하면, 외국어 하나를 중·고등 과정에서 그 정도로

15) 한자에 작은 글씨의 가나로 토를 다는 것을 루비 가나라고 했다. 가로쓰기에서는 위에, 세로쓰기에서는 오른편에 토를 단다. 토는 訓으로 다니까 소설문장이 언문일치가 이루어진다.

익혀 놓는 건, 비교문학을 연구하는 교수에게는 아주 긴요한 자산이다.

우리나라의 근대문학은 유럽의 것을 일본을 통해 받아들여 형성되었기 때문에, 일제시대의 것은 일본문학을 모르면 한국문학을 이해할 수 없는 대목이 많다. 유럽과 일본문학을 함께 연구해야 우리나라 문학의 특성이 드러나기 때문에, 한국의 현대문학 연구는 3국을 비교 연구하는 것이 필수적이다. 우리 세대는 일어를 그런 식으로라도 마스터 했기 때문에, 제2 외국어만 하면 3국 연구가 가능했다.

내가 프랑스, 일본과 한국을 비교 연구하는 "자연주의 문학론"을 쓸 수 있었던 것은 일어를 자유롭게 읽을 수 있었기에 가능했던 일이다. 대학에서 불문학을 부전공으로 공부했으니까 번역본이 없는 졸라의 소설들은, 더듬거리면서라도 원문으로 읽을 수 있었고, 일어는 자유로우니 3국 비교 연구가 쉬웠던 것이다. 중학교 때부터 외국 소설의 일역 판과 일본 소설들을 닥치는 대로 읽은 것도 큰 보탬이 되었다. 논문집 한 권을 쓰기 위해 일부러 그렇게 많은 소설을 읽는 것은 어려운 일이기 때문이다.

"자연주의 문학론"을 발표하고 30년이 지났는데, 아무도 내 연구를 잇는 작업에 엄두를 내지 않았다. 범위가 너무 넓은데, 생색은 나지 않는 분야니까, 두 나라의 외국어를 마스터 하는 노고까지 감수하면서 그런 연구를 하고 싶지 않은 모양이다. 그런데 자연주의는 프랑스와 일본, 한국의 비교 연구가 필수적이다. 자연주의는 프랑스가 종주국인데, 일본에서는 그것이 너무 왜곡되어서 전혀 성격이 다른 것이 되고 말았기 때문이다. 그러니 두 개의 다른 자연주의가 한국에 들어온 것이다. 염상섭은 일본 자연주의만 자연주의로 보고 자신의 '표본실의 청개구리'를 자연주의의 효시하고 주장했다. 일본은 사소설만이 순수소설로 간주되는 이상한 나라다. 그런데 일본식 사소설이 자연주의에서 시작된다. 지식인의 내면을 처음으로 그린 사소설을 쓴 염상섭이 '표본실의 청개구리'를 자연주의 작품이라고 우긴 이유가 거기에 있다. 김동인은 프랑스에서 물질주의적 인간관을 받아들였으니까 염상섭과 김동인의 자연주의는 많이 다르다. 그 둘을 합쳐서 자연주의의 한국적 양상을 찾아내야 하는데, 아직도 그 일이 이루어지지 않아서, 우리 학생들은 지금도 '표본실의 청개구리'를 그냥 자연주의라고 배우고 있다.

우리의 소녀 시절에는 삶을 풍요롭게 만들 수 있는 많은 것들이 결핍되어 있었다. 우리는 한가한 시간에 게임을 할 수도 없었고, 친구에게 문자 메시지를 보낼 수도 없었고, 이어폰을 끼고 음악을 들을 수도 없었고, 교보문고에 가서 쪼그리고 앉아 책을 읽을 수도 없었고, 주전부리를 하며 올레길에서 친구와 노닥거릴 수도 없었고, 자전거를 타고 한강 둔치를 시원한 바람을 쏘이며 돌아볼 수도 없었다. 그래서 우리는 책을 읽었다. 그 궁핍의 시대 한구석에 책들이 있어서 우리의 소녀 시절은 가난하지 않았다. 뿌리 내릴 땅이 없으면 하늘을 향해 뿌리를 뻗는 풍란처럼, 우리는 그 궁핍 속에서 문학의 세계에 뿌리를 뻗은 행운의 아이들이다.

먼저 떠난 친구들

원효로 가는 전차에서 만난 도토리—이범준(정치학 박사)

어렸을 적에 우리는 범준이를 '도토리'라고 불렀다. 어느 곳 하나 빈 구석이 없는 탱탱한 얼굴과, 아담한 몸매, 매사를 끊고 맺듯이 처리하는 깔끔한 성품 등에서 온 애칭이다. 나는 그 귀여운 도토리를 원효로로 가는 전차 안에서 만났다. 열다섯 살 때의 일이다.

우리 집 이웃에 최영자라는 꼬마가 살고 있었는데, 그 아이가 내게 범준이를 소개해 주었다. 범준이네 집은 원효로 1가에 있었고, 우리 집은 2가에 있었는데, 영자네 집은 그 중간에 있어서, 우리는 언제나 같이 귀가하게 되었다. 시험공부나 숙제도 같이 하는 일이 많았다. 범준이네 집과 우리 집은 가족 구성이 비슷했다. 오빠 하나에 딸이 많고, 조카와 올케까지 한집에서 사는 대가족이어서 늘 시끌벅적했다. 그런데 영자네 집은 영자 남매를 공부시키려고 장만한 집이라 조용하니까 우리는 시험공부를 그 집에서 하곤 했다.

같이 공부한다고 해도 공부하는 모습은 서로 다르다. 모범생인 범준이는 눈을 꼭 감고 일사불란하게 모든 과목을 고루 외우기 시작한다. 그런데 나는 싫은 과목이 나오면 곧잘 영자를 붙잡고 수다를 떨었다. 피난 온 지 얼마 안 된 시기여서 안정을 잃은 상태였던 데다가, 남동생이 죽어 허무감에 시달리고 있던 나는 그때 이미 애늙은이여서, 이따위 남의 땅 이름 같은 거 외워서 뭐하나 싶으면 그냥 그 공부를 집어치우고 말았다.

하지만 영자와 나의 수다가 범준이의 공부를 방해하는 일은 거의 없었다. 그녀는 그때 이미 '아는 것은 힘이다'라는 어른스러운 모토를 확립한 도토리였기 때문에, 환경의 영향 같은 것은 별로 받지 않았다. 전차 안에서 'knowledge is power!'라고 말하던 야무진 입매가 지금도 눈에 선하다. 그러나 밤참을 먹는 시간이 되면, 우리는 모두 별 수 없이 열다섯 살짜리 계집아이로 돌아간다. 영자네 일본식 부엌에 들어가 김치를 썰어 넣고 찬밥을 볶으면서 킬킬거리던 시간의 즐거웠던 기억이 아직도 생생하다.

우리는 서로 너무 닮은 데가 없어서 싸울 일이 없는 이색조화異色調和의 관계였다. 서로 원하는 것이 달랐기 때문이다. 이범준은 내가 가진 것을 부러워하지 않았고, 나는 그녀가 원하는 것을 부러워하지 않았으니, 우리는 라이벌이 될 수 없었다. 범준이는 승벽勝癖이 강한 성격이지만, 나를 만나면 무장해제가 된다. 겨룰 것이 없기 때문이다. 그래서 부딪힐 일도 없었다. 우리는 반세기 동안 사이좋게 지냈다. 내게 어려운 일이 생기면, 그녀는 옆에 와서 손을 잡아 주었고, 그녀가 아이를 잃으면 나는 팥죽을 쒀다 주었다.

원효로 시절의 일로 특별히 기억에 남는 것은 범준이와 내가 극장에 간 사건이다. 그녀는 도토리답게 융통성이 없는 모범생이었고, 나도 융통성 같은 것은 별로 없는 성격인데, 어느 날 우리는 감히 교칙을 어기고 극장에 갈 생각을 해냈다. 순전히 언니들 때문이다. 우리가 융통성이 없는 데 비하면 두 집 언니들은 모두 사교적이고 외향적이었다. 밖에서 신기한 것을 보고 오면, 거기에 살을 붙이고 양념을 쳐서 재미있게 이야기하는 우리 언니가, 성남극장에서 상영하는 '천자 제1호'라는 중국의 첩보영화를 보고 와서 내게 한참 허풍을 떨었다. 범준이네 언니도 동생에게 같은 짓을 했다. 그래서 우리는 큰맘 먹고 언니들의 옷을 빌려 입고, 별 볼일 없는 중국 첩보영화를 보러 극장에 잠입하는 일탈행위를 저지른 것이다. 그건 우리가 자신의 선택에 의해 들어가 본 최초의 극장이었다. 그래서 영화 내용보다 영화관이 우리를 놀라게 했다. 그런 곳에 교칙을 어기고 숨어든 행위가 갑자기 너무나 엄청나게 느껴져서, 가슴이 방망이질을 하던 일이 생각난다.

그 후 전쟁으로 인해 우리는 1년 동안 헤어져 있었다. 학교는 부산에 갔는데, 나는 군산으로 피난을 갔기 때문이다. 내가 뒤늦게 부산에 가면서 우리는 다시 만났다. 6년 만에 처음으로 한반이 된 것이다. 하지만 전공이 다른 데다가 그녀는 따로 과외를 받고 있어서, 입시공부를 같이하진 않았다. 그녀는 곧 미국으로 유학을 떠나, 13년간 거기 있었으니까, 풍문에 들려오는 소식을 이따금 들었을 뿐 서로 만나지는 못했다.

그러다가 1965년에 범준이가 학위를 받고 돌아오자 우리는 다시 가까워졌다. 그녀는 우리 남편과 이화여대에 같이 있게 되었고, 나는 그녀의 남편이 있던 국민대에 출강하면서 틈나는 대로 가족끼리 모여 노는 사이가 되었던 것이다. 우리 딸과 그 집 아들이 한 살 터울이고, 둘째 아이들은 동갑이어서,

아이들끼리도 잘 어울렸다. 남편들도 죽이 잘 맞아서, 휴일이나 휴가를 같이 보내는 일이 많았다. 그 무렵에 강원용 목사님이 아카데미 하우스에서 친지들의 가족 모임을 정기적으로 열어 주신 것이 우리가 더 자주 만나게 되는 기회가 되었다. 아카데미 하우스 뜰에서 두 집의 다섯 아이들이 희희낙락하며 놀던 모습이 눈에 선하다.

그러다가 그 중의 하나가 이승을 떠나는 비극을 겪게 되었다. 범준이네 딸이 뇌암에 걸린 것이다. 워낙 멋쟁이인 범준이는 딸과 같은 옷을 맞춰 입고 다니기를 좋아했다. 그렇게 즐기던 그녀의 모녀 쌍둥이 패션은 딸이 입원을 하면서 막을 내렸다. 치료를 위해 딸아이의 머리를 깎으면서 울부짖던 일, 마지막 날에 관 뚜껑을 닫으면서 통곡하던 일, 박정수 씨가 아이가 들을까 봐 수돗물을 틀어 놓고 가슴을 치며 울던 일들을 생각하면, 아직도 가슴이 아프다. 그 아이를 잃고 나서 우리의 가족 모임은 사라졌다. 동갑인 우리 아이가 커 가는 것을 볼 때마다 범준이가 가슴이 아플 것 같아서 어른끼리만 모였던 것이다.

그 다음에 떠오르는 것은 범준이가 국회의원에 당선되었을 때의 모습이다. 남편이 전공이 같은 정치학자이고, 같은 국회의원 지망생인데, 자기가 먼저 국회에 들어가게 되었을 때, 그녀는 참 현명하게 처신했다. 혹시나 남편이 언짢아할까 봐 그가 귀가하면 그녀는 슬그머니 전화 코드를 뽑아 놓았다. 축하 화분도 눈에 보이지 않게 베란다에 내 놓았다. 날씨가 추워서 꽃이 얼어 버려, 보낸 분들에게 미안해서 혼났다는 이야기를 들은 일이 있다. 그러다가 남편에게 바통을 넘기고 자기는 미련 없이 대학으로 돌아갔다.

지난 총선 기간에 만났을 때 나는 그녀에게 유세를 하고 다니느라고 바쁘겠다고 말했다. 그녀는 아무도 자기에게 그런 걸 시키는 사람이 없으니 걱정하지 않아도 된다고 대답했다. 좀 어이가 없었다. 그녀는 지원 유세를 할 가장

—

교정에서 범준이와 함께(1947년).

유망한 인사인데, 입후보자의 아내라서 배제된 것이다. 그것이 한국에서의 남의 아내에 대한 대접이라는 것을 다시 확인하니 입이 썼다.

이번의 경우도 마찬가지다. 그녀는 사실 장관 자격을 갖춘 정치학자인데, 전연 거론조차 되지 않았다. 그녀는 장관 물망에 오른 남자의 아내에 불과했던 것이다. 어느 외교관 부인의 말대로, 사모님의 자리는 남편의 '별책부록'에 불과하다. 힘만 들고 생색은 안 나는 사모님의 자리, 더구나 유난히 힘든 일이 많은 외교통상부 장관의 사모님 자리에 앉은 그녀를 만나기 위해 며칠 전에 철쭉이 만발한 장관 공관에 들렀다.

그날 범준이는 공관을 꾸미느라고 그림을 바꾸고 표구를 다시 하면서 분주하게 일하고 있었다. 그러면서 남편에게 도움이 되는 일을 하는 게 기쁘다는 말을 하는데, 그 모습이 너무나 아름다워 보였다. 원래 범준은 승벽이 강한 야심가다. 늘 일등을 해야 직성이 풀리는 성격인데, 누군가를 돕는 일에 자기를 다 내주고도 아까운 줄 모르다니, 사랑은 참 신비한 묘약이구나 하면서 감탄했다. 꿩이 날아온다는 공관을 뒤로 하고 언덕을 내려오면서, 저런 사랑을 받는 남자는 얼마나 복이 많은가 하고 생각했다. 그리고 고명한 학자이면서 아직도 소녀처럼 아름다운 외교통상부 장관 부인을 가진 것을 우리나라의 복이라고 생각했다.

후기: 1998년 범준이의 '정년퇴임논총'에 쓴 글이다.

다시 20년 가까운 세월이 흘러갔다. 그동안에 범준이는 남편을 잃었고, 자신도 암에 걸려 오랜 투병생활 끝에 저승으로 갔고, 나는 딸을 잃었다. 범준이가 떠난 것은 2011년 7월 14일이다. 암에 걸려 머리가 몇 차례나 빠지고 항암치료가 거듭되는 끔찍한 기간에, 그녀는 한 번도 흐트러진 모습을 보인 일이 없었다. 가발을 얼마나 잘 손질해서 쓰는지 나도 그녀의 병을 잊는 일이 많을 정도였다. 끝까지 이쁜 모습을 지키면서 살아가던 아름다운 친구다. 막바지에 이르러 통증 속에서 허덕이면서도 나를 보면 "민아가…… 민아가……" 하면서 우리 딸을 걱정해 주던 친구. 한쪽 팔이 떨어져 나간 것 같은 공허가 남았다. "민아니?" 하면서 밤마다 걸려오던 전화가 그립다.

영혼 속에 각인된 원풍경原風景의 아름다움—김주상(화가·수필가)

주상이는 내가 중학교 1학년 때에 만난 클래스메이트다. 그 반에는 참 좋은 친구들이 많이 있었다. 오덕주, 오옥신, 양찬집, 박경희, 김주상, 정문희…… 평생의 친구인 그들을 모두 한반에서 만났으니 나는 운이 좋았다.

클래스메이트라 해도 주상이와 경희는 나와는 사이즈가 달랐다. 나는 언제나 앞줄에서 맴도는 꼬마 항렬이어서 작은 애들 하고만 놀았는데, 그들은 맨 뒷자리에 앉아 있었다. 그 중에서도 주상이는 더 컸다. 우리 큰언니보다도 큰 체구여서, 반에서의 거리는 상당히 멀었다. 그런데도 별로 사교적이 아닌 내가 그의 자리까지 자주 찾아가게 된 것은, 몸집처럼 넉넉하고 큰 인품에 끌렸기 때문이다. 속이 깊고, 말수가 적으면서 남을 위해 주는 친구. 어려서부터 그에게는 배려심이 많았다.

주상이와 나는 또 책 속에서 만난 친구이기도 하다. 해방 후의 첫 입학생이었던 우리는 서점도 도서관도 제대로 된 것이 적던 시절에 학교생활을 시작했다. 그래서 친구끼리 각자의 집에 있는 책의 리스트를 만들어 가지고, 순번을 정해서 돌려 가며 읽었다. 주상이와 나는 문학작품을 주고받으면서 자주 만났다. 나는 문학밖에는 취미가 없는데, 주상이는 다양한 재주를 가지고 있었다. 그 중에서도 특히 부러운 것은 그림 그리는 재주였다. 지금도 그녀는 수필을 쓰면서 화가로서도 크게 활약을 하고 있다.

이번에 그녀의 두 번째 수필집을 읽으면서, 수필은 정말 사람 그 자체라는 것을 다시 한번 확인했다. 주상이의 수필에서는, 속이 깊고 말수가 적으면서 늘 남을 배려하는 따뜻한 인품이 스며 나왔다. 오랫동안 살림만 한 것으로 알고 있었는데, 문학과 삶에 대한 관심의 폭도 넓다.

쉰이 넘어 이민을 간 그녀는, 남의 풍토에 적응하느라 고생도 했고, 사랑하는 사람을 앞세우기도 해서, 지금은 남의 나라에서 혼자 노년을 보내고 있다. 하지만, 때로는 소녀처럼 '바람아 봄바람아!' 하고 감탄사를 터뜨린다. 그런가 하면 옛날의 이야기꾼들처럼 차분한 목소리로, 자기가 살았던 청계천변의 식민지 시대, 해방공간, 동란기의 풍경들을 조곤조곤 들려주기도 하고, 뉴욕의 고층 아파트에서 밖을 내다보며 '홀로 있음의 환희를 즐길 수만 있다면……' 하고 독백을 하기도 한다. 수선을 피우거나 치장하는 법도 없이, 느낀 만큼만 표현하는 절제된 문장이 읽는 이를 편안하게 한다.

그녀는 화가여서 영상미에 대한 감응도가 높다. '풍경'이라는 작품을 보면, 1930년대에 어린 눈에 비친 청계천의 괴기한 홍수 풍경, 피난 가다가 소달구지 위에서 본 설경의 아름다움, 미국의 공원에서 운전연습을 하다가, 노을 진 호수 저편에서 무리 지어 흔들리는 갈대와 철새의 움직임이 자아내는 구도의 절묘함에 홀려 있던 일, 고목나무 그루터기를 채색하며 올라가는 연둣빛 넝쿨식물의 아름다움에 홀리던 일 같은 것들을 담담하게 서술해 나간다. 그것들은 어떤 역경에서도 세상의 아름다움에 눈 감을 수 없는 그녀의 심혼의 원풍경이다.

글보다 더 감탄스러운 것은 그녀의 삶이다. 대학을 나와 이내 결혼을 한 그녀는, 시어른들을 모시면서 아이를 기르고, 손자 손녀를 돌보는 과정까지

영인문학관에서 주상이와 찍은 사진(2010년).

불평 한마디 없이 치르고 나서, 혼자 남은 노년에 그림 그리기와 글쓰기로 자신의 세계를 개척해 갔다. 놀라운 일이다.

후기: 2006년 6월에 그녀의 수필집에 써 준 글이다.

주상이는 철마다 미국에서 편지를 보내왔고, 내가 부탁하는 그림들을 때마다 시간에 맞추어 그려 보내 주는 고마운 친구였다. 12월 초에 그녀에게서 크리스마스카드가 왔다. 게으른 나는 해마다 그 답장을 우리 전시회가 시작되는 4월에 새 도록 속에 넣어 보내곤 했다. 그런데 정월 초에 그녀의 부음을 들었다. 가슴 한구석이 또 무너져 내렸다.

그러면서 나는 그녀가 떠나는 복이 있었던 것 같아 위로를 받았다. 어떻게 갔는지 잘 알 수는 없지만, 크리스마스에 아름다운 글씨로 따뜻한 메시지를 친구들에게 보내고 나서, 그 달 안에 떠나는 죽음은 축복받은 것이라는 생각이 든다. '마음이 고와서 편히 갔구나'. 깊은 밤에 나는 주상이에게 그렇게 치하했다. 친구들이 떠날 나이가 되었다. 나도 떠날 날이 멀지 않다는 이야기다. 바라옵건대 신이여, 나도 친구들에게 이쁜 카드를 보내고 나서 그 달 안에 가게 해 주소서.

날마다 죽고 싶었던 날의 길동무—강형순(의사)

몇 해 전에 강남에 사는 친구들이 온다고 해서, 경복궁역까지 차로 마중을 간 일이 있다. 청와대 옆길의 신록이 아름다웠다. 친구들이 그 경치를 좋아하길래 내가 선심을 썼다. 스카이웨이 드라이브까지 시켜 준 것이다.

"얘! 이게 웬일이니? 우린 모두 건강한 이과생들인데, 운전은 몸이 약했던 인숙이에게 시키고 있잖아?" 북악 터널까지 오니까 한 친구가 그런 말을 해서 모두 웃었다. 같이 탄 친구들의 전공이 전부 이과였던 것이다. 그러고 보니 내 친구 중에는 이과 출신이 많다. 6년 동안의 짝꿍이 모두 수학을 잘하는 아이들이었고, 졸업할 때 시험공부를 같이한 친구들도 과반수가 이과였다.

이과 친구들은 명쾌하고 이성적이니까, 자질구레한 일에 신경을 쓰지 않아서 편안하다. 전화를 먼저 하는 법도 없고, 전화를 오래 안 해도 시비를 거는 일도 없다. 자주 만나면 만나는 대로, 못 만나면 못 만나는 대로, 늘 한결같다. 아무 때나 문을 두드려도 언제나 '거기' 조용히 머물고 있는 친구를 가지는 것은 얼마나 고마운 일인가.

그들은 사춘기도 아주 순하게 넘겼다. 내면에 감정적인 혼란이 도사리고 있지 않아서일 것이다. 그런데 예외가 있었다. 강형순이다. 나중에 의사가 된 형순이의 사춘기는 문학 지망생인 내 것보다 더 질풍노도疾風怒濤였다. 별 일도 없었는데, 우리 둘은 날마다 죽고 싶어 하면서 그 시기를 보냈다. 그런 내면의 혼란을 이해해 주는 사이니까, 서로가 서로를 필요로 해서 줄창 붙어 다녔다.

내가 삼각지로 이사 간 후에 사귄 친구니까 집이 같은 방향이다. 반이 다른데도 우리는 늘 같이 돌아왔다. 남대문까지 걸어가서 노량진행 전차를 타고, 삼각지에서 같이 내린다. 일단 우리 집에 들어간다. 가방을 두고 좀 누웠다가 다시 나온다. 우체국 뒤에 있는 형순이네 집까지 한 정거장을 같이 걷는다. 그래도 하고 싶은 말이 안 끝난다. 그래서 하루에 두 번 정도는 두 집 사이를 오락가락하면서 살았다.

그때 나는 아버지 사업이 안 좋은 때였으니까 집안에 문제가 많았지만, 형순이네는 황해도에서 왔는데도 안정되어 있었다. 중소기업 사장인 아버지 사업이 잘 돌아갔고, 어머니는 잔소리라고는 할 줄을 모르는 보살님이다. 아들 둘, 딸 둘이 있는 집의 맏이였으니, 꼬마 대장이기도 해서, 따져 보면 문젯

거리가 없어 보이는 환경이었다.

그런데도 늘 끌탕을 하며 산 것은, 나처럼 욕심이 많았기 때문이다. 사춘기 아이들이 힘이 드는 것은 자신에 대한 요구 사항이 너무 많기 때문이다. 형순이는 눈이 높았고, 나보다 더 욕심이 많아서 사는 일을 좀 더 힘들어 했다. 그녀는 아주 많이 이쁘고 싶었고, 공부는 늘 일등을 하고 싶었고, 원하는 것은 다 먹고 싶어 했다.

그 애는 식욕이 왕성했다. 빵과 아이스케이크, 비스킷 같은 것들을 줄창 입에 달고 살았다. 먹어도, 먹어도 채워지지 않는 공허가 내면에 도사리고 있는 것 같았다. 먹는 것뿐 아니다. 음식 만드는 데도 욕심이 많았다. 어느 날, 막 학교에 가려고 나서는데 어머니가 김치를 담그려고 배추를 들여오셨다. 그걸 보더니 형순이가 안정을 잃었다. 그 이쁜 배추로 자기가 김치를 담고 싶어 못 견디겠는 것이다. 학교에 갔다 올 때까지 그걸 그냥 둬 달라고 어머니에게 떼를 쓰느라고 그날 우리는 지각을 할 뻔했다. 먹는 것에 흥미가 없는 나는, 배추가 그렇게 탐이 나는 식재료라는 사실이 이해가 되지 않아 혼란스러웠다.

그 애는 독서에도 욕심이 많아서, 내가 읽는 책은 다 읽었다. 문과 아이들과 소설 읽기 경쟁까지 했으니, 고등학교 때는 일등을 할 수 없었다. 그 애도 나처럼 전인교육을 좋아하지 않았으니까, 고등학교 때는 성적에 별로 신경을 쓰지 않는 것처럼 보였다. 그런데 대학에 들어가더니 달라졌다. 첫 학기에 성적이 어중간하게 나오니까, 덜컥 휴학을 해 버렸다. 새로 시작해서 일등을 하겠다는 뜻이다. 대학은 자기가 전공과목을 선택하는 학교니까, 일등을 해야 옳다는 것이 그 애의 소신이었다. 원하는 일에는 승벽이 강하게 작동하는 타입이어서, 다음 학기부터 계속 의과대학에서 톱을 했다. 그 공로로, 모교에서 우수한 졸업생에게 주는 영매상을 세 번이나 탔다.

형순이는 이과인데도 감성 과잉형이었다. 예민했고, 감정의 기복이 심했다. 울고 웃는 때가 남들과 달랐고, 매사에 상식적이 아닌 데다가, 이따금 입빠른 소리도 잘해서, 친구가 많지 않았다. 반 친구들은 그 애를 '뻰징'[1]이라고 불렀다. 나는 형순이의 그 보통스럽지 않은 점을 좋아했다.

나처럼 과민형인 데다가 욕심은 더 많았으니까, 복잡하고 힘들게 사춘기를 보냈다. 그 무렵에 우리의 공통되는 고민은 외모였다. 우리는 둘 다 자신의 외모가 마음에 들지 않았다. 나는 언니들이 미인이니까, 엄마가 나한테만 일부러 덜 이쁜 얼굴을 골라 준 것 같아서 늘 화가 나 있었고, 형순이는 자기 집에서 자신이 제일 밉게 생겼다고 생각하면서 분노를 느끼고 있었다. 동생들이 다 평준선 이상으로 잘생겼고, 부모님도 출중한 외모를 가지셨으니, 상대적으로 자신이 덜 이쁘게 생각되었던 모양이다.

노력해도 변화시킬 수 없는, 외모를 가지고 고민을 했으니, 해결할 방법이 없었다. 그때 우리는 똑같이 첫사랑을 하고 있었다. 세상에서 제일 이쁜 얼굴을 가지고 싶은 때가 첫사랑을 하는 때인데, 자기 얼굴이 마음에 안 드니 죽고 싶었던 것이다. 엎친 데 덮친 격으로 형순이의 상대는 친척 오빠였다. 절대로 이루어질 수 없는 사랑이었던 것이다. 결국 자신의 마음을 알리지도 못하고 그 애의 첫사랑은 끝이 났다. 오빠가 애인을 데리고 와서 부모님께 인사를 시키자 자동적으로 막이 내린 것이다. 날마다 죽고 싶은 세월은 그 사랑이 끝난 후에도 오래 계속되었다.

형순이는 피부가 유난히 맑고 희었다. "바람과 함께 사라지다"에 나오는 스칼렛 오하라처럼 'magnolia white skin'(목련꽃 같은 피부)였던 것이다. 그

1) 變人, 상식적이 아니고, 남과 다른 행동을 하는 사람을 일본 사람들이 그렇게 불렀다. 우리의 소녀 시절에는 일본말의 잔재가 생활 속에 많이 남아 있었다. 해방 직후였기 때문이다.

런데 눈이 좀 작았다. 하지만 눈보다 더 큰 문제는 몸의 지방량脂肪量이었다. 그애는 식탐이 많아서 뚱뚱했다. 살이 쪘으니 눈은 더 작아 보일 수밖에 없다. 달고 맛있는 음식을 종일 먹으면서, 살이 찐다고 얼굴을 쥐어뜯으며 고민을 했느니, 못 말릴 일이다. 성질대로 하자면 얼굴도 성적처럼 교정해 가야 하는 건데, 그때는 성형술이 발달하지 않아서, 눈에 칼을 댄다는 것은 꿈도 꾸지 못했다. 그러니 늘 속이 상하는 것이다.

그 다음 고민거리는 이룰 수 없는 사랑이다. 사랑은 모든 소년 소녀들을 힘들게 하는 질병이다. 한없이 낭만적인 것 같으면서 한없이 복잡한 문제들을 함유하고 있는 것이 첫사랑이다. 단테[2] 식으로 해도, 카사노바[3] 식으로 해도 골칫거리는 없어지지 않는 것이 열일곱 살에 하는 사랑이다. 게다가 아이들은 첫사랑에 대해 얼마나 많은 것을 기대하는가? 입 근처에 고춧가루가 묻어 있어도 안 되고, 같이 있는데 하품을 해도 용서받지 못하는 것이 첫사랑이니, 그 욕심을 무엇으로 충족시킬 수 있겠는가?

성격적으로 중간을 싫어해서 'all or nothing'을 모토로 살고 있던 정열적인 형순이는, 상대방에게 알릴 수조차 없는 사랑의 감정을 혼자 삭이는 일을 너무 힘들어 했다. 그래서 날마다 죽고 싶다고 생각한 것이다. 나도 그때

2) Dante Alighieri(1265~1321), 르네상스의 도화선이 된 이태리의 시인. "신곡"의 작가다. 그는 평생 애모한 베아트리체와 사실은 몇 번 만나지도 못한 사이다. 상대방을 절대화하고, 이상화하는 플라토닉한 사랑으로 단테는 그녀를 구원久遠의 여성상으로 만들었다. "신곡"에서 그를 천국으로 인도하는 안내인이 베아트리체다. 단테의 시대에는 그런 플라토닉한 사랑이 유행했다. 중세의 마리아 숭배가 겨우 지상의 여인의 절대화로 대치되기는 했지만, 아직 에로틱한 대상으로까지는 발전하지 못하여서, 천국의 안내인으로 귀착한 것이 베아트리체라고 볼 수 있다.

3) G. Jacopo Casanova(1725~1798), 이태리의 문인. 유명한 바람둥이이기도 하다. 스캔들 때문에 투옥되고 추방될 정도로 여자를 밝힌 전설적인 플레이보이다. "회상록"이라는 제목의 자서전 12권이 있다.

—

송도에서 영도를 보며 앉아 있는 나(왼쪽)와 강형순.

짝사랑을 하고 있는 중이어서, 우리는 그 점에서도 동감대가 있었다. 형순이 이모네 집에 문학 서적이 많았다. 그 책들을 돌려 보면서 우리는 가상의 현실 속에서 끝없이 허우적거렸고, 현실에서는 자꾸만 무릎에 생채기가 생겼다.

그랬는데 기적처럼 형순이 앞에 진짜로 백마를 탄 기사가 나타나서, 그 애는 쉽사리 감정의 수렁에서 빠져 나왔다. 세 살이 위인 그 남자는 상대방의 장점만 보는 성숙한 인품을 가지고 있었고, 상대방의 본질을 꿰뚫어 보는 맑은 눈도 갖추고 있었다. 게다가 그는 심미적이었다. 그는 내 친구의 수밀도 같은 피부를 사랑했고, 의과대학에서 톱을 하는 두뇌를 귀하게 여겼다. 그리고 의과대학생이면서 감성적이고 정열적인 점을 아주 높이 평가했다. 그는 서서히 사랑하는 여자의 외양을 리노베이션을 해 나갔다. '피그마리온'에 나오는 음성학자 히긴스[4]처럼 하나하나 고쳐 가기 시작한 것이다.

그가 애정에 대한 확신을 주니까, 그녀의 폭식증暴食症이 완화되었다. 체중이 많이 줄고 날씬해졌으며, 어둡던 표정도 밝아졌다. 교복으로 가리고 있어서 보이지 않았지만 형순이는 본래 다리와 팔이 아주 이쁜 소녀였다. 남자는 그 애의 이쁜 다리에 멋있는 하이힐을 신겨서 키가 커 보이게 만들었고, 우아한 팔을 돋보이게 하려고 소매 없는 원피스를 입게 했다. 흰 피부가 돋보이는 물빛 코트도 권했고, 눈에는 아이라인도 그리게 했다. 여윈 편인 그 남자는 볼륨이 있는 여자를 좋아해서, 스칼렛 오하라처럼 개미허리가 아닌 것은 탓

4) G. Bernard Shaw(1856~1950), 노벨상 수상작가. 'Pygmalion'(1921)은 그의 희곡이다. 늙은 음성학자 히긴스가, 시장바닥에서 꽃을 팔던 야만적인 소녀를 데려다가 귀부인으로 만들어 가는 이야기다. 'My Fair Lady'라는 제목으로 영화화된 일이 있다. 주연은 렉스 해리슨과 오드리 햅번이었다. "노벨상 수상작품집" 참조.

하지 않았으니, 만사형통이었다.

형순이는 나날이 아름다워져 갔고, 자신감이 늘어 갔다. 여자로서의 자신감이 다져진 것이다. 캐나다에 사는 의사인 그는 그녀가 의사가 되는 것을 막지 않았다. 그리고 그녀에게 세례를 받게 했다. 무릎을 꿇는 겸허한 자세도 가르친 것이다.

남자에게서 원하는 것을 다 받고, 의과대학에서 계속 일등을 하자, 형순이는 더 이상 죽고 싶지 않아졌다. 남자가 골라 준 소매 없는 멋진 드레스를 입고, 그녀는 우리 팀에서 제일 먼저 결혼을 했다. 성당의 계단을 긴 드레스를 입고 올라가는데, 친구들이 옷자락을 잘 챙겨 주니까 씩씩하게 "요오시!"[5] 하고 격려사를 보내서, 동창들이 배꼽을 잡고 웃었다.

그녀는 캐나다에 가서, 하얀 가운을 입고 살면서, 이쁜 남매를 낳아 길렀다. 좋아하는 김장도 50포기씩 해서 유학생들에게 나누어 주며, 동화 속의 공주처럼 아주 행복하게 살았다. 동생들도 다 데려다 공부를 시키고…… 탄탄대로가 앞에 열려 있는 것 같은 비전이 보였다.

그랬는데 마른하늘에서 벼락이 떨어졌다. 뇌암에 걸린 것이다. 그 애는 우리 동기 중에서 아주 일찍 세상을 떠난 그룹에 속한다. 30대 초반에 이승을 하직했던 것이다. 워낙 먼 곳에 떨어져서 살고 있었으니까, 나는 그 후에도 오랫동안 그 애가 그저 광활하고 아름다운 캐나다, 단풍잎이 국기에 새겨진 그 밝은 나라에서, 어깨를 흔들면서 웃는 특유의 웃음을 웃으면서 잘 살고 있는 것 같은 착각을 하곤 했다.

세상을 떠났는데도 형순이와의 인연이 끊어지지 않은 것은 그 애의 조카

5) '옳지, 좋아' 정도의 의미를 가진 일본어.

때문이었다. 그 친구가 가고 20년이 지난 후에, 그 애의 조카가 유명한 바이올리니스트가 되어 귀국한 것이다. 남편이 문화부 장관을 할 때여서 환영 리셉션에서 나는 그 애 부녀를 만났고, 어머니 소식도 들을 수 있었다.

형순이 어머니는 그냥 친구의 어머니가 아니었다. 우리에게는 은인 같은 존재였던 것이다. 나남 없이 곤고하던 피난지에서, 우리 팀 다섯 명의 입시 공부 치다꺼리를 자청해서 해 주신 보살 같은 분. 송도에 방을 하나 얻어서 온 식구가 같이 살 때인데, 형순이가 고3이 되니 공부할 곳이 없었다. 그래서 이웃에 공부방을 따로 얻었다.

형순이 어머니는 그 방에서 그 애와 친한 친구 넷이 같이 공부를 하도록 주선해 주셨다. 날마다 밤참을 해 먹이고, 때로는 밥도 해 먹이면서, 6개월 동안 다섯 아이의 입시 뒷바라지를 한 것이다. 그 긴 세월 동안 그 애 어머니는 한 번도, 정말로 한 번도 우리 마음이 상할 언동을 한 일이 없으셨다. 덕택에 다섯 중의 둘은 의과대학에 들어갔고, 나머지 셋은 서울대 문리대에 입학했다.

그런 어머니의 딸인 형순이는 우리 다섯의 군것질 값을 거의 혼자 부담했다. 나는 지금도 그렇게 일방적으로 누군가에게서 신세를 지면서, 그렇게 부담을 느끼지 않았던 사실이 너무 신기하게 생각된다. 그 모녀에게는, 신세를 지는 사람이 부담을 느끼지 않게 하는 특별한 노하우가 있었던 것 같다.

나는 아이들을 기를 때, 그 친구들에게 형순이 어머니와 비슷한 일을 해 주려고 노력했다. 밤중에 지하철 공사를 하는 지역에 살아서 공부에 지장을 받은 아들의 친구를, 거의 1년 동안 데리고 있은 일도 있다. 딸의 친구들도 마찬가지다. 시험 칠 때 지각을 할까 봐, 먼 데 사는 친구들을 우리 집에서 자게 하는 일을 자주했다. 사람을 싫어하는 '고양이' 기질의 내게는 그 일이 적성에 맞지 않았지만, 그건 형순이 어머니에 대한 사은 행위여서 즐거웠다. 동에서 받은 것

경기여고 졸업 사진. 고3 때 단짝 다섯 명.
왼쪽부터 진현숙(외국어학당 교사), 박경애(의사), 나, 강형순(의사), 장윤경(미생물학 박사).

을 서에서 갚은 것이긴 했지만, 그건 감동스러운 사랑의 빚 갚기였던 것이다.

우리들 모두의 대모였던 형순이 어머니를, 우리는 친구를 잃은 지 20여 년 만에 다시 만날 수 있었다. 어쩌다가 귀국하신 기회를 잡은 것이다. 한국에 있는 세 친구가 근사한 데서 점심을 대접하고 선물도 사 드렸더니, 형순이 어머니는 비단 조각으로 손수 만든 골무를 우리에게 푸짐하게 나누어 주셨다. 큰언니가 시집갈 때 만들어 갔던 것과 같은 이쁜 골무였다.

나는 집에 오는 손님들이 혹시 골무를 탐내면, 하나씩 둘씩 나누어 드리면서, 그분의 덕을 기렸다. 아직도 남아 있는 그 골무들을 보면서 베푸는 데도 미학이 있다는 생각을 한다. 상대방에게 부담을 주지 않으면서, 베푸는 형순이 어머니 같은 어진 분이 하나 있으면, 그 덕이 널리 전파된다. 당신 형제들을 두고 떠나면서, 다시는 못 올 것 같아서 우시던 형순이 어머니의 마지막 모습이 지금도 아프다.

오늘 나는 오래간만에, 수업 때문에 떠날 때 배웅도 하지 못한 형순이 생각을 했다. 죽은 자는 나이를 먹지 않아서 좋다. 내 뇌리에 남아 있는 형순이는, 아직도 물빛 민소매 브로드 원피스를 입고 신혼여행을 떠나던 아름다운 신부다. 반세기의 거리를 두고 보니, 날마다 죽고 싶었던 그 욕심 많던 세월들도 그립고 아름답다.

선생님, 우리 선생님!

우리 역사 선생님은 곰돌이

로마에서 비행기를 타고 그리스에 가고 있는데, 에게 해가 나타나자, 반세기 전에 서양사를 가르치던 이상옥 선생 생각이 났다. 조물주가 하늘에서 내려다보니 에게 해에는 섬이 몇 개밖에 없더란다(실제로는 아님). 그래서 '에게! 요것밖에 없네'라고 말해서 바다 이름이 에게 해가 되었다고 하셨기 때문이다.

우리는 선생님의 장난에 더는 안 속는다고 벼르고 있을 때여서 일제히 "짓사이!"[1] 하고 외쳐댔다. 해방 후에 여학생들은 일어로 '실제實際'라는 뜻을 가진 그 낱말을 감탄사처럼 아무 데나 사용하는 이상한 짓을 하고 있었다. 하지만 소리를 지르는 사이에 우리는 어느새 선생님의 술수에 넘어가고 있었다. 이태리 반도 근처에는 바다가 참 많다. 지중해를 위시해 테레니아 해, 아드리아 해, 에게 해, 이오니아 해…… 이름이 다른 바다들이 다닥다닥 붙어 있다. 그런데 선생님은 우리에게 그 중에서 에게 해를 기억하게 만드는데 성공하고 있었기 때문이다.

에게 해뿐 아니다. 선생님의 그런 말장난은 다른 데에도 사용됐다. 시실리는 장화처럼 생긴 이태리 반도의 발끝에 엉덩이가 채여서 생긴 땅이라 이름에 '시리'(엉덩이의 일본말)라는 말이 들어가 있으며, 사르디니아는 '사루'(원숭이의 일본말)가 많아서 사르디니아가 되었고, 마호메트는 아내가 될 사람을 '가지자'고 마음을 먹었기 때문에, 그녀 이름이 '가지잡'이라는 식이다. 옴마야 왕조와 아바스 왕조를 가르칠 때에는 '엄마가 있으니 아빠도 있어야지' 하셔서 웃겼고, 포에니 전쟁을 배울 때는, 한니발의 아버지가 밀가루를 많이 먹어서 하밀카르가 되었다면서, 같은 하 자字 항렬인 아들과 아버지의 이름을 차별화시키고 나서, 한니발과 스키피오를 극적으로 부각시키셨다.

선생님의 엉터리 같은 말장난에 아이들은 때로는 고개를 흔들고, 때로는 배꼽을 잡고 웃으면서 어느새 그 고유명사를 뇌리에 새기게 된다. 그러고 나서 선생님은 시치미를 뚝 떼고 그 땅에서 일어난 역사를 가르치기 시작하신

---

1) 6년간 일본말로만 공부를 해서 해방 직후에는 일본 어휘가 그대로 남아 있는 경우가 많았다. 과도기 현상이다. 언니가 다니던 숙명학교 교복은 세일러복에 주름치마였다. 그 치마를 다리려면 힘이 드니까 아랫단을 시침질해서 방바닥에 깔고 그 위에 요를 편다. 자고 나면 주름이 잘 다려져 있다. 바닥이 따뜻하기 때문이다. 그런 걸 일본말로 '네지키寢敷'라고 했다. 그런데 자다가 움직이면 주름이 흔들려서 못쓰게 된다. 그걸 '고지키'(거지의 일본어)라고 한다. '네지키가 고지키가 됐다'고 하면 운이 맞는다. 거기에 해당되는 우리말이 없으니까 한동안 일본말이 그대로 통용되었다.
두 나라 말을 합쳐서 만드는 단어들도 많았다. 모찌餅떡, 가마釜솥 같은 경우다. 일본식 떡과 일본식 솥을 그렇게 불렀던 것 같다. 하지만 '짓사이'가 감탄사가 되는 것은 일본어에서도 맞지 않는 용법이다. 알맞은 우리 감탄사를 찾을 때까지 학생들은 그 말을 애용했다. 역시 과도기적 현상이다.

다. 온탕 냉탕을 두루 거치는 교수법이다.

동양사를 가르칠 때는 거기에 행동까지 곁들이셨다. 삼국지의 전투 장면을 설명할 경우에는 '칼날이 번쩍!, 모가지가 뎅경!' 하고 가락에 맞추어 사설을 읊으면서 칼을 휘두르는 몸짓까지 연기해 보이셨다. 선생님의 액션 강의의 클라이맥스는 초선이 동탁과 여포[2] 사이를 이간질하는 장면이다. 동탁에게 끌려가면서 구원을 청하는 듯한 애절한 눈길을 여포에게 보내는 초선의 교태를, 곰 같은 중년 남자가 연기했으니, 학생들은 70년이 지난 오늘까지도 초선의 이름을 잊을 수가 없는 것이다. 피부가 좀 거무스름한 데다가 입술도 검은 편인 선생님은 목이 짧고 몸집이 커서 별명이 '구마짱'(곰돌이의 일본말)이다. 그 우람한 곰의 몸으로 팜므파탈의 제스처를 연기하는 것도 기이한데, 막상 본인의 얼굴에는 아무 표정도 없으니 희한한 일이었다.

그렇게 이상한 방법으로 수업을 진행시키면서, 선생님은 참 많은 것을 가르치셨다. 선생님은 아주 중요하게 여기는 대목에서는 말장난을 하지 않는다. 테르모필레[3]의 고갯길에서 나라를 지키기 위해 장렬하게 죽어가는 스파르타 용사들에 대한 이야기 같은 것을 가르칠 때에는 장난을 완전히 배제하셨다. 2004년에 그리스를 여행하던 중에 테르모필레에 가니 이상옥 선생이 열정을 가지고 설명하던 그들의 전투 상황이 영화를 본 것처럼 선명하게 떠올랐다. 영웅들의 말을 옮겨 새긴 그 유명한 비문의 내용도 생각났다.

---

2) 후한의 재상 동탁董卓은 여포呂布를 사랑해서 양자로 삼았다. 그런데 여자가 나타나 질투를 이용해서 여포가 동탁을 죽이게 만든다. 미인계다. 그 여자가 초선이다. 모두 "삼국지"에 나오는 인물들이다.

3) Thermopylae, 아테네 북쪽 50킬로미터 지점에 있는 페르시아 전쟁의 격전지. 페르시아의 백만 대군을 스파르타 군사 300명이 좁은 고개에서 봉쇄하다가 전멸한 곳이다. 기원전 480년의 일이다. 스파르타 왕 레오니다스가 지휘했다. 이 전투와 살라미스 해전으로 그리스는 페르시아의 백만 대군을 물리치고 전성기를 맞는다.

그런 진지한 수업태도는 마그나 카르타[4]를 가르칠 때에도 나타났다. 하지만 피를 흘리지 않고 이룩한 영국의 글로리우스 레볼루션Glorious Revolution을 수없이 많은 사람을 기요틴으로 참살한 프랑스혁명을 대비시킬 때에는 또 잠깐 장난을 치셨다. 단두대를 만든 남자가 "찐토 기레!"(뎅겅 잘라라의 일본말)라고 말해서 단두대 이름이 '기요틴'이 되었다고 한 것이다.

그러면서 로마의 카피톨리노 언덕의 성문을 열어 준 내통자는 애인을 만나고 싶은 10대의 하녀였다는 식의 비非영웅적인 이야기도 슬쩍 끼워 넣어서, 추상적인 역사 이야기에 현실감을 부여했다. 거기에 말장난까지 덧붙여 주니 복잡한 역사 이야기를 웃으면서 재미있게 배울 수 있다. 선생님의 서양사는 내가 3학년 때 배운 과목 중에서 가장 많은 것을 가르친 과목이다.

우리가 피난을 갔을 때 선생님들은 생계 때문에 부산에 있는 학교에 옮겨 앉는 경우가 많았다. 이상옥 선생님은 남성여중에 계셨다. 하지만 피난민이 되어 고생하는 옛 제자들을 잊지 않으셨다. 당신이 그 학교에서 하는 역사 과외를 무료로 듣게 하는 특혜를 우리에게 주셨던 것이다. 다음 해가 임진년이니 임진왜란이 시험에 꼭 나온다면서 임진왜란에 대하여 열심히 가르치셨다. 선생님의 예언이 맞았다. 다른 선생님들도 과외 무료 청강권을 주셔서 우리는 학교가 끝나면 여기저기에 있는 부산 학교들을 찾아다니느라고 고달팠다. 동냥하듯이 얻어들은 옛 스승의 공짜 과외 덕분에 서울대와 여의전[5]에 각각 열 명씩 합격할 수 있었다.

1980년대에 나는 한 학기 동안 국학대학에 출강한 일이 있다. 정릉에 있

---

4) Magna Carta, 1215년에 영국의 존 왕이 귀족들의 강압에 의해 선포한 인권헌장. 입헌 정치의 여러 원칙을 확립하는데 기반이 되어 대헌장大憲章이라 부른다. 국왕의 전제專制를 제한하는 조항이 있다.

5) 女醫專, 1950년대에는 여자들만 다니는 의과대학이 따로 있었다. 여의전이다.

는 고려중학 옆 골목을 걸어 올라가면 국악고등학교가 있고, 그 위에 국학대학이 있었다. 청명한 가을날에 옛날의 음률을 들으며 그 길을 오르내렸다. 거기에서 이상옥 선생님을 다시 만났다. 그 학교의 교수님이셨던 것이다.

그때 국학대학은 재정이 어려워 팔려고 내놓은 상태여서, 강사료가 잘 나오지 않았다. 어느 날 학교에 갔더니 선생님이 나를 구석으로 데리고 가셨다. 오늘 강사료가 나오는 모양이니 빨리 가서 타라고 귀띔해 주기 위해서였다. 늦게 가면 돈이 바닥이 난다는 것도 일러 주셨다. 곧 그 학교가 없어져서 다시는 선생님을 뵐 수 없게 되었지만, 유럽을 여행할 때면 나는 도처에서 선생님을 만난다. 에게 해에서처럼 말이다.

나는 국문과에 가지 않았으면 사학과에 갔을 정도로 역사를 좋아했다. 역사는 내가 국어 다음으로 좋아하는 과목이었다. 그래서 대학에서는 문예사조사를 강의했다. 적성에 딱 맞는 선택이었다. 문학과 역사가 다 들어 있었기 때문이다. 강의를 할 때 선생님에게서 배운 서양사 지식이 많은 도움이 되었다. 애교 있는 곰돌이였던 우리 역사 선생님은 말장난과 역사의 핵심과제를 함께 담는 특이한 방법으로 역사를 재미있게 공부하게 해 주셨다. 고마운 선생님이다.

'유랑의 무리'와 김순애 선생님

입학식을 하는데 옆 반의 반장이 너무 예뻤다. 척추 가리에스를 앓아서 나와 같이 회화나무 아래에서 견학만 하던, 요절한 구연신이다. 그런데 그 애 앞에는 담임선생님이 안 계셨다. 결혼해서 휴가중이라 했다.

휴가가 끝나고 돌아오신 걸 보니, 얼굴은 미인인데 신부로서는 너무 뚱뚱했다. 팔 다리는 날씬하고 예쁜데 몸통만 불균형하게 큰 것이다. 나이도 서른은 되어 보였다. 풍성한 생머리를 땋아 가며 빙 둘러서 마무리한, 특이한 헤어 스타일이 개성적이었다. 잔머리가 많이 삐져나와서 씩씩해 보였다. 초등학교 때 친구의 엄마처럼 포마드를 발라서 마무리하지 않은 것이다. 그런데 그 편이 자유로워 보여서 좋았다.

그 머리가 둘러싸고 있는 자그마한 얼굴이 아름다웠다. 그냥 이목구비가 고운 미인형이 아니라 안에서부터 빛이 뿜어 나오는 것 같은 생기 있는 얼굴이었다. 탱탱한 공처럼 탄력이 있어 보이는 박력 있는 선생님은 풍성한 동체에 정열이 가득 찬 듯 언제나 활기에 차 있었고, 열정적이었다. 음악 선생이라 했다. 이름은 김순애, 교가를 작곡한 유명한 작곡가.

황해도에서 온 이웃 친구가 동향이라면서 선생님에 대한 정보들을 알려주었다. 선생님의 결혼이 재혼이라는 것이다. 사랑하던 남자가 폐병으로 죽으면서 머리를 자르지 말라고 해서 그런 헤어스타일을 한다는 말도 했다. 재혼한 남자는 유명한 성악가인 김형로 씨였다.

그런데 조금 있으니까 선생의 매무새가 어수선해졌다. 임신을 했는데, 느닷없이 김형로 씨의 아내와 아이가 나타났다는 것이다. 일본에서 폭격당했을 때 행방불명이 되어서 사망자로 처리됐는데, 살아남아서 남편을 찾아 고향인 북쪽에 갔다가 남하하느라고 그때에야 나타났다는 것이다. 하필이면 막 재혼하고 임신한 시기에 말이다. 그 일로 선생님 부부가 자주 다툰다는 말도 들었다. 누구의 잘못도 아닌데 아이들까지 다섯 사람이 구제할 수 없는 불행에 휩싸인 비극적인 사태가 벌어진 것이다. 그나마 김형로 씨는 6·25 때 북으로 끌려가 버려서, 순애 선생님은 혼자서 딸 셋을 키우셨다.

그 비극의 주인공은 그러나 늘 정구공처럼 탄력 있게 움직였고, 열정적으로 수업을 했다. 펜타토닉 스케일, 스타카토, 스트링 인스투루먼트 같은 음악

용어들을 선생님은 영어로 가르쳤다. 피아니시모, 포르테 같은 말을 가르칠 때는 강, 약을 제스처로 보여 주시기도 했다. 나는 그 팔딱팔딱 뛰는 물고기 같은 음악 선생을 많이 좋아했다. 그래서 음악 이론을 열심히 들었다. 내가 선생님이 지휘하는 합창단의 곡목 중에서 제일 좋아한 곡은 슈만의 '유랑의 노래'였다. 학교 행사 때 합창단들이 교가와 유랑의 노래를 부르면, 나는 드라마 '베토벤 바이러스'에 나오는 아이[6]처럼 천국의 환幻을 음악에서 발견했다. 그 아름답고 박력 있는 선율은 나의 각박한 피난살이를 잊게 하는 힘이 있었다. 세상에 이렇게 아름다운 것이 있다니, 이 세상은 얼마나 멋있는 곳인가 하는 생각이 들었다.

그런데, 선생님은 좀 무뚝뚝해 보이는 아기를 낳았다. 그 무렵에 아기를 낳은 여선생이 세 분 있었는데, 점심시간이면 아기들이 젖을 먹으러 오곤 했다. 그 시절에 수유실까지 둔 것은 여교장이 베푼 특별한 배려였던 것 같다. 학생들은 점심시간이면 수유실로 아가들 구경을 갔다. 아기마다 얼굴이 달라서 일종의 품평회가 되기도 했다. 어느 학생이 김순애 선생의 무뚝뚝한 아기를 보고 "아드님이군요" 하고 물었다. 선생님은 "딸입니다" 하시는데, 음성이 아주 곱지 않았다. 그렇게 감정을 숨기지 못하는 것도 선생님의 예술가다운 매력 포인트였다.

나는 몸이 약해서 학교 다니기가 버거워 학교에서는 특별 활동을 전혀 하지 않았다. 1학년 때 범준이가 피아노를 배우자고 해서 청계천변에 있는 한옥으로 얼마 동안 레슨을 받으러 다닌 것이 나의 음악 과외의 전부였다. 하지만

---

6) 2008년에 방송된 '베토벤 바이러스'라는 드라마에 나오는 음악가는, 어렸을 적에 홀어머니가 빈사 상태라는 너무 절망적인 상황에서, 어디선가 베토벤의 음악이 들려오자 그 아름다운 선율에서 한줄기 희망을 발견한다. 그래서 나중에 음악만 생각하는 파나틱한 지휘자가 된다.

나는 선생님의 '유랑의 노래'의 열렬한 팬이어서 기회가 있을 때마다 그 노래를 즐겼다.

선생님과 개인적으로 친분이 생긴 것은 졸업한 후였다. 남편과 같은 학교에 계셔서 뵐 기회가 많았고, 우리 동네 기도원에 자주 오셔서 길에서도 더러 만났다. 그래서 다방에서 선생님이 6·25 때 겪은 이야기도 들을 수 있었다. 남편이 월북하니까 사람들이 와서 자기가 너무 힘들게 장만한 피아노를 빼앗아 가더란다. 그건 완전히 자기 돈으로 산 것이어서 너무 화가 나고 억울했었다는 말도 하셨다.

선생님에게서 들은 재미있는 이야기는 박은혜 교장과의 관계였다. 그때 경기여고에는 미인 여교사들이 많았다. 그 중 80퍼센트가 경기여고를 나오고 나라여고사奈良女高師를 졸업한 엘리트들이었다. 그들은 자존심이 강해서 남에게 흠 잡힐 짓을 하는 사람이 없었다 한다. 그들은 이화여전 출신에게 우월감을 가지고 있었기 때문에, 이전梨專을 나온 박은혜 교장은 그 대가 센 부하직원들을 휘어잡느라고 고전하고 있었다는 것이다.

그런데 교장이 이화여전에서 데리고 온 김순애 선생이 지각을 자주 해서 교장을 난처하게 만들었다는 것이다. 교장 선생은 "순애야, 제발 나 좀 살려 줘. 너 때문에 죽겠어" 하며 답답해 하는데, 김 선생은 계속해서 지각을 할 수밖에 없었단다. 선생님 댁은 용산고등학교 근처여서, 전차가 자주 서 버리기 때문에 지각을 안 할 수 없었다는 것이다. 선생님도 나와 같은 여건이었으니 공감이 갔다.

말년에는 다리가 불편해서 "애! 난 이제 누가 궁둥이를 받쳐 주지 않으면 버스에도 못 탄다"고 말씀하셨다. 그런데 그 기막힌 말을 아주 활기차게 웃으며 해서, 조금도 불쌍하지 않았다. 선생님은 언제나 넘치는 음량을 가지고 쾌

합창 지도를 하고 계신 김순애 선생님.

활하게 말을 하는 박력 있는 여인이었다. 기도원이 가까워서 우리 동네에 이사 오고 싶으시다면서, 땅을 좀 봐 달라고 내게 부탁하셨다. 알아보고 시간 약속을 해 드렸다. 그런데 시험 감독을 하느라고 늦게 갔더니 이미 팔려 버렸더라는 전화가 왔다. 30년 후에도 지각이 문제였다는 사실이 재미있었다.

그게 마지막이었다. 그 후 병이 심해지셔서 미국에 있는 딸집에 가 계신다는 말을 들었다. 따님이 직접 간호하면서 너무 힘이 들어서 다코마에 있는 양로원에 보내서 거기에서 돌아가셨다는 말도 들었다. 장례식은 영락교회에서 했다.

장례 예배를 보면서 눈을 감고, 패기와 정열로 팽팽하게 부풀어 있던 선생님의 묵직한 몸을 생각했다. 정열이 넘쳐나던 '유랑의 노래'도 생각했다. 학교를 그만둔 지 오래되셔서 장례식장에 제자들이 많지 않았다. 하지만 경기여고의 교가가 불리는 한 선생님은 동문들 사이에서 잊혀지지 않을 것이다. 선생님 밑에서 소프라노 이명숙, 피아니스트 정명자가 배출됐다.

'6시 5분 전' 채인기 선생님

채 선생님은 키가 큰 미남이셨다. 기품이 있는 하얀, 갸름한 얼굴을 가진 젊은 남자 선생님, 생물 담당이었다. 고등학교 때 우리반 담임을 두 번이나 맡으셔서 가까이에서 뵐 수 있었다. 처신이 깔끔하고, 학생들을 공평하게 대해 주셨다. 이쁜 애나 미운 애나 똑같이 대해 주는 그 항심恒心이 존경스러웠다.

선생님이 가르치니 생물이 재미있어졌다. 이과를 좋아하는 친구들이 많아서 개교 기념행사 때 선생님이 맡으신 나뭇잎으로 책갈피 만드는 일을 열심히 했다. 약품이 묻은 솔로 잎사귀를 두드려서 엽맥葉脈만 남게 해서 말린다.

이화여대를 졸업하는 동창들 한복판에 서 계신 채인기 선생님.

체를 엎어 놓고 솔로 물감을 뿌리는 '기리부키' 수법[7]으로 채색을 한 책갈피는 인기 품목이어서 수요가 많았다.

1·4 후퇴 때 군산에 피난 가서 10월에야 부산에 있는 학교에 찾아갔더니, 채 선생님이 담임이 되어 있었다. 그동안 아버지가 행방불명이 되셔서 취직을 했다는 것, 그래서 학교에 못 다녔다는 것을 솔직하게 말씀드렸더니, 그곳 학교에 부탁해서 잠시라도 다닌 것처럼 서류를 만들어 올 수 있으면, 전시니까 봐주겠다고 말씀하셨다. 나는 너무 놀랐다. 선생님은 원칙주의자이신데, 위기에 처한 제자들을 돕기 위해 자신의 원칙을 접으신 것이다. 감격스러웠다.

그런데 거짓말을 못하는 내가 사고를 쳤다. 교감인 조흔파 선생에게도 같은 말을 실토해 버려서 채 선생님이 도와줄 수 없게 만든 것이다. 할 수 없이 군산에 돌아갔다 오느라고 다시 더 늦어져서, 반년도 못 채우고 입학시험을 치게 되었다. 고2, 고3을 통틀어 반년밖에 못 다닌 것이다. 그때는 그런 학생이 많았다. 아예 탈락해 버린 학생도 3분의 1이나 되었다.

채 선생님도 김순애 선생님처럼 남편의 이화여대 동료셨다. "너어 신랑은 학교에서 자주 만나. 널 본 듯이 반가워" 하시면서 사위나 만난 것처럼 좋아하시던 우리 선생님. 20세기 말경에 동기들이 모여 사은회를 한다고 올림피아호텔에 선생님을 모셨다. "너희들과 몇 살 차이도 아닌데, 왜 그때는 그렇게 어른인 것처럼 어깨에 힘을 주었는지 모르겠구나" 하시면서 웃으시던 모습이 마지막이었다. 돌아가실 무렵에는 자신의 모습이 흉해졌다고 제자들의 방문을 거절하셨다. 끝까지 깔끔하고 품위 있는 모습을 보여 주신, 존경스러운 스승이시다.

우리는 선생님에게 '6시 5분 전'이라는 별명을 붙였다. 몸은 꼿꼿한데 머

---

7) '霧吹き'는 안개처럼 뿌린다는 뜻의 일본말이다. 물감이 안개처럼 살짝 뿌려지게 하기 위해서 체 같은 것을 엎어 놓고 그 위에서 물감 묻은 솔로 문질러서 물감을 뿌리는 기법이다.

리만 살짝 왼쪽으로 기울이는 자세 때문에 붙은 별명이다. 이경일 교감 선생님이 그 별명을 칭찬하셨다. 다른 선생님들에게 붙인 '말대가리', '찡깡', '무턱', '벼룩' 같은 별명은 남의 신체적 결함을 지적한 것이어서 격이 떨어진다는 지적을 하신 후에 한 칭찬이다.

채인기 선생님은 훌륭한 제자들을 두셨다. 생물학계에서 세계적으로 알려진 권경주 박사와 MIT 교수였던 나초균 박사, 숙명여대 교수였으며 미생물 박사인 장윤경 등이, 선생님이 우리 학년에서 길러낸 '자랑스러운 경기인'들이다. 존경할 만한 스승을 가지는 것은 참 좋은 일이다. '예던 길이 앞에 있어'[8] 세상 살기가 훨씬 수월하기 때문이다.

조흔파 선생님과 '사미인곡'

부산에 가서 몇 달 안 되는 동안에 아주 많은 것을 배운 과목은 한국의 고전문학이었다. 서울에서는 대부분의 학생들이 거의 1년 동안 수업을 제대로 받지 못했는데, 남쪽 학생들은 정상 수업을 했으니, 입시에 나올 범위를 채우기 위해 선생님들이 분발하신 것 같다. 어느 날 외부에서 50대의 강사가 초빙되어 오셨다. 그분은 우리에게 암호문 같은 시 하나를 써 놓고 풀어 보라고 하셨다.

正月(정월)ㅅ나릿므른 아으

8) 이퇴계의 시조의 종장 참조.
고인도 날 못 보고 나도 고인 못 보오니
고인은 못 보아도 녜던 길 아페 있네.
녜던 길 아페 잇거든 아니 녜고 어찌하리.

어져 녹져 하난듸

누릿 가온대 나곤

몸하 하올로 녈셔

고려가요 '동동動動'의 첫머리였다. '정월의 시냇물은 얼었다 녹았다 하는데, 세상에 태어난 이 몸은 홀로 살아가는구나'라는 뜻이라 했다. 아름다운 노래였다. 한데 외국어처럼 사전을 찾아야 할 단어들이 많았다. 현대어와는 너무나 다른 옛 어휘들은, 모르는 대로 전아典雅해 보여서, 새로운 세계를 열어 보는 것 같아 신선했다. 호격 조사呼格助詞 '하'가 특히 인상적이었다. '몸하', '님하', '달하' 하는 어법이 격이 있고 좋아 보여서, 우리는 한동안 친구들과 명사에 '하'를 붙여 부르는 장난을 하면서 놀았다.

고2 때부터 고전문학을 배우기 시작하는데, 우리는 고2가 되고 한 달도 안 돼서 전쟁이 나서, 고전문학을 고3 마지막 학기에야 처음으로 배우게 된 것이다. 기간이 짧아서 많이 배우지 못했다. 자세히 배우지도 못했다. 입시의 범위는 채워야 하니까 겅중겅중 뛰는 식 수업이었다. 하지만 그 과정에서 나는 우리나라 고어의 아름다움에 눈을 떴고, 향가나 고려가요의 아름다움에 매혹되었다.

다행히도 대학에 들어가서 그 공부를 계속할 수 있었다. 양주동 선생이 "여요전주麗謠箋注"와 "고가연구古歌硏究", "두시언해杜詩諺解"를 직접 가르쳤던 것이다. "두시언해"는 번역이 얼마나 아름다운지 원전에 빛을 더해 주는 것 같았다. 고어사전도 구하기 어려운 때여서 공부하기는 힘들었지만, 향가와 고려가요를 양주동 선생님에게서 배운 것은 행운이었다. 선생님은 영문학을 전공한 국어학자여서, 어학과 문학을 함께 가르칠 수 있었기 때문이다.

—

국문과 지망생들과 조흔파 선생님(1952년).
왼쪽부터 나, 진영희, 진현숙, 이해정.

신라나 고려시대는 이조시대와 달라서 서정시들이 아름답다. 이조시대 같은 감성멸시 사상이 없어서, 살아 있는 인간의 정서가 그대로 표출된 탁월한 노래들이 많다. 유교의 이성존중 사상이 인간의 육체와 감성을 억제하기 이전이었기 때문이다. 그것을 몰랐으면 어쩔 뻔 했을까 싶을 정도로 나는 고전시가들에 빨려 들어가서, 시험공부가 즐거웠다. 우리나라 서정시의 원류를 거기에서 찾을 수 있었기 때문이다.

국어를 담당한 조흔파 선생님은 고전문학 전공이 아니어서, 고려가요는 외부에서 고전 학자를 모셔다 가르치게 했다. 서울대의 문과대 학장이 송강 전공이니, 송강은 반드시 시험에 나온다면서 서울대 지망생들에게 따로 송강 문학 특강을 마련해 준 것도 조 선생이다. 덕택에 피난지의 바라크 교실에서 정철을 본격적으로 공부할 수 있었다. 아름다운 가사歌辭들을 다 배웠고, '훈민가'를 포함한 시조들도 배웠다. 선생님의 예언대로 송강의 아주 어려운 시조가 시험에 나왔는데, 우리는 그것을 완전히 풀 수 있었다.

'동동'을 가르친 선생님은, 얼굴은 생각나는데 성함을 모르겠고, 정철 문학은 누가 가르쳤는지 생각이 잘 나지 않는데, 그때 외운 '사미인곡'은 지금도 거의 암송할 수 있을 정도로 감명이 깊었다. 아마 조 선생에게서 배웠을 것이다. 서울대 문과에 다섯 명이나 붙을 수 있었던 것은 조흔파 선생 덕이었을 것 같다.

조 선생은 키 큰 미남이시지만, 여학생들이 보기에는 너무 기름기가 많아 보이는 성인 남자였다. 살이 쪄서 옷이 미어질 것 같은 체구 때문이었는지도 모른다. 1918년생이시니 30대였을 텐데 10대의 우리 눈에는 중년으로 보였다. 선생님은 KBS 아나운서 출신이시고, 아이가 있는 기혼자였다. 6·25 때 피신하다가 수복 후에 돌아와 보니 폭격으로 아내는 사망하고, 집도 불타 버리고

姜仁淑 詞妹

文筆로 大成하라

欣坡 生

졸업할 때 조흔파 선생님이 써 주신 격려의 글.

없더라는 말을 수업 시간에 하셨던 기억이 난다.

평양 출신답게 대가 세서 교장 선생 말도 잘 듣지 않는 것 같아 보였는데, 부산에 가 보니 교감이 되어 피난학교 만들기에 힘을 쏟고 계셨다. 선생님은 소설도 썼다. 흔파欣坡는 필명이고, 본명은 봉순鳳淳이라는, 여자 같은 이름이다. 청소년용 대중소설을 쓰는 작가여서, 한창 건방질 나이의 여학생들이 입을 삐죽거렸지만, 강의는 인기가 있었다.

일본에서 법을 공부하셨다니 국어 선생으로서는 부적격한 교사인데, 강의가 좋았던 것은 많이 노력한 결과일 것이다. 모르는 게 있으면 그때마다 이희승 선생님 댁에 찾아가서 배워 가지고 와서 가르쳤다는 말을 재혼한 부인 정명숙 교수에게서 들었다. 그 말을 들으면서, 참고 문헌을 구하기 어려웠던 전시에, 전공 아닌 고전문학을 가르친 조 선생님들은 얼마나 힘이 드셨을까 하는 생각을 했다.

졸업할 때 선생님은 나를 '사매詞妹'라 부르시며 '문필文筆로 대성大成하라'고 격려해 주셨다. 이번 전시회 때 정 여사가 생전에 조 선생이 소장하시던 김옥균의 작은 액자를 기증해 주셨다. 책상 앞에 놓고 즐기던 글이라 하니 새삼스럽게 선생님 생각이 났다. 고균[9]의 글씨도 아름다웠지만 액자도 일품이었다. 선생님은 고서화를 보는 심미안도 갖추고 계셨던 것이다.

---

9) 古筠, 김옥균의 호.

'물리' 선생님 유한흥

고3 때 일이다. 뒤늦게 부산에 가 보니 20대의 젊은 남자 선생이 한 분 새로 와 계셨다. 일본의 명문대를 갓 나왔다고 했다. 교포 2세인데 밀항해서 귀국한 것 같다고 했다. 물리를 가르친다고 했다. 이름은 유한흥이라고 했다.

아이들이 그 선생 때문에 난리였다. 나츠메 소세키夏目漱石의 '봇짱'[10]을 연상시키는 그 새내기 선생은 고3쯤 되는 여자 애들이 좋아할 조건을 고루 갖추고 있었기 때문이다. 우선 파격적으로 젊었다. 25~6세 정도였던 것 같다. 게다가 미남이었다. 이목이 반듯한 표준형 미남이 아니라 퇴폐적인 분위기가 약간 감도는 병약한 미남이었다. 여윈 얼굴에서 큰 눈이 빛을 뿜고 있었다. 게다가 폐까지 나빴다. 마산의 새너토리엄[11]에서 나온 지 얼마 되지 않는다고 했다.

낭만주의자들은 폐병을 좋아한다. 낭만파를 '폐병파'라고 부르는 나라도 있을 정도다. 낭만주의자들처럼 그 무렵에는 소녀들도 폐병을 좋아했다. 죽음과 맞닿아 있는 질병 중에서 폐병처럼 소녀들에게 사랑을 받은 병도 없을 것이다. 폐병 환자는 정양을 해서 피부색이 말간데 미열이 있어서 늘 홍조를 띠어 이뻐 보인다. 그래서 대중소설에서 폐병을 미화하는 일이 많았기 때문일 것이다.

나도 고1 때 각혈하는 소녀가 바다까지 기어가서 혼자 죽는 이야기로 콩트를 쓴 일이 있다. 바다, 달빛, 고독, 젊은 죽음 같은 것들이 낭만적으로 보이던 시절의 이야기다. 대학 1학년 때 인후암으로 죽은 내 친구는, 맨날 자기가 각혈한다고 우리에게 자랑했다. 이왕 죽을 거면 인후암이 아니라 폐병으로 죽고 싶었던 것이다. 그러니 유 선생의 폐병은 10대의 소녀들을 매혹시킨 메

10) 봇짱은 '도련님'의 일본말이다. 작품 중의 젊은 교사에게 붙인 별명이 작품명이 된 것이다.
11) sanatorium, 요양소.

인 포인트라 할 수 있다.

눈이 쑥 들어간 그 병든 청년 교사에게는 낭만적인 러브 스토리까지 구비되어 있었다. 상대방은 새너토리엄에서 만난 백의의 천사라 한다. 그들은 지금 동거 중이란다. '밀항', '새너토리엄', '동거' 같은 비범한 여건에, '폐병 환자의 사랑'과 '살짝 도덕률에서 빗겨 선 언사言辭' 같은 것들이 곁들여져서, 학생들은 그를 낭만적 영웅으로 격상시켰다. 간호원 출신이라는 그 부인을 학생들은 본일이 없어서, 상상 속에서 신비화하면서 그들의 로맨스에 채색을 하고 있었던 것이다.

그 선생은 선생답지 않아서 좋았다. 어깨에 힘을 주고 권위를 드러내려 하지도 않았고, 도덕적인 언사로 학생들을 지루하게 하지도 않았다. 살짝 임모럴한 면모를 보여 주는, 한국에서는 보기 드문 자유인이었다. 당시의 베스트셀러였던 "태양의 계절"이나 "이방인"에 나오는 인물들 식의, 약간 부도덕해 보이는 자기 이야기를, 수업 중에 고해하듯 떠듬거리며 말해 주어서 학생들을 매혹시키는 젊은 선생님. 아버지가 카메라를 사 주기로 했는데 갑자기 돌아가시니까, 장의차 뒤를 따르면서 내내 카메라 생각만 했다는 식의 별 볼일 없는 이야기들이 학생들에게는 먹혔다. 그 선생은 과외 시간에 우리를 보고 "아무개가 요즘 '이로케色氣'가 생기는 것 같다"는 식의 아슬아슬한 말을 아무렇지도 않게 했다.

아이들은 그의 선생스럽지 않은 그런 말들까지 미화했다. 상식에서 벗어난 언행과 익조틱한 분위기가 그의 매력 포인트였던 것이다. 제자들은 상상의 물감으로 제가끔 그를 자기가 가지고 싶은 우상으로 윤색해 가면서, 그를 통해 이성에 대한 환상에 접근해 갔다. 집단 히스테리처럼 스탕달 식의 크리스탈리제이션[12]이 전염되어 갔던 것이다. 전혜린 같은 파격적인 아이는, 물리

유한홍 선생님이 그려 주신 그림.

숙제에 리본을 달아 제출했다는 소문이 날 정도로 그 선생을 좋아했다.

그 새내기 선생은 한국말을 잘 못했다. 그래서 일본말을 섞어 가며 하는 수업이 너무나 신선했다. 일상의 무더위를 확 벗겨 버리는 바람 같은 분위기였다. 교수법도 남달랐다. 어려운 물리의 법칙들을 쉽게 가르치는 것이 그분의 특기였다. 그 선생 때문에 여학생들이 싫어하던 물리 과목이 생기를 띄기 시작했다. 그 무렵에 연세대의 이길상 선생님이 잠깐 오셔서, 주기율표를 아주 재미있게 가르치는 특강을 한 일도 있어서, 나같이 문과 과목만 공부하던 학생도 과학에 대한 관심이 커져 갔다. 과학도 재미있는 과목이 될 수 있다는 것을 보여 준 것, 입시생들의 스트레스를 풀어 준 것이 유 선생의 교사로서의 공적이라 할 수 있다.

졸업할 무렵이면 우리는 종이를 들고 다니면서 선생님들에게서 앞으로 살아가는데 도움이 될 글을 써 받는 풍습이 있었다. 조흔파 선생이 내게 '문필로 대성하라'고 써 주신 생각이 난다. 유 선생은 그림을 그려 주셨다. 경비행기 위에 한 소녀가 서 있었다. 비행기와 반대 방향을 향해서 손을 들고 깃발을 흔드는 모습이다. 남색 펜으로 그렸는데, 그림 솜씨도 수준급이었다.

2001년에 영인문학관을 시작하려고 낡은 원고들을 정리하다가 50년 만에 그 그림을 다시 발견했다. 그때 내가 하고 있던 일이 유 선생의 그림의 소녀상과 딱 부합되어서 쓴웃음을 지었다. 박물관은 지나간 시간의 흔적들을 찾는 일에서 시작되기 때문이다. 내가 시류와는 반대되는 방향을 향해 깃발

12) crystallization, 결정화, 스탕달의 "연애론"에 나오는 용어. 자르츠부르그의 동굴 속에 나무 삭쟁이를 넣어 두면 가지에 수정 같은 결정체가 생기는데, 햇볕에 내 오면 사라져 버린다. 사랑이란 그 수정 결정체와 같은 일종의 허상이라는 의미로 쓴 말이다. "연애론", 스탕달, 세계인생론대전집 2, 태극출판사, 1971년, 108쪽 참조.

을 들고 서 있을 것을 그 짧은 기간에 유 선생은 어떻게 알아냈을까? 한구석에 조용히 앉아 있는 나 같은 학생의 특징까지 파악하고 있었다는 생각을 하니 그의 인기가 이유 있는 것으로 보였다.

졸업식 날에는 그 선생과 사진을 찍으려고 한 무리의 아이들이 육탄전을 벌이는 것이 보였다. 그를 둘러싸고 아우성치는 무리들은 다른 선생님들의 심기를 건드렸다. 애들하고 채신없이 놀고 있는 젊은 신출내기에게 다른 선생들이 곱지 않은 눈길을 보냈다. '구마짱' 선생님은 노골적으로 혐오감을 나타내며, 그 한심한 청년 교사와 철부지 계집애들의 소란에 혀를 차고 계셨다. 그 모습이 우스워 친구와 나는 배를 잡고 웃었다. 그건 어쩌면 질투였을지도 모르기 때문이다.

그 후 선생님은 무학여고로 옮겨 가셨다. 거기에서도 인기가 있어서 서울대 1년 후배인 무학 출신 여학생과 우리는 그분의 이야기를 하면서 친분이 생겼다. 그것이 마지막이었다. 그런 매력들은 아이들이 사춘기를 지나면 신선도가 떨어지는 것이기 때문이다. 그러면 또 다른 신출내기가 나타나 비슷한 매력으로 사춘기 아이들을 홀릴 것이다. 그 무렵에 우리 학교에는 젊은 선생이 적었으니, 젊고, 샤프하고, 익조틱한 유 선생이 주가가 높았던 것을 이해할 수 있다.

그때 선생님 근처에서 아우성을 치던 아이들도 이제는 여든 노파들이 되었으니 병약했던 선생님도 이제는 많이 노쇠했을 것이다. 어쩌면 돌아가셨을 가능성도 많다.

'푸르른 계절! 너 영원히 사라져 가 버렸구나.'

샹송의 한 구절이 생각난다.

4

서울 아이들

내 짝꿍의 신부놀이

1학년 때 나는 참 운이 좋았다. 옆에 앉은 아이들이 모두 이쁘고, 착했기 때문이다. 얼굴이 하얗고 눈이 큰 옥이라는 아이가 18번이었고, 산타처럼 토실토실하고 온화한 찬집이가 20번이었다. 그 중간에 내가 있었다. 입학해서 처음으로 사귄 그 애들과 나는 만나자마자 뜻이 맞았다. 우리는 매일 도시락을 같이 먹었다. 반이 바뀌어도 그 버릇은 변하지 않았다. 3학년 때까지 점심시간마다 계단에서 만나 밥을 같이 먹는 단짝이었던 것이다.

형제가 많은 집의 셋째 딸인 찬집이는 시골 출신이어서 소박하고 푸근했다. 교통사고 후유증으로 내가 비틀거리면, 그 애는 둘이 할 변소 청소를 혼자 해치우는 파격적인 사랑을 베푼다. 70년 간의 우정인데…… 지금도 그 친구는 늘 내게 무언가를 더 주는 존재다.

옥이는 남매만 있는 집의 맏딸이면서 외딸이었다. 그 애는 서울 토박이였다. 내가 서울에 와서 1년 만에 사귄 서울 아이인 것이다. 서울 토박이답게 깔끔했지만, 깍쟁이는 아니었다. 외딸스럽기보다는 맏딸스러워서, 남에 대한 배려가 깊었고, 경우가 밝았다. 그 애 말을 들으면 대체로 일이 잘 풀렸다. 적절한 판단을 내리기 때문이다.

그런데, 3학년이 끝나니까[1] 옥이가 갑자기 학교를 그만두고 취직을 하겠다고 했다. 모교에 취직이 될 것 같다는 말도 했다. 경기여고 학생들은 의례히 고등학교에 진학하고, 대학에도 가는 줄 알았던 나는, 너무 놀라서 말이 나오지 않았다. 아버지가 정년퇴직을 하게 되었다고 했다. 자기가 생계를 도와야 남동생을 공부시킬 수 있다는 것이다. 납득할 수 없었다.

집안이 그다지 어려워 보이지 않았기 때문이다. 옥이는 늘 깨끗한 교복을 단정하게 입고 다녔고, 도시락 반찬도 얌전했다. 월남한 피난민인 우리 집보다는 훨씬 안정되어 있었던 것이다. 이해할 수 없는 것은 그 뿐이 아니었다. 아버지가 퇴직한다 해도 무언가 할 일을 찾을 수 있을 것이고, 어머니가 가계를 도울 수도 있지 않을까? 자기는 고등학교에도 못 가면서 왜 남동생은 꼭 대학에 보내야 할까? 나는 혼란에 빠졌다. 그런데 그 애는 뜻밖에도 안정되어 있었다. 우리와 헤어질 일만 걱정하고 있는 것 같이 보였던 것이다.

취직 건에는 그런대로 수긍할 만한 점도 있었다. 그런데 그 애는 한술을 더 떴다. 졸업하자마자 결혼까지 한다는 것이다. 나는 정말로 기함을 할 뻔 했다. 나보다 나이는 좀 많아 보였지만, 아직 중3밖에 안 되는 아이가, 어떻게 결혼할 생각을 할 수 있을까? 오빠가 있고 언니가 둘이나 있는 나는 우리 집

1) 우리는 4년제 여고에 들어갔는데, 학제가 바뀌어 6년제 중학교(1947년부터)가 되어서 3학년 때 중학교를 졸업할 수 없었다. 6·3·3·4의 학제가 확립된 것은 1951년이고, 학년 초가 4월이 된 것은 1952년이다.

에서 어린 아이 계급에 속한다. 늘 피보호자 자리에 있는 것이다. 아버지가 무직이 된다 해도 문제가 없다. 어머니, 오빠, 언니 둘이 앞에 서 있어 내 차례는 한참 멀기 때문이다. 그래서 나는 부모님 말씀이나 거역하면서, 사춘기를 시작하려고 용을 쓰고 있는 철부지였다. 뿐 아니다. 언니도 아직 결혼할 생각을 하고 있지 않다. 그러니 나는 정말로 결혼을 꿈도 꾸어 본 일이 없다. 내가 결혼한 것은 그보다 10년이나 지난 뒤였다. 그런데 나와 학년이 같은 중3짜리가 아무렇지도 않게 결혼한다고 말을 하니 경기를 일으키지 않을 수 없는 것이다.

하지만 그보다 더 나를 놀라게 한 것이 있다. 옥이의 태도다. 그 애는 학교에 더 다니고 싶다고 울고불고 소란을 피우지 않았을 뿐 아니라, 별로 속상해 하는 것 같지도 않았다. 당연한 일처럼 중도에서 학교를 그만두는 것을 받아들이고 있는 것 같았다. 공부를 잘하는 아이여서 너무 이해가 되지 않았다.

결혼도 마찬가지다. 사랑에 빠져서 하는 거라면 그래도 봐줄 수 있을 것 같다. 그런데, 그게 아니다. 중매로 들어온 혼처가 마음에 든다고 엄마가 결정한 혼인이었다. 그 애는 첫사랑도 해 본 일이 없는 10대의 소녀인데, 싫다는 말 한마디 하지 않고 엄마 말에 따르려 하고 있었다. 1학년이 끝나면 2학년에 진급하는 것처럼 너무나 당연한 일로 결혼을 보고 있는 것이다. 남자가 직장이 확실하고, 자기 집에 들어와 살아도 될 형편이라 조건이 맞아서 그냥 받아들였다고 그 애는 담담하게 말했다. 신이 나 있은 것은 물론 아니다. 하지만 그렇다고 불행해 하지도 않았다. 심상尋常하게…… 아주 심상하게 결혼을 받아들이고 있은 것이다. 우리 큰언니처럼 정신대 때문에 조혼하는 것도 아닌데…… 그 애가 갑자기 이방인이라도 된 것처럼 낯이 설어 보였다.

옥이는 결혼해서 남편과 친정에서 살면서 교사 노릇을 잘 하고 있었다.

수업 때문에 결혼식에 못 가서, 찬집이와 나는 어느 주말에 그 애 집에 놀러 갔다. 관훈동 근처였던 것 같다. 내가 서울의 전통적인 방 3개짜리 작은 한옥에 들어가 본 건 그때가 처음이다. ㄱ 자 집에 부엌과 안방, 건넌방이 있고, 뜰 아래에 동생의 공부방과 일각대문이 있었다.

옥이의 신방은 건넌방이었다. 작은 방이었는데, 들어가 보니 남향이라 다 양했고, 장판 빛이 너무 고왔다. 알맞게 기름이 밴 장판지는 투명한 노란빛을 발산하고 있었다. 아랫목이 약간 누른, 콩뎀[2]을 잘한 장판의 호박琥珀 같은 빛깔이 너무 아름다웠다.

함경도에 두고 온 우리 집은 그 집보다 많이 큰데, 거기에는 장판이 없었다. 오빠와 아버지방에는 주문해서 짠 얇은 덕석 위에 돗자리가 깔려 있지만, 터무니없이 큰 엄마의 정지방에는 '노존'이라고 불리는, 한 평짜리 깔개가 연이어 깔려 있었다. 풀줄기로 짠 엉성한 깔개다. 아이들이 장난을 치면 노존도 조금씩 움직여 선이 삐뚤어지기도 했다.

옥이네 장판은 그때까지 내가 본 장판 중에서 가장 품위가 있고 아름다운 바닥재였다. 콩뎀을 얼마나 얌전하게 했는지 그 집 장판은, 고대광실인 강내과의 장판보다 더 빛이 맑고 고왔다. 그건 정성이 있어야 누릴 수 있는 아름다움이다. 방에는 검은 쇠 작은 화로와 경대가 놓여 있고, 장롱이 있었다. 화로와 장롱도 기름걸레로 잘 닦여져 있었다. 작지만 알뜰하고 아늑한, 기분 좋은 주

---

2) 1940년대에는 장판에 니스를 칠하지 않고, 콩물을 바르는 콩뎀을 했다. 콩뎀을 하면 방수와 방습이 되어 종이나 무명으로 바른 장판이 오래간다. 콩뎀은 아주 정성껏 오래 해야 장판이 호박색이 된다. 콩뎀을 하면 장판이 썩지 않는다. 종이가 숨을 쉬기 때문이다. 니스 칠을 하면 콩뎀보다 쉽게 칠이 완성된다. 하지만 적은 습기에도 시커멓게 썩어 들어간다. 일단 들어간 습기는 빠져 나오지 못해서 계속 썩는다. 바닥을 온수로 데우면 습기가 새 나오기 쉽다. 그래서 장판을 하는 사람이 드물어졌다. 바닥에 고루 코일을 깔아도 콩뎀을 해야 온전한 장판의 아름다움을 살릴 수 있으니, 아름다운 장판은 가장 호사스러운 바닥재다.

거 공간이었다. 조금 있으니 옥이가 다과를 들고 들어왔다. 연분홍 긴 치마에 화사한 하얀 블라우스를 입은 옥이는 그 방과 잘 어울리는 이쁜 새댁이었다.

"여보오, 들어와 인사해요. 친구들 왔어요."

옥이가 남편을 불렀다. 결혼한 지 얼마 되지도 않았는데, '여보'라는 말이 너무 자리가 잡혀 있어서 듣고 있는 사람이 기가 질렸다. 옥이는 나와는 비교도 안 되는 어른이었던 것이다.

그 어른스러움이 충격을 주었다. 그것은 10대에 집에서 보낸 학비로 인쇄기를 사고, 식자공 일까지 배워 가지고 와서 '소년'이라는 잡지를 낸 최남선[3]과 같은 종류의 어른스러움이었기 때문이다. 그는 우리나라에 개화가 얼마나 시급한 과제인가를 그 나이에 알아차렸다.

서울 중산층에는 현실감각에서 우러나오는 이런 조숙한 어른스러움이 있다. 앞날까지 투시하는 성숙한 안목이다. 서울사람들에게는 우리 조상들과는 달리 위험이 닥쳐올 기미를 감지하는 탁월한 감각이 있는 것 같다. 그들은 현실과 정면충돌을 하지 않고 견디는 비법도 알고 있다. 그들이 난세에 살아남은 비결은 대체로 다음과 같은 것이 아니었을까?

- 정치에 가까이 가지 않는 것.
- 생활을 보장해 줄 기술을 가지는 것.
- 분수없이 큰 것을 바라지 않는 것.

---

3) 崔南善(1890~1957), '소년'지를 창간한 1908년에 그는 18세였다.

• 통치자에게 정면으로 엇서지 않는 것.

• 최악의 경우에도 최저한도로 참여하여 후환을 적게 하는 것.

우리 조상들은 그 다섯 항목을 모두 어겨서 귀양살이를 하게 된 것이다.

10대의 소녀지만 옥이는 자기 식구의 안정된 생활을 지키기 위해 학업을 포기했다. 콩됨을 잘한 장판, 아기자기한 다기茶器, 흉하지 않은 나들이옷, 맛있는 음식, 그리고 앞으로 그것들을 지켜 줄 남동생 기르기…… 서울사람들의 마지노선은 거기까지였던 것 같다. 옥이는 기아선상에 있기 때문에 학업을 중단한 것이 아니다. 하기 싫은데 학교를 그만두는 것도 역시 아니다. 가족이 생활의 미학을 즐길 수 있는 기본선을 지키기 위해 졸업과 결혼을 받아들인 것이다. 그녀에게는 자신을 위한 원대한 꿈 같은 것은 없었다. 그 대신 분수에 맞추며 사는 생활의 지혜가 있었다. 소시민의 딸이 중학교까지만 다니는 것을 그녀는 분수에 맞는 일이라고 생각한 것 같다.

그런 현실 인식과 분수 지키기, 심미적 취향 같은 것은, 그녀의 개인적 특징이 아니라 서울 중산층의 보편적인 기층문화인 것 같다. 어쩌면 전통이었는지도 모른다. 서울의 보통 사람들의 생활 패턴은 옥이네처럼 기본생활을 확보하는 선에서 조정되어 온 것 같다. 하한선이 높게 쳐져 있는 것이다. 그것을 가능하게 한 것이 그들의 현실감각이며, 분수 지키기였을 것이다.

전쟁을 네 개나 겪은 20세기에, 증조할머니의 배냇저고리 같은 것을 지켜낸 힘은, 그런 전통에서 온 것이라 생각한다. 그들에게는 지켜야 할 전통이 있었고, 지켜야 할 생활문화가 있었으며, 지켜야 할 풍속이 있었다. 그들은 그것을 아주 소중한 가치로 생각했다. 옥이네 호박빛 장판을 보면서 느낀 놀라움은, 우리에게는 없는 전통문화를 거기에서 발견한 데서 오는 경이로움이기도 했다.

—

1학년 소풍 때. 가운데가 옥이(1946년 가을).

서울은 삼국이 각축하던 시기에 국토의 심장부에 위치해 있은 도시다. 그러니 6·25 때처럼 몇 달에 한 번씩 정체가 바뀌는 일이 다반사였을 것이다. 이조시대에도 서울은 당쟁의 한복판에 있었다. 거기에서 살아남기 위한 안간힘이 그들을 현실주의자로 만든 것인지도 모른다. 분쟁 지역에서 살아남기 위해 그들은 몸에 기술을 익혔을 것이고, 정치에 손을 대지 않았을 것이며, 말을 삼갔을 것이다. 그들은 살아남기 위해 꿈과 이상을 희생시키고 있었는지도 모른다. 진이 엄마의 개나리 같은 것, 진이 엄마의 도넛 같은 것 같은 것들이 생각난다. 생필품 이상의 것을 사랑하는 마음 말이다. 그것은 서울사람들이 환란 속에서 피운 문화의 꽃이라 할 수 있다.

관동 지방에는 그것이 없다. 삶의 거점이 없었기 때문이다. 이조 500년 동안 관동 지방은 강제 이주移住의 대상지가 아니면 귀양 가는 유배지였다. 우리는 귀양 간 사람들의 후손이다. 그들은 잃어버린 고향을 찾아 헤매는 영원한 유목민이어서, 생활 속에서 미학이 생겨날 여유가 없었다.

우리 조상들은 200년 전에 영달진으로 귀양을 갔다. 국토의 동북방 끝에 있는 지명이다. 여덟 형제 중에서 하나만 남아 귀양을 갔다니 귀양이 풀려도 돌아갈 고향이 없었을 것이다. 그러니 남쪽을 향해 걷다가 아무 데서나 주저앉았다. 가족 중에 환자가 생기면, 한 무리가 그 지역에 주저앉는다. 산이 높아 넘을 수 없으면, 다른 한 무리가 그 산 밑에 주저앉는다. 그렇게 해서 이원군에는 강씨네 씨족 마을이 여러 개가 생겨났다. 하지만 그곳은 그들의 고향이 아니다. 문화가 생겨날 정착공간이 아니었던 것이다.

벼슬할 희망은 영원히 없고, 정착할 토지도 없으니, 귀양 온 양반들은 마지못해 쟁기를 들었을 것이다. 척박한 산비탈에 불을 질러서 화전을 일구었을 것이다. 그건 죽지 못해 연명하는 최저의 생활이다. 그런 바닥 생활이 200년 동안 계속된 것이다. 우리 남편은 이따금 나를 보고 여진 거란족의 피가 섞였을 거라고 놀린다. 그 말이 맞을 것 같다. 혼자서 귀양 온 남자들은 별수 없이 토착민과 혼인했을 것이다. 이방인의 피도 더러 섞였을지 모른다. 그러는 사이에, 몸에 지녔던 학문, 교양, 예의 같은 문화적인 것들은 나날이 자취를 감추어 갔을 것이다.

귀양은 벼슬이 낮은 사람들은 못 받는 형벌이다. 그런데 고통스러운 유랑의 과정에서 그들은 자기들이 지키기 위해 목숨을 바쳤던 그 문화와 이념을 모두 잃어 갔다. 그들은 한국문화의 소외 지역에 버려진 귀양달이들이다. 남은 것은 지적 호기심과 향학열뿐이다. 허기와도 같은 향학열 말이다.

그 틈을 기독교가 뚫고 들어왔다. 서양문화도 함께 묻어 들어왔다. 빗물이 얕은 곳에 고이듯이 그들의 문화에 대한 갈망은 흡반이 되어 새 문화를 흡수했다. 그래서 개화가 빨리 됐다. 우리 고향은 호랑이가 무서워 동네 전체에 담을 둘러치고 사는 산 속의 오지인데, 1920년대 초에 이미 싱거 미싱과 자행거自行車와 야소교[4]가 입성했다. 그래서 그 산골에서 한국 기독교를 대표하는 강흥수, 강원용 같은 목사님들과 강석복, 강건하 같은 개화된 인물들이 나온 것이다.

북쪽 지방에 서구문화가 쉽사리 자리 잡을 수 있었던 것은 전통이 허술했기 때문이라 할 수 있다. 르네상스가 종주국인 이태리를 떠나 주변국에서 꽃이 핀 것과 같은 이치다. 기독교는 관동 지방에 들어와 유교에는 없던 인간평등 사상을 심어 주었고, 이웃에 대한 사랑을 알게 했다. 울타리 밖의 세계에 대한 관심을 일깨워 준 것이다. 학교도 일찍 생겼다. 물장사를 해서라도 아이는 학교에 보내는 교육열 때문이다. 1930연대에 이미 사방 십 리밖에 안 되는

4) 耶蘇敎, 예수교를 일본에서 음차音借하여 만든 한자어를 우리가 그대로 받아들인 것이다.

작은 고을에 경성제대 출신이 여러 명 있었다. 빈손을 들고 월남한 38따라지이면서, 우리 부모가 나를 한 학기도 쉬지 않고 정규 교육을 받게 한 힘이 바로 그것이다. 우리 어머니는 입고 나갈 나들이옷 대신에, 호박색 아름다운 장판 대신에, 딸들에게 공부를 시켰다. 살아가는 목표가 달랐던 것이다.

세상에는 우리 어머니 같은 타입과 옥이네 부모 같은 타입이 있다. 어느 것이 좋고 어느 것이 그르다고 말할 필요는 없다. 사람들은 각자가 자신이 최선이라고 생각하는 방법으로 살아가기 때문이다. 하지만 그런 사고의 격차는, 혼자 서울 토박이 문화를 소화해야 한 나 같은 피난민 아이에게는, 아주 버거운 과제였다. 나는 아직도 그 과제에서 벗어나지 못하고 있다.

경기스럽게 늙는다

가까운 친지 한 분이 어느 날 내게 와서 '경기 졸업생들은 늙는 것도 경기스럽게 늙는다'는 이상한 말을 했다. 남편이 정년퇴임을 하면, 여자들은 타고 다니던 차부터 팔고 집을 줄인다. 연금생활자답게 지출을 줄이는 것이다. 그러면서 그 과정에서 누구나 조금씩 풀이 죽기 마련이다. 그런데 경기 졸업생들은 그러지 않더라는 것이다.

고급 승용차에 기사를 두고 살던 부인을 어느 날 전철에서 만났는데, 조금도 주눅이 들어 있지 않더라는 것이다. 그 무렵에 머리가 하얗게 센 다른 졸업생을 길에서 만났는데, 걷는 걸 보니 다리도 불편해 보이더란다. 그런데 그 분도 불편한 몸을 감추려 하지 않고 당당하게 절뚝거리면서 걸어가더라는 것이다. 어렸을 때부터 보아 온 부잣집 마나님이, 만원 전철에 타고 있어서, 자기는 좀 충격을 받았고, 건강하고 발랄하던 선배가 절뚝거리고 있어서 놀라고 있는데, 본인들이 너무 태연해서, 보는 쪽이 주눅이 들더라는 것이다.

그 말을 들으니 60여 년 만에 1학년 때 짝꿍이던 옥이 생각이 났다. 그건 남들이 다 진급하는데, 자기만 학업을 중단하면서 당당하던 옥이와 같은 증상이었기 때문이다. 아버지가 무직자가 되면 자기는 무직자의 딸인데, 학업을 중단하는 것이 당연하다고 생각한 옥이처럼, 그분이 만난 우리 선배도, 자기는 지금 연금생활자의 아내인데, 연금생활자의 아내가 전철을 타는 것은 너무나 당연한 일이라고 생각한 것 같고, 또 다른 선배는 늙은이가 다리를 저는 것을 당연한 일로 받아들인 것 같았다. 어떤 처지에 놓여도, 자기 앞의 현실을 당연한 것으로 받아들이면서, 남의 눈치를 보지 않는 그 당당함을 그분은 '경기스럽다'고 생각한 모양이다.

그날부터 나는 새삼스럽게 '경기스럽다'는 말의 의미를 곰곰이 생각하게 되었다. 지금은 학교 자체가 변두리로 옮겨 갔고, 고교 평준화가 실시된 지도 오래되어, 서울 토박이 문화와는 무관한 학교가 되었지만, 내가 다니던 무렵만 해도 경기여고는, 사대문 안에서 대대로 살아온 서울 토박이들이 주축이 되는 학교였다. 서울 중의 서울이었던 것이다. 그래서 그들의 특징은 곧 서울 사람들의 특징이기도 했다. 내가 경기스러움에 관심을 가진 것은, 그들이 가지고 있는 서울사람다움에 있다. 서울의 문화는 한국적 전통의 밑바닥을 받치는 기층문화이기 때문이다.

내가 처음 본 1940년대의 서울은 우리 고향과는 너무나 다른, 이질적인 고장이었다. 그건 단순한 도시와 산촌의 차이가 아니었다. 문화 자체가 서로 달랐다. 우선 건축 양식이 판이判異했다. 서울 집들은 ㅁ 자 형태를 하고 있다. 그런데 우리 고장에는 ㅁ 자 집이 없다. 그곳의 주택에는 넓은 대청마루도 없고, 뜰 아랫방도 없다. 마루나 안마당을 생활권으로 쓸 수 없는 추운 계절이 길기 때문이다. 사랑채와 안채를 따로 지을 수 없는 것도 같은 이유에서다. 추위를 막기 위해 함경도에서는 田 자 형의 겹집을 짓는다. 가로로 길어질 수는 있다. 방이 여섯 개가 될 수도 있기 때문이다. 하지만 추워서 마당에서 생활을 할 수 없으니까, 겹집이 되는 수밖에 없다. 선택의 여지가 없는 건축 양식이다. 함경도 주택에는 행랑채도 없다. 하인이 없었기 때문이다. 초헌을 타는 계급의 전유물인 솟을대문 같은 것도 역시 없다. 초헌을 타는 것이 금지된 지역이었던 것이다.

언어도 많이 다르다. 아직도 순경음脣輕音이 남아 있는 우리 고장에서는 '고와서'를 '곱아서'로, '우스워서'를 '우습어서'로 발음한다. '성냥'을 '비지깨'라고 하기도 한다. 북방의 이국에서 흘러온 외래어일 것이다. 고어古語가 그대로 남아 있고, 아라사에서 외래어가 들어오는 고장이 관북 지방이다.

과거에 응시할 수 없었으니까 거기에는 양반 계급이 없다. 그래서 언어에도 층위가 많지 않다. 높임말과 낮춤말의 종류가 훨씬 적다. '하게'와 '하시게'의 등급 관계 같은 미묘한 차이를 나타내는 말이 없어서, 언어 체계가 단순하다. 문文보다는 무武가 우세한 남성적 지역이니, 말들이 이쁘지 않고 거칠다. 감정을 나타내는 섬세한 어휘들이 발달하지 못한 것이다.

500년 동안 벼슬을 못하게 했으니 우리 고장에는 당연하게도 양반문화가 없다. 그건 전통문화 자체가 없다는 의미도 된다. 그래서 복식도 서울과 다르다. 함경도에서는 모든 여자들이 치마를 오른쪽으로 터서 입는다. 요즘은 누구나 왼 꼬리치마를 해 입지만 예전에는 양반만 그렇게 했다. 삼호장 저고리 같은 화사한 옷도 없다. 추운 지방이니까 할머니들은 융으로 된 머리쓰개를 쓴다. 조바위나 남바위 대신 머리쓰개를 쓰는 것이다. 그 대신 털을 댄 마고자나 배자를 잘 입는다. 방한용이다. 함경도에서는 피난민의 살림처럼 모든 것이 단순화되어 있다.

식생활이나 일상생활의 예의와 범절도 거기에 따라 달라질 수밖에 없다. 고구려와 백제의 거리보다도 더 먼 문화적인 거리가 서울과 함경도 사이에 가로놓여 있는 것이다. 그래서 열세 살의 내게는 서울이 절반쯤은 남의 나라같이 여겨졌다. 처음 왔을 때 서울의 모든 것이 이국처럼 낯이 설고 생소했던 것이다.

하지만 나는 그 새로 만난 고장이 마음에 들었다. 섬세하고 다양하고 아름다운 문화가 있었기 때문이다. 우리나라에 그런 세련된 문화가 있는 고장이 있다는 사실이 자랑스러웠다. 서울 중의 서울인 경기여고에 다니면서 나는 서울문화에 깊은 관심을 가졌다. 경기여고는 서울의 긍정적인 면을 대표하는 학교 중의 하나라고 할 수 있다. 거기에는 청엽정에 사는 아이들처럼 못된 욕을 하는 학생이 없었고, 서울 사투리를 쓰는 아이도 없었다. 그러니 경기스러움을 아는 것이 내가 앞으로 살아가야 할 대한민국의 수도를 이해하는 길이 되고, 한국적 전통문화를 탐색하는 첩경이기도 하다고 생각한 것이다.

서울을 보면서 나는 내가 두고 온 고장의 특징도 조금씩 알아내기 시작했다. 그 지정학적인 여건을 이해하고, 귀양 간 사람들의 문화적 퇴화 과정도 더듬어 볼 수 있게 되었다. 그러면서 나는 서울에는 없는 내 고장의 자랑스러운 특징들도 찾아냈다. 스케일의 크기, 진취적인 기상, 대의를 위해 매진하는 기개 같은 것 말이다. 그건 기마민족이 남겨 놓은 씩씩하고 활달한 남성적 문화였다. 손바닥만 한 나라인데, 지방에 따라 그렇게 다른 점이 있다는 것이 어린 마음에 신기했다.

재학 중에나 졸업한 후에나 경기여고는 내게는 늘 멀고 먼 학교였다. 재학 중에는 지리적인 거리가 멀었는데, 졸업한 후에는 시간적인 거리가 멀었다. 학교에 놀러 갈 시간이 내게는 없었던 것이다. 병약한 데다가 아이 셋을 기르는 직업인이어서 1년에 한 번 모이는 동창회에 나갈 여유도 없었다. 그렇게 40년의 세월을 정신없이 살았다. 꼭 만날 몇몇 친구들하고만 조금씩 사귀면서 나는 경기여고에서 멀어져 갔던 것이다.

정년퇴임을 하고 나서야 동창들을 다시 만나기 시작했다. 반세기 가까이 떨어져 있었으니 그건 새로운 만남이기도 했다. 마치 처음 입학했을 때처럼 나는 호기심을 가지고 그들을 살펴보았다. 그들도 나처럼 어김없이 전철을 공짜로 타는 할머니들이 되어 있었지만, 못 만난 기간의 거리 때문에 내게는 그들의 경기스러움이 더 잘 눈에 띄었다.

그들 안의 숨은 규범

오래간만에 동창생들을 보고 우선 놀란 것은 옷차림이었다. 몇십 년 만에 동창회에 나가 보니, 이상하게도 여유가 많은 친구와 여유가 적은 친구들의 옷차림이 별로 차이가 나지 않았다. 우리 동창 중에는 재벌가의 며느리도 있고, 사장님 사모님들도 꽤 있는데, 옷이나 소지품이 사치스럽다는 느낌을 주는 사람이 별로 없었다.

여유가 없어도 서울 여자들은 반듯한 나들이옷 한 벌은 마련해 놓고 산다. 오두막에서 기운 옷을 입고 사는 사람도 나들이 할 때는 몸치장을 제대로 하고 나서는 것이다. 남자들이 의관을 정제하고 다니는 것과 같은, 격식 차리기의 일종일 것이다. 여유가 적은 친구들의 반듯한 옷차림은 그래서 이해가 갔다. 하지만 여유가 있는 친구들의 수수한 옷차림은 좀 의외였다. 그들은 멋진 옷을 가지고 있을 텐데 왜 저렇게 수수하게 차리고 나왔을까?

에도시대의 일본에서는 아이를 기를 때 '남의 이목을 끌지 않는 옷차림'을 하는 것을 규범으로 삼았다는 글을 읽은 일이 있다. 어쩌면 우리 친구들도 같은 모토를 가지고 있었던 것이 아니었을까? 옷차림 때문에 눈에 띄는 친구는 하나밖에 없었다. 어느 동창이 그녀를 '파티 걸'이라 불렀다. 여유가 적은 친구들은 분발하여 반듯하게 입고 나오고, 여유가 많은 친구들은 남의 이목을 끌지 않으려고 수수하게 입고 나오니, 옷에서 격차가 드러나지 않은 것이다.

나오지마에 간대서 처음으로 동기끼리 가는 여행에 따라나선 일이 있다. 그때도 놀랄 일이 많았다. 70대 중반의 할머니들 60여 명이 나오지마를 거쳐서 동경까지 가는데, 지각을 하거나 탈이 나서 남에게 폐를 끼치는 사람이 거의 없었다. 여행사 사람들이 놀랄 지경이었다. 다리가 불편한 친구가 하나 있었는데, 그녀는 걷기 힘들면, 혼자 다녔다. 가까운 곳에서 혼자 여행을 즐기다가 어김없이 약속 장소에 나타나니, 전혀 폐가 되지 않았다. 남에게 폐를 끼치지 않는 깔끔함이 돋보였다.

선물을 사는 데에서도 그들의 특징이 드러났다. 사는 품목은 제가끔 달랐지만, 액수는 대체로 500불 내외였다. 주책없이 물건을 쓸어 담는 사람은 거의 없었다. 아주 안 사는 사람도 없었다. 자식들에게서 용돈을 받아 가지고 왔으니, 그 정도의 선물은 사 가야 한다는 공감대가 이루어져 있은 모양이다.

그들은 부조도 많이 하지 않는다. 있는 사람이나 없는 사람이나 한결같이, 정부가 공무원에게 허가하는 정도의 부조만 한다. 부조란 받으면 돌려줘야 하는 빚이니까 액수가 크면 서로 부담이 된다는 것을 알기 때문일 것이다. 그런 자잘한 일상사에도 서울에서는 적절한 행동 규범이 확고하게 자리를 잡고 있다.

뿐 아니다. 우리 동창 중에는 아주 어려운 사람도 많지 않다. 태어날 때의 가난은 자신이 책임질 수 없다. 하지만 늘그막의 가난은 자신에게도 어느 정도의 책임이 있다. 미래 설계를 잘 못했다는 뜻도 있기 때문이다. 여건이 허락하지 않으면 옥이처럼 중도 하차해서 10대부터 직장을 가지니 가난해질 가능성이 적어지는 것이다. 부지런하고 규모 있는 여인은 극빈자가 될 확률이 적다는 이야기다. 게다가 그들에게는 좋은 여학교를 나온 프리미엄이 붙어 있다.

집에서 하는 교육

우리 동창들은 이상하게 사회생활을 잘 하지 않는다. 커리어우먼이 10퍼센트 정도밖에 되지 않는다. 전문직을 가지면 자기들이 선택한 주부의 일을 제대로 할 수 없다고 생각해서 그러는 모양이다. 대학에 가고 싶어 하지 않는 친구들도 꽤 있었다. 대학에 못 가서 우는 친구는 하나밖에 보지 못했다. 그녀는 서울 토박이가 아니었다.

사실 직업을 가질 것이 아니라면 굳이 전문교육을 받을 필요가 없다. 주부로만 살려면 옛 사람들 말대로 '숟가락 열 개만 셀 줄 알아도' 별 지장이 없다. 음식 간을 맞추는 건 지식이 아니라 감각이며, 삶의 지혜는 대학에서 배우는 것이 아니기 때문이다. 희랍어를 하는 여자보다는 요리를 잘하는 여자가 낫다는 말은 남자의 입장에서 보면 명언이다. 우리 주변에는 이따금 학벌 좋고 인물도 좋은 부인을 마다하고, 학벌도 인물도 뒤지는 여자에게 옮겨 가는 남자들이 있다. 어느 날 친구들과 분석해 보았더니, 결론은 요리였다. 후임으로 들어온 여인들의 장기는 요리였던 것이다. 요리는 그렇게 중요한 것이다. 서울 여자들은 그걸 알고 있다. 그래서 요리를 제대로 배우고 결혼을 한다. 아무리 작은 집에서도 맛있는 찌개와 따끈따끈한 밥만은 확보해 주니, 주부로

서의 기본은 확실히 다져진 것이다.

그 대신 남자가 책임질 분야에는 섣부른 참견을 하지 않는다. 힘을 보탠답시고 오지랖 넓게 나서는 사람이 많지 않다. 서울에서는 남자가 할 일과 여자가 할 일이 잘 분업화되어 있는 것 같다. 가족을 부양할 책임은 남자 몫이다. 직장을 가지지 않는 이유 중의 하나도 거기 있을 것 같다. 분업 정신이 투철해서, 각자가 자기 몫은 최선을 다해 완수하니 문제가 적다.

나는 우수한 두뇌를 가진 친구들이 부엌에만 틀어박혀 있는 것을 오랫동안 안타까워했다. 국가적인 손실이 아닌가 하는 생각을 한 일도 있다. 내 짝꿍 중에는 서울공대를 우수한 성적으로 졸업하고 대한중공업에 취직한 친구도 있다. 그런데, 결혼할 때 아버지가 단호하게 사직을 시켰다. 가장으로서의 남편의 책임감이 약화될 것을 우려한 것이다.

그런데 그들이 주부업에만 몰두한 것은 국가적인 손실이 아니었다. 거기에는 자녀 교육도 포함되어 있었기 때문이다. 학부형이 되어 전국 대회에 가 보니, 우리 친구 아이들이 모두 저희학교 대표로 나와 있었다, 직업을 안 가진 친구들은 가정에서 자기 몫의 교육을 완벽하게 하고 있었던 것이다. 그러니 노년이 아주 어려울 이유도 없기는 하다.

똑 부러지게 말하기

그런가 하면 못할 일은 분명하게 못한다고 말하는 용기도 가지고 있다. 자기는 부담할 능력이 없다고 반장의 어머니가 학교에서 요구하는 후원금을 거절하는 것을 본 일이 있다. 6학년 때 우리 딸과 공동으로 반장을 하던 아이의 엄마다. 그 시절에는 사대부국이 주가가 높았는데, 국립이니까 우수한 교사진을 유지하려면 학부형들의 협조가 요구됐다. 반장이나 회장의 어머니들에게는 더 많은 부담금이 할당됐다. 관례니까 울며 겨자 먹기로 모두들 협조하고 있었던 것이다.

그런데 딸의 친구 엄마가, 반장의 부모에게 요구되는 부담금을 거부하고 나섰다. 내 동창이기도 한 그 엄마는 조용하지만 단호한 어조로 "저의 남편은 군인이어서 더는 부담하기 어렵습니다. 죄송합니다"라고 말했다. 나는 좀 놀랐다. 그런데 그게 통했다. 다음부터 그 친구는 과외의 부담에서 자유로웠던 것이다. 어머니가 그러는데도 그녀의 세 자녀는 지장을 전혀 받지 않았다. 워낙 출중했기 때문이다.

서울사람들은 그런 말을 하는 것을 '똑 부러지게 말한다'고 표현한다. 못하겠는 것을 못한다고 말하는 것을 좋게 보는 것이다. 당장은 어색하겠지만, 감당 못할 일을 못한다고 말하면 오히려 인간관계가 수월해지기도 한다. 못하겠는데 한다고 하는 것보다는 피해도 적다. 이도 저도 아닌 애매한 태도를 취하는 것이 가장 후환이 크다. 그런데도 누구나 '똑 부러지게' 말하지 못하는 것은, 그게 쉬운 일이 아니기 때문이다.

경기 졸업생들은 자기 몫의 일에 책임감이 투철하다. 어느 날 후배들이 우리 박물관에 왔는데, 3시가 되자 일제히 일어났다. 4시 전에 집에 가 있어야 하기 때문이란다. 학교에서 돌아오는 아이들을 맞이해 주고, 저녁도 제대로 준비하려면 4시에는 집에 있어야 한다는 것이 그들의 공통되는 의견이었다.

월명사月明師가 국태민안國泰民安의 비결을 묻는 사람에게 "군君다히 신臣다히 민民다희"라는 짧은 말로 해답을 준 생각이 났다.[1] 백성이 백성답고 임금

1) 신라시대에 월명사月明師가 지은 '안민가安民歌'. 임금이 임금답고 신하가 신하답고 국민이 국민다운 것이 나라가 편안해지는 길이라는 뜻이다.

이 임금다운 것이 나라가 편안해지는 길이라는 것이다. 거기에 '주부다히'를 덧붙이고 싶다. 주부가 주부다운 것도 국태민안의 한 항목이기 때문이다. 제자리에 제대로 서 있는 사람을 보면 사회의 한복판에 반석이 놓여 있는 것을 보는 것 같은 기분이 된다. 서울사람들은 제자리 지키기를 잘 하는 사람들이다.

어느 친구가 시어른들에게 실수를 하지 않으려 노력하느라고 일생이 다 가 버렸다고 말을 한 일이 있다. 맡은 일을 제대로 완수하며 살고 싶은 마음이다. 그것은 스스로를 아끼는 자존自尊의 정신이다. 경기여고 학생들은 고자질을 하지 않아서 훈육주임을 하기가 힘들다는 말을 들은 일이 있다. 자신을 고자질쟁이로 만들고 싶지 않은 정신은, 자신을 미흡한 며느리로 만들고 싶지 않은 마음과 상통한다. 자존심은 인간의 품격을 높여 주는 원동력이기 때문이다.

난세를 이기는 슬기

한번은 친구들을 집에 초대했는데, 고등학교에 다니던 아들이 엄마 친구 남편들은 무얼 하는 분들이냐고 물었다. 그래서 따져 보니 그날 온 친구들의 남편은 의사가 아니면 공학도인 경우가 많았다. 그리고 우리 친구들은 절반 이상이 약사나 의사였다. 그런데 약국을 경영하거나 병원에 나가는 사람은 절반도 되지 않았다. 나머지 사람들에게 약사나 의사의 라이선스는 비상시를 위한 보험증서다. 그러니 어떤 세상이 와도 밑바닥까지 굴러 떨어질 염려는 없다. 서울사람들은 비상시에 대한 대비책을 참 잘 세운다.

옛날에도 마찬가지였던 것 같다. 광해군, 연산군, 영조처럼 파란을 몰고 올 여건을 가진 임금이 등극하면, 현실적인 사람들은 일찌감치 병을 핑계로 낙향을 해 버린다. 분쟁에 말려들지 않기 위해서다. 시골에서 안정된 생활을 하다가 난세가 지나가면 돌아오니 피해를 보지 않는 것이다. 현대에도 다를 것이 없다. 서울 출신 문인들은 친일 시비에 휘말린 분이 적다. 조상들처럼 현장을 피해 버리기 때문이다. 염상섭 같은 문인은 1937년에 만선일보 편집장이 되어 만주에 갔다가 해방 후에 돌아온다. 글을 안 쓴다는 조건으로 갔으니 친일 시비가 붙을 여지가 없다.

그런데 진주에 살던 우리 조상들은 사화士禍가 연속되던 시기에 서울에서 계속 벼슬자리에 앉아 있었다. 조용히 앉아 있었으면 좋은데 직언直言을 하면서 분쟁의 한복판에 말려들어 갔다. 돈키호테[2] 같은 분들이다. 돈키호테의 후손의 눈으로 보면, 서울사람들은 너무 현실적이고 어른스럽다. 그들은 산초 판자들이다.

그런 현실감각은 배우자 고르기에서도 나타난다. 분수없는 짓을 하지 않는 서울 아이들은 끼리끼리 결혼을 하는 경향이 있다. 경기여중을 나왔으니 경기중학을 나온 남자와 결혼하는 식이다. 끼리끼리 한다는 것은 경제적 여건이 비슷한 계층끼리 한다는 뜻도 되니 바람직하다. 신데렐라는 되고 싶지 않은 것이다. 그런데 양보할 수 없는 조건이 있다. 안정된 직업과 집이다. 가족을 부양하는 최저 조건과 몸을 눕힐 곳을 위한 최저의 조건만은 양보하지 않는 것이다. 샐러리맨이 집이 없으면, 아이들을 제대로 교육시킬 수 없으니 작아도 집은 필요한 것이다. 우리 동창 중에는 집이 없는 남자와 결혼한 사람이 아주 적다. 집이 없으면 결혼은 위험 부담률이 높은 리스크가 된다. 서울사람들은 리스크를 좋아하지 않는다.

---

2) 세상에는 풍차를 거인으로 보는 사람과 풍차를 풍차로 보는 사람이 있다. 돈키호테와 산초 판자다. 산초 형은 현실적이어서 환상에 현혹되지 않는다. 사물의 실체가 빤히 보이기 때문이다. 그래서 머리가 터지지 않는다. 돈키호테들은 현실 속에서 꿈을 찾아 헤매는 순례자들이다. 그들은 풍차와 싸우느라고 상처가 나을 시간이 없다.

남의 이목을 끌지 않으며 사는 자신감, 남에게 폐를 끼치지 않는 깔끔함, 중용에서 벗어나지 않는 균형감각, 똑 부러지게 하는 의사 표시, 맡은 일에 대한 책임감, 스스로를 아끼는 자존감, 난세에 대비하는 슬기, 생활을 아름답게 가꾸는 심미…… 이런 것들을 다 모아 놓으면 아마 경기스러움이 되는 것이 아닐까?

그때의 경기여고는 서울 중의 서울이었으니까, 그건 곧 서울 아이들의 특징이기도 하다. 서울 아이들은 파격적인 것을 좋아하지 않는다. 그래서 파격적인 인물은 잘 나오지 않는다. 변덕이 심하고, 항상 현실에서의 일탈逸脫을 꿈꾸는 괴팍한 예술가도 잘 나오지 않는다. 우리 동창 중에는 대통령에 출마한 과감한 여성도 있고, 전혜린처럼 한 시대를 휩쓸다가 요절한 문인도 있으며, 새 바이러스에 자기 이름이 붙는 세계적인 과학자도 있고, 희소가치가 큰 여성 국회의원도 있다. 그런데 그들은 서울 토박이는 아니다. 서울 토박이들은 리얼리스트들이어서, 그런 파격성이 얼마나 많은 대가를 치루는 것인지 알고 있어서 그런 일은 하려고 하지 않는 것이다.

북에서 나와서 서울에 주저앉은 내게는 서울사람들의 그런 어른스러운 현실감각이 늘 새롭고, 늘 놀라웠다. 남편이 장관이었을 때, 장관부인에는 후배들이 많았는데, 그 여인들 중에는 모임에 가서 정치 이야기를 하는 사람이 하나도 없었다. 수수하게 차리고 와서, 조용히 자기 자리를 지키며, 말을 삼가고, 흠 잡힐 짓을 하지 않는…… 그 여인들을 보며 감탄한 일이 있다. 그건 오랜 전통을 필요로 하는 세련된 매너다.

안정이 있어야 전통이 생겨나고, 전통이 지속되어야 풍속이 생겨난다. 서울에는 그것이 있었다. 삶의 구비마다 세밀한 지침서가 있은 것이다. 풍속소설적인 성격을 띠는 노벨의 첫 주자가 적선동에서 자란 염상섭인 것은 우연이 아니다. 한 세기에 전쟁이 네 번씩 일어나는 나라에서 전통을 지켜 온 고장이 있다는 것은 너무나 고마운 일이다.

하지만 보바리 부인 같은 여자도 더러는 있어야 한다. 평생을 자신의 현실에서 도망해 보려고 발버둥을 치다가, 결국은 비상을 먹고 자살하는, 여자 돈키호테 말이다. 서울에는 그런 정서과잉의 불안정한 인물형이 적은 것 같다. 기분이 내키면 자기가 쓸 것도 남기지 않고 마구 남에게 퍼 주고, 화가 나면 안 해야 할 말까지 다 뱉고는 가슴을 치고, 어제 한 말과 오늘 하는 말이 다르고, 사랑에 눈이 멀면 불을 향해 뛰어들어 타서 없어지는…… 감성과잉의 인물들 말이다.

> 피가 잘 돌아…… 아무 병도 없으면
>
> 가시내야. 슬픈 일 좀 슬픈 일 좀, 있어야겠다.[3]

서정주 시인의 말처럼 사람 사는 곳에는 건강한 사람만 있어서도 안 된다. 슬픈 일도 더러 있어야 사는 일에 재미가 생긴다. 스스로의 내면을 통제하지 못해서 머리를 풀어헤치고 다니는 미치광이 같은 사람도 더러 있어야 하고, 날마다 폭음을 하면서 기가 막힌 그림을 그리는 장승업이 같은 괴짜 예술가도 있어야 사회에 여유가 생긴다. 그런데 서울 사대문 안에는 그렇게 비이성적으로 사는 사람들이 적어서 좀 빡빡하다. 모서리까지 얌전하게 칼질하여, 완벽하게 다듬는 도배장이처럼, 잘 다듬어진 세계만 선호하는 사람들, 아이 때부터 이미 어른인 사람들…… 그들은 대체 어디에서 그런 현실감각을 배워 온 것일까?

---

3) 서정주의 시, '봄'의 일부

지금은 21세기. 이제 서울에서는 서울 토박이를 찾기 어려운 세상이 되었다. 학교는 평준화가 되어 아무나 들어갈 수 있게 되었고, 도시와 농촌이 피가 뒤섞여 순혈 토박이가 줄어들고 있다. 지금은 서울 토박이와 함께 토박이 문화의 좋은 점들도 사라져 가는 시대다. 우리는 그것이 사라져 가는 것을 걱정해야 하는 지점에 살고 있다. '서울스러움'과 함께 '한국스러운' 고유문화의 특징들도 사라져 갈 위기에 놓여 있기 때문이다. 다른 것은 몰라도 늙는 것만은 '경기스럽게' 하고 싶은 나도, 요즘은 서울 토박이 문화의 소멸을 우려하고 있다.